KB199938

모
경
의

빛

모
경
의

빛

박
형
숙

연
작
소
설

차 례

너의 기원

아침마다 물끄러미 바라보던 거울에서 어떤 얼굴 하나가 무의식을 가로지르며 튀어나왔을 때 너는 아, 하고 낮은 탄성을 지르고 말았다. 날리는 듯 가는 머리칼 아래 흐릿한 눈썹, 어딘지 슬프게 웃는 눈빛…… 그것은 틀림없는 엄마의 얼굴이었다. 오랫동안 아버지의 이목구비를 닮았다고 믿어왔던 얼굴에서 뜻밖에도 엄마의 얼굴이 살아난 것이다.

돌아가시고 난 뒤 서른다섯 해의 세월이 흘렀으니, 네가 떠올리는 얼굴은 사진 속 얼굴일 것이다. 영정으로 사용했던 사진이었을까? 갑작스러운 죽음에 영정 사진은 엄마가 친구들과 함께 한복을 입고 찍었던 사진을 썼다. 사진의 오른쪽 귀퉁이를 자세히 들여다보면 잘린 옷깃이 보인다. 게다가 평소와는 달리 잘 손질된 머리와 꽃단장 얼굴에 흐르고 있는 젊음의 흔적. 아니. 너는 고개를 가로저었다. 그 사진은 아니었다.

거울을 유심히 바라보게 된 것은 언제부터였을까? 머리카락이 듬성듬성 나오기 시작했을 때였을까? 제법 자라나서 잘봐주면 숏커트 같다고 여길 수도 있겠다 싶었을 즈음일까? 너는 화장대 앞을 지날 때마다 어떤 기대감으로 고개를 갸우뚱 기울여보곤 했다. 하지만 감추고 싶은 치부처럼 머릿속 맨살이 드러나 보이면 기대는 여지없이 실망으로 바뀌었다. 숱이 많고 기름져서 어쩌다 미장원에 가면 어머, 아주 찰지네요, 라는 입에 발린 찬사를 듣던 머리카락이었지만, 까까머리 위로 나오기 시작한 머리카락이 두상 전체를 뒤덮을 정도로 자란 뒤에도 전과 같은 풍성함은 찾아볼 수 없게 되었다.

단지 머리카락만이 아니었을 것이다. 얼굴 곳곳에서 이제막 시작되고 있는 어떤 기미들, 그 속에서 언뜻 떠올랐다가는 아침 햇살의 뒤척임 저쪽으로 사라져버린 것, 어쩐지 너의 유년기의 얼굴 같기도 하고 청년기 얼굴 같기도 한, 찬연했던 어느 시기 꽃처럼 피어올랐던 그 무엇인가를 더듬어 붙잡고 싶었기 때문이었을지도 모른다. 그런데, 난데없이 엄마 얼굴이라니.

이 년 전 어느 봄날이었다. 정기검진 후 여의사가 내민 진료의뢰서에는 추가 검사 요망이라고 적혀 있었다. 종합병원에 가서 몇 가지 검사를 하고 난 뒤, 영상의학과 의사는 초음파 화면 속 별 모양의 얼룩을 가리키며 "암입니다" 하고 말했다. 뜻밖에도 너는 담담했다. 수술을 해봐야 더 정확한 것을 알 수 있다는 외과 의사의 말에 한 달 뒤 수술대에 올라섰을 때도 마찬가지였다. 흔히들 떠올린다는 "아니, 내게 왜 이런 일이?"라는 반발심은 떠오르지 않았다. 그런 반발심은커녕 가벼운 기대와 흥분, 설렘마저 있었다. 마치 오래전부터 네게 오기로 약속이 되어 있었던 손님을 맞이하듯이.

수술과 동시에 조직을 떼어내어 검사했다는 결과지에는 가슴 양쪽에 각기 2센티 미만의 새까만 덩어리와 미세석회가 흩어져 있다고 했다. 2센티의 덩어리. 그것은 작은 크기일지라도 생명력이 강해서 날카로운 메스로 잘라내도 온전히 떠나는 것이 아니라고 했다. 그 흔적들은 임파선을 타고 흘러 온몸에 퍼져 있을지도 모른다고. 가슴이나 생식기, 내장 어느 뒤편 구석이나 뇌수나 뼛속 사이, 혈액 어디든 머물러 반란을 일으킨다고. 반란 끝에 생사의 경계를 훌쩍 뛰어넘게 한다고.

겨드랑이 임파선에는 이미 전이가 진행되어 있었다. 너는 항암화학요법의 치료를 받아야 했다. 나쁜 것을 더 나쁜 것으로 제압하기. 그것은 한 번 경험한 이들은 죽으면 죽었지 다시는 받고 싶어 하지 않는다는 치료법이었다. 치료 일정은 이십여 일 후로 잡혔다. 너는 다니고 있던 마트에 전화를 걸어 그만두겠다고 했다. 수술 기간만큼의 휴가만 얻어놓았던 터였다. 병원에서 퇴원한 날 집에 가기 전에 마트에 들러 계산대 구석에 놓여 있던 텀블러와 작은 거울과 빗 같은 용품들을 챙겨왔다.

처음 주사를 맞던 날의 기억은 아직도 생생했다. 너는 입원실로 이어진 엘리베이터와는 별개로 독립된, 암 병동 주사실과 연결된 엘리베이터를 찾느라 한참을 헤맸다. 이윽고 다다른 주사실에서 침상이 배정되었고 간호사가 포도당 수액이 매달린 링거 거치대와 주사액 파우치, 거즈, 주사기 등이 담긴 트레이를 차례로 들고 왔다. 맞아야 할 주사는 여러 개였다. 구토억제제, 아드리아마이신, 싸이톡싼.

양쪽 겨드랑이 모두 임파선을 제거했기 때문에 팔에는 주사를 맞을 수 없었다. 주삿바늘을 꽂는 일은 쉽지 않았다. 첫 간호사는 발가락과 발등 사이에서 바늘 꽂을 곳을 찾느라 한참을 헤매다가 결국 다른 간호사를 불렀다. 두번째 간호사는 경력이 더 많은 듯했다. 그녀는 오른쪽 복숭아뼈 밑을 정확히 겨냥한 뒤 단번에 바늘을 꽂으며 말했다.

"좀 매울 겁니다."

구토억제제 주사가 먼저 주입된 후 거치대에 매달린 주사액이 연결되었다. 순간, 전깃불로 지지는 듯 발목이 파르르 떨렸다. 가느다란 관을 통해 피부를 뚫고 들어가는 선홍색의 주사액. 일명 빨간약. 코끝이 매워왔다. 머릿속은 이내 몽롱해졌다. 천장에 선홍색의 커다란 장막이 펼쳐지는 듯했다. 아래로 끝없이 내려가는 하강의 느낌. 너는 눈을 감았다. 차츰 신체의 모든 기능이 완만해졌다.

두 주째 되는 날 아침, 병원에 가기 전 욕실에서 머리를 감는데 머리카락이 빠지기 시작했다. 처음에는 한번 손길이 가닿을 때 몇 가닥이 빠져나왔다. 그러다가 한 움큼씩. 양 손가락을 머리카락 사이에 넣었다가 뺄 때 빠져나온 머리카락은 실뱀처럼 손가락을 휘감았다.

종양내과 주치의는, 피검사 결과 호중구 수치가 턱없이 낮아서 면역강화제 주사를 맞아야 한다고 했다. 그것은 병원에서만 구입할 수 있고 또 집에서 손수 투여해야 했다. 너는 접수 창구에서 먼저 결제한 후 구내 약국에 가서 보냉팩에 보관된 면역강화제 주사 앰플과 주사기를 받았다. 집에 가려던 발걸음을 돌려 네가 서둘러 찾아간 곳은 지하에 있는 헤어샵이었다. 문을 열고 들어가 다짜고짜 머리를 밀어달라고 했다. 이런 일들이 흔하게 있는지 헤어디자이너는 빈 의자를 가리킨 후 곧바로 바리캉을 손에 쥐었다. 머리카락 한 무더기가 순식간에 바닥으로 흩어져 버렸다.

"잘됐어. 한번 해보고 싶었는데."

너는 딸을 향해 짐짓 너스레를 떨었다. 보호자 노릇을 하겠다고 아침부터 병원에 따라왔던 딸이었다. 한동안 꼼짝하지 않고 너를 응시하던 딸이 그제야 긴장을 풀고 다가왔다.

"기념으로 동영상이나 찍어둘까?"

고개를 끄덕이자, 딸은 핸드폰을 꺼내 들고는 몇 발짝 물러섰다. 삭발의 과정 또한 딸에겐 하나의 이벤트였던 것일까? 몇 걸음 다가섰다가 몸을 옆으로 트는가 하면 핸드폰 각도를 조절하면서 연신 사진을 찍어댔다. 인스타그램에 올리면 조회수가 폭발할 것이라는 농담까지 해가면서.

"엄마, 활짝, 더 활짝 웃어봐. 삭발 여사로 곧 유명해질 테니까."

잘려져 나간 머리카락은 이내 바닥에 수북이 쌓였다. 검은 머리는 마침내 까까머리가 되었다. 그날따라 입고 간 옷도 회색이었다. 어쩐지 자신이 속세에 잘못 든 여승 같다는 생각이 들어 너의 입에서도 피식 웃음이 나왔다.

약속이 있다며 지하철 타는 방향으로 가는 딸과 일층 로비에서 헤어졌다. 택시 승차장 쪽으로 막 가려는 순간 누군가가 너를 불렀다. 머리 위에 덮어쓴 비니에 너도 모르게 손이 올라갔다. 마트 단골인 오 작가였다. 언젠가 계산대 위에 두고 간 아이패드를 네가 보관했다가 돌려준 뒤로 그녀는 마트에 올 때마다 이런저런 말을 붙이곤 했었다. 그 아이패드 뒤쪽에 '오 작가'라고 적혀 있었다.

눈이 마주치자 그녀는 알겠다는 듯 고개를 끄덕였다. 축하합니다, 하고 네 어깨를 두드리기까지 했다. 칠 년 전에 너와 똑같은 암으로 한쪽 가슴을 절제했다는 오 작가의 말을 듣고 자세히 바라보니 그녀의 한쪽 어깨가 기울어져 있었다. 왜 몰랐을까. 그녀가 생수나 햇반 같은 것을 사러 마트에 왔을 때 너는 조금도 눈치채지 못했다.

"암에 걸린 사람은 자기만 알고 있는 원인이 있다는 거 알아요?"

"네?"

오 작가는 다 알고 있다는 표정으로 너를 보았다.

"잘 생각해봐요. 남들은 몰라요. 본인만 안다니까요."

그녀는 번호를 찍어달라며 자신의 핸드폰을 내밀었다.

"혹시 내 비법이 필요할지도 모르니까요."

햇빛이 핸드폰 액정 위에 쏟아져서 번쩍거렸다. 얇은 비니의 안감에 닿은, 방금 머리를 밀어 맨살만 남은 두피가 아려와서 너는 눈살을 찌푸렸다.

그날 밤이었다. 찌르르르. 신호는 가슴 언저리로부터 왔다. 마치 암세포가 나 아직 여기 있어, 라고 말하는 듯이. 위장이나 췌장, 자궁 안쪽 깊숙한 곳이거나, 손끝이나 발끝, 어쩌면 혀의 아래쪽이나 목구멍 안쪽의 끈적끈적한 그곳 어디쯤 숨어 있는 것일까? 도대체 언제부터 그것들은 네게 머물렀던 것일까? 인터넷 지식백과는 에스트로겐의 과다한 영향이 그 원인이라고 했다. 빠른 초경이나 늦은 폐경, 독신, 늦은 임신…… 하지만 그 어느 것도 너에게 해당하지는 않았다. 너는 침대에 누워 면벽하듯 벽을 보았다. 창문 너머로 들어오는 불빛이 천장 위에 길게 줄무늬를 그려놓고 있었다. 미세하게 흔들리는 줄무늬를 따라 너는 기억 속을 더듬거렸다.

카르페 디엠.

기억하는 한, 너는 언제나 현재를 살았다. 아니 그렇다고
스스로 믿고 있었다. 과거는 오래전에 지워졌고, 오지 않은
미래 또한 네 것이 아니었다. 한 사람의 일생을 소급해 들어
가서 그 기원을 따지는 심리학을 너는 신뢰하지 않았다. 역사
가 한 단계 한 단계 나아간다는 진보에 대한 믿음 또한 버린
지 오래되었다. 너에게 확실한 것은 오직 눈앞에서 벌어지고
있는 지금, 이 순간이었다.

오래전에 보았던 '죽도록 달린다'라는 제목의 연극. 뒤마의
『삼총사』를 연극으로 만든 것이었는데 그 내용은 희미해졌고
원형의 무대 위 장면만 선명하게 남았다. 연극이 상연되는 동
안 배우들은 제자리에서 죽도록 달리고 있었다. 연극이 끝난
뒤에도 너의 머릿속에서 배우들은 계속 달렸다. 멈추지 못하
고 달리는 그 이미지, 달려도 달려도 제자리일 뿐인 그 이미
지. 너는 생각했다. 인생이란 죽도록 달려도 결국엔 제자리가
아닐까? 그것을 알면서도 멈출 수가 없다는 게 생의 아이러
니였다.

네가 달리기 시작했던 것은 언제였을까? 학교도 들어가
기 전 엄마의 상비약인 신경안정제를 사러 약국으로 달려가
던 그때였을까? 중학교 때 무섭기로 소문났던 체육 선생님

이 "선착순!" 하고 외치면 벌을 받지 않는 순위에 들기 위해 종아리에 쥐가 나도록 달렸던 그때였을까? 고등학교 때에는 서슬 퍼런 학생주임의 눈길을 피해 매일 정문 앞을 달렸다. 대학교 때는 5·3 인천 시위에서, 신길동에서, 왕십리에서, 87년 명동 골목길에서 뒤쫓아 오는 사복경찰의 손에 잡히지 않으려고 갖은 힘을 다해 뛰었다. 직장을 다니고 나서는 출근부에 도장을 찍기 위해 죽도록 뛰었다.

　새로운 세기가 시작되자 이제는 정말로 죽도록 달려야 했다. 얼마나 많은 순간 너는 그렇게 달렸던 것일까? 아이 몸에 열이 펄펄 끓었을 때, 마트에서 신선한 꽃게가 들어온다는 전단지가 뿌려졌을 때, 이자가 조금 높다는 예금 상품이 새마을금고 게시판에 공지되었을 때, 경쟁이 치열한 구립 유치원 입학을 위해서, 백화점의 한정판 세일 상품을 놓치지 않기 위해서, 아파트 분양 신청 날짜를 맞추기 위해서, 경력단절녀가 된 후에는 비정규직의 면접을 위해서 너는 언제나 필사적으로 달려야 했다. 암 수술을 받을 때도 마찬가지였다. 몇 개월 동안 예약이 다 차 있는 교수의 진료를 받기 위해서는 남들보다 빨리, 더 빨리 핸드폰 번호를 눌러야만 했다. 어느 날인가 너는 지방으로 가는 열차를 놓치지 않기 위해 철도 역사의 계단 아래에서부터 플랫폼으로 연결된 지상의 통로까지 죽도록 달린 적이 있었다. 하이힐을 신고 있던 너는 급기야는 하이힐을 벗어서 손에 든 채 맨발로 달렸다. 출발 신호를 알리기 위해 막 깃발을 내리려던 역무원은 두 팔에 무엇인가 대롱거리는 것을 달고 미친 듯이 달려오는 너를 발견하고는 무전기를 들었고 열차의 출발을 가까스로 제지했다. 또 어느 날인가 너는 9량짜리 지하철의 9호차에서 1호차까지 겹겹이 서 있는 사람들을 헤치고 한 칸 한 칸 이동해 간 적도 있었다. 너는 새로 나가게 된 카드 회사에 늦으면 안 되었고, 그러려면 환승 구간의 열차를 놓치면 안 되었고, 그러려면 1호차에 서 있어야 했으니까. 너의 두 다리는 언제든지 뛸 자세를 하고 있었다. 너의 오른손은 언제든지 누르거나 낚아채거나 두드릴 준비가 되어 있었다. 엘리베이터 버튼 밑에서, 커피 자판기 종이컵 앞에서, 계산대 앞에서, 컴퓨터 키보드 위에서, 그리고 너무나 자주 핸드폰 위에서.

너의 몸은 차츰 기형적으로 변했다. 재빨리 앞으로 달려 나가기 위해 상체는 앞으로 구부러졌다. 목은 거북이처럼 튀어나왔고 눈은 위로 치켜 떠졌다. 달려라, 달려! 네 안에서 명령하는 그 목소리. 언제부터 그 목소리에 순응했는지는 기억할 수 없었다. 하지만 네 안에서 흘러나와 네 귓가에 도달하는 힘 있는 그 목소리와 함께 후렴구처럼, 빨리, 더 빨리, 가 뒤따라오면 너는 춤을 추듯 그 소리에 자신을 일치시켰다. 네 귓가에 수시로 들려오던 그 목소리, 마침내 너는 그것의 노예가 되었다.

죽도록 달린 끝에 너는 서울의 신축 아파트 입주권을 갖게 되었다. 네가 열심히 달려준 덕분이라며 남편이 모처럼 너를 품에 안았다. 그 무렵이었다. 네가 암 진단을 받았던 것은. 조합의 분쟁 시기를 지나, 불경기에 움츠러든 건설 경기 퇴조의 시기를 지나, 이제 삼 년만 지나면 완공이 된다는 아파트. 네가 그곳에 들어갈 꿈에 젖어 있을 때 철퇴를 맞듯 너는 선고받았다. 암입니다. 여러 비정규직 업종을 전전하던 중 안착했던 마트 캐셔. 네가 곧 팀장으로 올라갈 타임이기도 했다. 인생이 한 편의 드라마 같았다.

치료 과정은 드라마가 아니었다. 그것은 다큐였다. 모래알을 세듯 지루하게 시간이 흘러가는 다큐멘터리. 주사 후 몸의 상태가 일정한 사이클을 그린다는 것을 너는 두번째 주사를 맞은 후 알게 되었다. 첫날은 메스껍고 울렁거리는 구토 직전의 느낌이 계속되었다. 구토억제제를 복용해도 마찬가지였다. 그런데도 이불 빨래까지 할 수 있을 정도로 힘은 비정상적으로 넘쳤던 것은 사흘 동안 먹는 스테로이드 성분의 알약 때문이었다. 그 사흘의 투약이 끝나고 난 뒤에는 기운이 바닥이 되었다.

너는 한 마리 벌레처럼 누워 있어야 했다. 무해한 한 마리의 벌레. 아니 무능한 벌레였다. 너는 숨 쉬는 것 이외에는 아무 것도 할 수 없었다. 주사의 부작용으로 호흡곤란이 발생했을 때는 숨 쉬는 것조차 버거웠다. 그러다가 이 주 후부터 차츰 기력을 회복해서 다시 주사를 맞는 날이 되면 몸의 컨디션은 완벽하게 돌아왔다. 삼 주째 되는 날 그렇게 정상의 컨디션을 회복한 몸 위로 새롭게 주사를 투입했다. 주사를 맞는 삼 주의 간격은 시시포스의 운명처럼 잔인하게 되풀이되었다.

몸을 놀린다는 것. 그것은 얼마나 놀라운 일인가? 관절과 관절 사이를 구부리고 펴서 물건을 들거나 걸을 수 있다는 것은 얼마나 대단한 일인가? 항암제로 초토화된 너에게는 대부분이 장벽이었다. 숟가락을 드는 데에도, 머리를 감는 데에도, 엘리베이터 버튼을 누르는 데에도, 어린아이도 성큼 뛰어오르는 계단 위로 한 발 내디디는 데에도, 은행의 유리문을 미는 데에도 너는 온 힘을 긁어모아야 했다. 먹고 자고 싸는 일, 너무도 당연해서 한 번도 그 가치를 생각해본 적조차 없는 그 일이야말로 가장 경이로운 일이었다. 달려라, 달려. 이제 너는 달릴 수 없게 되었다.

그러자 너의 몸이 너의 주인이 되었다. 병원에 대한 정보, 치료 과정에 대한 복기, 통증에 대한 호소, 재발에 대한 불안…… 인터넷을 뒤져 환자들의 투병기를 읽으면 병에 대한 이해는 더 복잡해졌고 다른 환자의 통증이 어느덧 네 몸에 이식된 듯 생생하게 느껴졌다.

생각하지 마.

몸은 너에게 말했다.

앞날에 대한 계산, 그런 것도 하지 마.

너는 몸의 말에 귀를 기울여야 했다. 이 병원이 좋을까, 저 병원이 좋을까, 이 치료법이 맞을까, 저 치료법이 맞을까, 십 년 후의 생존율이 80프로라지만, 만에 하나 나머지 20프로에 들어간다면? 불안과 염려로 있지도 않은 불행을 스스로 불러들이는 이런 생각과 계산을 멈춘 뒤에야 너는 간신히 마음의 평화를 얻었다.

어느 날 너는 한 통의 전화를 받았다. 같은 날 수술 받았던 여덟 살 아래의 수술 동기였다. 대학 교직원이었던 그녀는 최근 몇 년 동안 살인적인 업무에 대한 스트레스로 매일 소주 한 병을 마셔야 잠을 잘 수 있었다고 했다. 그녀가 근무하는 대학은 구조 조정의 압박에 안팎으로 시달리고 있었다. 그녀는 해직을 각오하고 병가를 냈다.

"언니, 저 요양병원에 와 있어요. 산속 깊숙한 곳에 있는 병원이에요. 나 같은 여자 암 환자들만 모여 있는데 다들 병실 하나씩 차지하고 있지 뭐예요. 병원에서 밥 나오지, 도수 치료 해주지, 영양제 놔주지, 그러니 집에도 안 가요. 그러고도 매일 나오는 보험금이 남아돌아서 인터넷 쇼핑하고 함께 병원 밖에 나가서 시장 쏘다니느라 시간 가는 줄 몰라요."

"어머, 별천지에 있는 거네."

"별천지?"

그녀의 목소리는 갑자기 생기를 잃어버렸다.

"아니, 아니요. 그냥 그렇게 버티는 거죠. 진짜로는 다들 불안해서 미치려고 해요. 며칠 전에도 저하고 홈쇼핑 여행 상품 얘기를 하던 304호 환자가 큰 병원으로 실려 갔어요. 멀쩡했었는데 갑자기 토하고 열이 나고 사시나무 떨듯 온몸을 떠는 거예요. 그거 보고 난 뒤부터 저, 우울 모드예요. 그게 가까운 미래의 내 모습 같아서 아무것도 하기 싫고 그러면 안 되는데 소주 생각만 나고……"

소주는 차마 못 마시고 빵만 먹어서 자꾸 살이 찐다며 그녀는 걱정이 가득했다.

"이러다 재발하는 거 아니겠죠? 다음 학기에는 복직해야 하는데……"

그녀는 허셉틴이라는 표적 치료를 받고 있었다. 한 번씩 전화가 걸려오는 날은 그녀의 몸과 마음이 힘들어질 때였다. 암 환자들은 늘 두려움의 포로가 되어 있었고 젊은 그녀는 더욱 그랬다. 전화를 끊은 뒤 오랜만에 거울 앞에 서보았다. 너는 깜짝 놀랐다. 처음 보는 낯선 얼굴이 물끄러미 너를 바라보고 있었다.

아메바.

숯덩이처럼 짙었던 눈썹은 흔적도 없이 사라졌고 눈두덩은 내려앉았다. 눈두덩 아래 몇 올 남은 속눈썹은 두 눈을 간신히 덮었다. 눈썹만이 아니었다. 겨드랑이, 아랫도리의 은밀한 부위, 팔다리를 덮었던 가느다란 솜털까지 털이란 털은 모조리 빠져버린 몸은 이미 인간이 아니었다. 털 없이 매끄러운, 아니 흐느적거리는 이 몸은…… 너는 오래전 학교에서 생물 시간에 배웠던 아메바를 떠올렸다. 의식도 없이 본능만으로 꿈틀거리는 아메바, 하나의 거대한 원생동물이었다.

원생동물로 살아간다면 무엇을 할 수 있을까? 너는 호텔 같은 요양병원 생활은 꿈도 꿀 수 없었다. 네가 들어놓은 보험이 없었기 때문이다. 수술로 입원했던 일주일을 제외하고 일상은 그대로 유지되었다. 사교적 만남, 쇼핑, 여행, 이런 것은 원생동물에게는 멀고 먼 나라의 일이었다. 바닥에 누워 굼뜨게 구르는 일, 그리고 이따금 생각난 듯이 수술한 양팔을 들어 올리는 일. 수술 후 한동안 쓸 수 없었던 팔은 이제는 허리춤까지 간신히 들어 올릴 수 있었다. 허리춤까지 들어 올린 손으로 너는 밥을 했고 인터넷으로 주문한 반찬으로 식탁을 차렸다. 대학생인 두 아이는 제각기 자기 일로 바빴고 남편은 정글 같은 회사의 업무만으로도 녹초가 되어 귀가했다.

치료가 끝난 뒤에 다시 직업을 가질 수 있을까? 이십대 후반에 다니던 회사에 사표를 내던진 뒤 결혼했던 너는 십여 년간 육아에 시달린 끝에 경력단절녀가 되었다. 둘째가 학교에 들어가고 난 뒤 너는 직업을 구하기 위해 집을 나섰다. 고속도로 통행료 수납 요원, 주민센터의 인구조사 요원, 편의점 알바, 카드 배달원, 아파트 소독 방문원. 대졸의 학력으로도 비정규직조차 경쟁이 치열했고 기계로 대치되는 시스템 덕에 나날이 그 수가 줄어들었다. 퇴직금을 주지 않기 위해 업주는 일 년마다 계약을 갱신했는데 그때마다 너는 영혼을 파는 기분이 되었다. 하지만 월급날에는, 요즘 세상에 영혼이 어디 있냐며 폰뱅킹으로 통장에 들어온 월급을 확인하고 가슴을 쓸어내렸다. 비정규직일수록 일하는 곳의 상하 관계에 촉각을 곤두세우고 있어야 해서 계약 갱신 전후로 한동안은 마음이 너덜너덜해지기 마련이었다.

그런 상황에서 암의 원인이라니 뻔하지 않나? 너는 차츰 감정의 제로 상태가 되었다. 공포도 두려움도 분노도 절망도 없는. 기쁨도 즐거움도 쾌감도 희망도 없는. 원생동물에게는 자잘한 감정도 사치이자, 불가능이었다.

암 수술 전날 밤, 종합병원 6인실 침대 위에 누워 있을 때, 네 머릿속에는 지난날들이 주마등처럼 떠올랐다. 대학을 졸업하고 난 뒤, 너는 어렵지 않게 대기업 회사원이 되었다. 국내 굴지의 대기업이었다. 월급날 월급이 또박또박 통장으로 들어오고 분기별로 보너스도 들어왔다. 입사 초기에 그 금액은 많지 않았지만, 그리 나쁘다고 할 수도 없었다. 여자 사원들을 위한 복지 개념이 자리 잡기 전이었다. 일 년, 이 년, 삼 년…… 시간이 흐를수록 회사에 남은 여자 선배들은 그 수가 줄어들었다. 게다가 결혼하거나 아이라도 낳은 뒤에는, 극심한 갈등을 겪다가 결국엔 회사를 그만두었다. 그보다 연차가 더 높은데 회사에 남은 여자 선배들은 아예 가정 살림을 포기한 사람들이었다. 아이는 시부모나 친정 부모가 돌봐주었고 집안 살림은 가사도우미의 도움을 받았다. 그러다가 아이가 학교에 들어가면 아이의 학교 부적응 같은 문제들이 돌출해서 다시 한번 퇴사 여부를 놓고 극심한 갈등을 겪었다.

가정 살림과 육아를 포기했다고 회사 생활이 만만한 것도 아니었다. 능력이 동등해도 남자 직원보다 못한 대우를 받았고, 능력이 뛰어나도 크게 인정받지 못했다. 여전히 업무적인 능력보다는 부드럽고 상냥하고 센스 있는, 가령 회식 장소를 정한다거나, 승진한 직원에게 꽃다발을 선물한다거나, 커피믹스를 원두커피로 교체하는 것 같은, 그런 여성스러운 능력을 더 많이 요구받았다. 아예 그런 능력 발휘를 자신의 존재 이유로 삼는 여자 선배들도 있었다. 복잡한 업무로 자신을 괴롭히지 않았기 때문에 그녀들의 상냥함과 센스는 더 순발력 있고 부드러웠다.

회사에 사표를 던지던 그 무렵, 너는 제법 패기로웠다. 선배들처럼 가정과 직장을 놓고 갈등하고 싶지 않았다. 대학 때 가졌던 높은 이상을 떠올렸고 대기업의 부품으로 언제까지나 자신을 소모할 수는 없다고 생각했다. 채플린의 영화「모던 타임즈」에 나오는 조그마한 나사 같은 사람이 아니라 채플린처럼 무엇인가 창조하는 사람이 되어야겠다고 결심한 너는 시나리오를 써서 공모전에 출품했다. 처음 쓴 시나리오인데도 운 좋게 당선되었다. 대상은 아니고, 우수상이었다. 그것만으로도 자신의 재능에 자신감을 얻은 너는 과감히 회사에 사표를 내던졌다.

너의 재능은 그것뿐이었다. 회사를 그만둔 후 네가 쓴 시나리오는 채플린은커녕, 개봉이 가능한 영화의 대본으로도 뽑히지 못했다. 몇 번의 시도와 좌절 끝에 너는 우울증에 빠졌고 자살의 유혹을 느꼈으며 결국엔 살기 위해 그동안 썼던 시나리오 원고를 찢어버렸다.

새로운 직업을 찾느라 전전긍긍할 때 결혼할 상대를 만났다. 너에게 결혼은 이혼하지 않는 한 지속되는 영구 취직이었다. 결혼이라는 직장이 다른 직장과 다른 점은 보상 체계가 불명확하다는 점이었다. 월급도 없었고 직위도 없었다. 노력한 만큼 돌아오는 것이라고는 심리적 만족이었는데 그 만족은 시간이 갈수록 점점 쪼그라들었다. 아이들을 낳고 키우느라 보낸 십여 년 후 너는 다시 눈을 집 밖으로 돌렸고 일자리를 알아보기 시작했다. 너에게 가능한 직업은 비정규직뿐이었다.

처음에는 조금 그럴듯한 직업을 찾았다. 글을 썼던 재능을 바탕으로 뭔가 비슷한 일거리를 찾으려고 했다. 마침 어린이대공원 부근의 한 재단에서 기자를 뽑는다는 공고를 보았다. 그 재단은 전직 영부인의 이름을 딴 재단이었다. 전직 대통령은 마음에 들지 않았지만, 그런 것을 가릴 처지가 아니었다.

너는 그곳을 찾아갔다. 사무실에 노크하고 들어가 면접을 보러 왔다고 하자 직급이 좀 높아 보이는 남자가 이력서를 훑어보며 고개를 갸웃거렸다.

"이런 곳에 올 분이 아닌데."

"열심히 할게요."

너는 무조건 머리를 조아렸다.

"지금 재단에 문제가 좀 있어서……"

면접을 보는 남자는 애매하게 말끝을 흐렸다. 너는 신문에 오르내렸던 전직 대통령 자식들 사이의 갈등이 떠올랐다. 너와는 무관한 세계의 일이었다.

"암튼 담당자에게 넘길 테니 다음 주 월요일까지 연락을 기다려봐요."

싱겁게 끝난 면접이었다. 다음 주 월요일까지 기다렸지만, 연락은 오지 않았다. 매시간 너의 감정은 저 밑바닥에서 곤두박질쳤다. 다시 회색빛 우울감이 너를 덮치기 직전, 너는 가까스로 감정의 수렁에서 빠져나와 생각을 바꿨다. 직업에 귀천은 없는 것이다. 꼭 글을 써야 하는 것은 아니다. 지적이고 의미 있는 일만이 가치 있는 것은 아니다. 어떤 일이라도, 다만 일주일이라도 일하게 해준다면, 그 대가로 돈을 준다면…… 너는 닥치는 대로 일거리를 찾아 나섰다. 네가 학창 시절에 가졌던 꿈, 데모하면서 이루고자 했던 사회, 영화에 빠져들면서 만들어보고 싶었던 어떤 세상, 그런 것들은 이제 너와는 무관한 것이었다. 너에게는 오직 임금이 지급되는 일만이 중요했다. 그렇게 새로운 일자리를 구했고, 몇 개월 후 무직자가 되면 또다시 일자리를 구하러 나섰다. 너는 차츰 깨닫게 되었다. 너의 꿈, 너의 감정, 너의 생각 같은 것이 직업 전선에서는 조금도 중요하지 않다는 사실을.

하루치의 노동을 마치고 집에 돌아와 가사 노동까지 다 끝낸 뒤에는 티브이 앞에 앉았다. 살아 있는 감정은 오로지 그 앞에서만 존재했다. 이리저리 채널을 돌리다가 낮에 일터에서 있었던 해소되지 않은 불유쾌한 감정들이 너의 목덜미를 묵직하게 눌러오면 결국 드라마의 천국으로 빨려 들어갔다. 네 앞의 세상은 드라마가 펼쳐지는 스크린의 화면으로 압축되었다.

로맨스, 코미디, 예능, 성장, 다큐, 예술, 어느 장르도 와닿지 않았다. 오로지 살인 사건만이, 범인을 잡는 추리물만이 리모컨을 들고 있는 손끝에 걸려들었다. 수직으로 깎은 듯 아름다운 해안 절벽 아래로 밀려온 소년의 시체나, 눈 덮인 알래스카의 한 마을에서 얼굴과 사지가 잘린 채 바다에 떠오른 몸통만 남은 시체 도막이나, 젊고 예쁜 아가씨들을 무자비하게 죽여나가는 섬세하게 잘생긴 연쇄살인범이 나오는 시리즈 드라마만이 네 안의 불만족을 달래주었다. 심장이 쫄깃하게 조여드는 쾌감을 음미하면서, 때론 채널을 돌리고 싶은 욕지기를 가까스로 참아내면서, 죽고 죽이는, 쫓고 쫓기는, 피와

육체의 도륙과 단말마의 비명이 뒤엉킨 살인과 범죄의 드라
마를 헐떡이며 보면서 너는 누군가를 죽이고 싶은 강렬한 살
의에 사로잡혔다.

　세번째 주사가 가장 힘든 고비라고 했다.
　때마침 몇십 년 만의 폭염이 찾아왔다. 지구 곳곳에서는 이
상 기후가 나타났고 재난 사고가 이어졌다. 산불이 몇 개월째
이어지는가 하면 홍수가 한 지역을 완전히 휩쓸어버리기도
했다. 미국의 어느 주에서는 한여름에 폭설이 쏟아져서 수십
명의 사상자를 냈고 알래스카에서는 빙하가 녹아서 북극곰들
이 갈 곳을 잃고 배회했다. 인류는 곧 멸망할 거였다. 인류 절
멸의 시기로 한발 한발 다가가고 있을 거였다. 한반도의 기온
도 연일 40도 가까이 오르내렸다. 한 달 이상 열대야가 지속
되었고 소나기 한 번 오지 않는 날이 이어졌다.
　너는 집 안에 갇혀 있었다.
　낡고 손볼 데가 많은 아파트였다. 준공했을 때 주인이 사놓
고 계속 임대만 놓아왔던 재산 증식용 아파트. 유리창 새시는
그 옛날의 짙은 고동색 알루미늄 새시여서 겨울 한파에는 찬
바람이 여름 장마에는 장맛비가 들이치기 일쑤였고, 바닥에
는 청소기의 흡입구 구멍에 딸려 들어갈 정도로 허술한 비닐
장판이 깔려 있었다. 욕실에는 곳곳에 금이 간 타일 위 어린
이집에서나 사용할 것 같은 노란색의 키 낮은 세면대가 놓여

있었다.

일 년 전, 살고 있던 아파트 주인이 갑자기 나가라고 했다. 너희가 거주하는 동안 바뀐 새 주인은 대출과 전세를 끼고 아파트를 사두었다가 몇 년 안에 그 대출금을 갚고도 그만큼 남는 차액이 생기자 아파트 가격이 내려가기 전에 빨리 처분하고자 했다. 해서 너는 예정에도 없는 이사를 해야 했다. 주변에 구할 수 있는 전세는 씨가 말라 있었다. 인근에 있는 대규모의 아파트가 재건축에 들어가서 그 안에 살고 있던 사람들이 모조리 이주해야 했기 때문이라고 했다. 아이 학교 때문에 멀리 옮길 수도 없었다. 이사 날짜가 바투 다가올 무렵 월세로 나와 있던 아파트를 십 분 만에 둘러본 뒤, 간신히 계약할 수 있었다.

수술을 마치고 집에 돌아왔을 때 너는 불만을 터뜨릴 기력조차 없었다. 뜻밖에 그곳의 장점이 눈에 띄었다. 무엇보다 단지의 맨 끄트머리, 가장 외진 곳에 있는 점이 좋았다. 아파트 일층 현관을 나서면 바로 단지의 경계를 알리는 담이 보였고 그 너머는 작은 동산이었다. 그 동산은 네가 사람들 눈에 띄지 않고 산책할 수 있는 유일한 외출 장소였다. 걸음마 수준의 걸음이었지만 거기에서는 가끔 모자를 벗어서 까까머리에 바람을 쐬기도 했다.

더위를 피해 이 방에서 저 방으로 옮겨 다니던 어느 날이었다. 오래된 에어컨의 미지근한 냉기에 실내 공기는 점점 달아

올랐다. 며칠 전 일층 현관문을 밀고 나갔다가 바닥에서 올라오는 화마처럼 뜨거운 열기가 얼굴을 덮쳐와서 황급히 들어온 후, 너는 다시는 밖으로 나갈 엄두를 내지 못했다. 실내 온도가 30도 부근을 맴돌고 있을 때 너는 오 작가의 전화를 받았다.

"혹시 제가 말한 거 생각해보셨어요?"

"암의 원인이요?"

"네, 그걸 알아야 근본적인 치료가 되는 거예요."

"뭐, 스트레스겠죠."

"그런 뻔한 원인 말고요."

"참, 저 대학 졸업 후 직장 다닐 때 일 년간 아침마다 컵라면을 먹었어요. 뜨거운 물을 부어서 전자레인지에 돌려서…… 그 컵라면 용기가 스티로폼이었는데, 혹시 그게 원인 아닐까요? 그러고 보니 편의점 알바 할 때 폐기 처분 직전 음식도 자주 먹었네요. 진한 커피, 술도 마시고 탄 고기, 또……"

"그만, 그만이요. 뭐, 좋진 않았겠죠. 하지만 그런 거 말고, 더 깊이 숨어 있는, 자기만 알고 있는 원인이 있다니까요."

"글쎄요."

"제가 힌트 하나 드릴까요?"

"네?"

"이유 없이 빨려 들어가게 되는 게 있잖아요? 어쩌면 거기에 답이 있을지도 몰라요."

그렇게 말한 뒤 오 작가는 전화를 끊었다. 치료의 날이 계속될수록 머릿속은 텅 비어가기만 했다. 몸은 너에게 말했다. 건강했던 날들의 기억을 떠나보내라고. 마음을 흥분시키지 말라고. 그저 가만히 있으라고. 숨 쉬는 데에만 열중하라고. 사실 그것만 해도 힘에 겨웠다. 살인적인 더위 속에서 오 작가와의 통화 내용 또한 곧 기억에서 지워졌고 너의 머릿속은 다시 백지가 되었다.

열흘이 넘도록 기록적인 열대야가 지속되던 날들이었다. 끝이 보이지 않던 그 여름의 어느 날 아침, 동쪽 창으로 뜨거운 열기와 함께 해가 뜨기 시작했을 때 너는 도저히 견딜 수 없는 심정이 되었다. 이제 더 이상 버틸 수가 없었다. 겉으로는 담담한 척했지만, 너는 안으로 꺼져가고 있었다. 아침도 거른 채 아파트 현관을 나섰다. 조금이라도 차갑고 신선한 공기를 찾아서 나선 길이었지만 아파트 단지와 연결된 동산 입구에서 너를 기다리고 있는 것은 끈적끈적한 습기와 기분 나쁜 열기였다. 수분이 마른 땅이 쩍쩍 갈라지고 있었다. 나뭇잎들이 시들어 말라가고 있었다. 털이 빠진 새들이 앉을 곳을 찾지 못해 이쪽 나뭇가지에서 저쪽 나뭇가지로 옮겨 다니고 있었다. 지면에서 올라온 열기가 대기권을 뚫고 나가지 못해 몸서리를 치고 있었다.

아파트 주민 몇몇이 빠른 걸음으로 네 곁을 지나갔다. 매일 동산에서 마주치는 노인도 네 곁을 스쳐 지나갔다. 중풍을 앓았던 노인이었다. 오른팔이 안으로 꺾인 채 절뚝이며 천천히 걷는 노인의 걸음조차 너보다는 빨랐다. 노인과의 거리는 점점 벌어졌다. 동산 입구에 놓인 벤치를 지나, 길냥이 급식소를 지나, 소나무 숲을 지나 야자 매트를 깔아놓아 푹신한 길을 간신히 한 걸음씩 발걸음을 떼며 올라갔다. 운동기구가 있는 동산의 제일 높은 곳을 지나갈 때쯤이었다. 너는 갑자기 무너져 흐느끼고 말았다.

"미안해."

어눌하게 걸음을 떼는 두 다리를 향해서, 늘어뜨리는 것만으로도 힘에 겨워 어찌할 바 모르고 내달려 있는 두 팔을 향해서, 눈썹이 없어지면서 이목구비가 흐릿하게 지워진 얼굴을 향해서, 항암 주사의 공격으로 초토화되었을 몸 안의 세포들을 향해서 너는 낮게 읊조렸다.

"미안해."

그러다가 아예 그 자리에 주저앉으며 바닥이 쩍쩍 갈라지고 있는 마른 땅 위에 손바닥을 얹었다. 너는 바짝 말라붙은 작은 풀잎들을 향해 눈물을 흘렸다.

"그동안 많이 괴롭혔어. 정말 미안해."

이십여 일 만에 비가 왔다.

오랫동안 가물었기 때문에 한 시간 남짓 내린 비는 땅에 닿자마자 증발하듯 말라버렸다. 그토록 기다리던 비였는데도 너는 아무 감흥이 없었다. 네번째 주사를 맞는 날이었다. 너는 전날 밤 자신도 모르게 잠을 설쳤다. 온몸이 곧 너의 몸 안에 들어올 주사를 향해 경계 태세를 하고 있었다. 은밀한 긴장 속에서 임무를 완수하듯이 그날 하루의 일정을 소화해야만 했다. 채혈실에 가서 피를 뽑았고 키와 몸무게를 쟀고 보호자와 환자가 뒤섞여 어수선한 대기실에서 한참을 기다렸다. 진료는 채 오 분도 걸리지 않았다. 너는 주사실로 향했다. 마음을 추슬러야 했다. 연한 하늘색 커튼으로 나누어져 있는 열 개의 침상 중 가운데에 있는 침상에 자리를 잡았다.

이윽고 너의 발등 위로 주삿바늘이 꽂혔다. 튜브를 타고 선홍색 주사액이 들어가고 있었다. 다른 날과 달리 주사액의 색은 유난히 붉었다. 그것을 뚫어지게 보고 있던 너는 자기도 모르게 소리를 지르고 말았다. 아. 아. 너의 눈앞에 떠오른 것은 한 폭의 그림이었다. 바닥에서 천장까지 출렁이듯 펼쳐진 붉은색. 너는 그 그림에 얼마나 자주 빠져들었던가. 속눈썹이 다 빠진 눈꺼풀이 따끔거렸다. 눈이 매워 왔다.

깊이, 더 깊이.

너는 주문을 외듯 그렇게 중얼거렸다. 마크 로스코의 「레드」. 사실 그 그림이 왜 그토록 자신을 사로잡았는지 이해할 수 없었다. 몇 년 전 마트 캐셔가 되기 전의 일이었다. 너는 새로운 직업을 구하는 일에 지쳐 있었고 헐값으로 매겨지는 자신의 가치에 자존감이 바닥나 있었다. 주택부금을 내고 남은 돈을 탈탈 털어 연극을 보러 갔다. 연극 제목은 「레드」였다. 그때 연극 무대 정면에 배경으로 있던 그림을 보는 순간 이유 없이 빨려들었고 끝내는 울음을 터뜨리고 말았다. 그림의 제목 또한 연극 제목과 같은 「레드」였다. 화가는 그 그림을 유작으로 남기고 자살했다고 했다. 화가가 남겼다는 몇 개의 단어들. 비극, 파멸, 그리고 아름다움.

너는 마침내 붉은색의 그림 안으로 들어갔다. 그것은 펄떡이고 있는 두 개의 심장, 살짝 벌어진 입술, 잘린 몸뚱이, 가느다란 끈으로 묶은 잘못 배달된 운명의 선물, 그것은 해 지기 직전에 날아오르는 미네르바의 부엉이, 검은색 우울감이 덮치기 전의 명랑한 마음, 죽음 직전에 타오르는 삶의 열정…… 너의 주위는 온통 붉었고 너울 같은 춤을 추며 너는 붉은색과 하나가 되었다. 창백한 형광등 불빛 아래 병실 전체가 붉은 춤을 추고 있었다. 가슴 밑바닥에서 뜨거운 것이 올라왔다.

산동네에서 자란 너의 어린 시절과 데모와 반항으로 점철된 이십대의 어둡고 격렬했던 기억……

사춘기를 암흑 속에서 보내고 난 뒤 너는 네 안에서 가족들을 한 명씩 살해했다. 제일 먼저 엄마를, 다음에는 아버지를, 오빠를, 언니들을. 가족들을 살해할 때마다 너의 마음은 마크 로스코의 「레드」처럼 반으로 갈라진 채 선명하게 붉어졌다.

파우치 속 주사액이 어느새 바닥을 보였다.

방사선 치료마저 끝나자, 투병 기간의 기억들은 차츰 희미
해졌다. 아침마다 화장대 앞을 지나면서 거울을 힐끗 들여다
보면 머리카락은 조금씩 아주 더디게 자라고 있었다. 눈썹도
조금씩 예전의 선이 살아나기 시작했다. 얼굴의 이목구비 또
한 한결 또렷해졌다. 그런데도 너는 받아들일 수밖에 없었다.
네게서 그 무엇인가가 영원히 사라져버렸다는 것을.

  거울 속 얼굴은, 그래, 바로 그 사진 속 얼굴이었다. 중학교
2학년 때 옥상 장독대 앞에서 엄마와 함께 찍었던 사진. 너는
이제 막 사춘기의 나이로 장대처럼 키가 쑥쑥 올라가는 자신
을 어색해하면서 서 있었고 그 옆에 있던 너의 엄마는 병약과
쇠락의 기색이 역력한 채 쪼그라든 몸집으로 앉아 있었다. 사
진 속 너의 엄마는 잦은 염색으로 손상되어 부스스 날리는 머
리칼 아래 어딘지 슬퍼 보이는 눈빛이었다.

  그 눈빛 너머로 떠오르는 고동색 액자.

  努力 成功

  한 획, 한 획, 붓에 힘을 줘서 쓴 누런 종이 속 네 개의 글
자. 여덟 살의 네가 처음 알게 된 한자.

  산동네 작은 방 안이었다. 엄마가 벽에 액자를 걸면서 붉게
상기된 표정으로 말했다. 멀고 먼 기억 속 어느 날의 일이었다.

  "여덟 살의 나이에 친엄마가 죽고 서모가 들어와 새벽마다
밥을 지어놓아야 학교에 갈 수 있었지. 부뚜막에서 간장에 밥

한 공기 비벼 먹고 학교에 달려갈 때면 돌다리 위에서 학교 종이 울렸어."

이야기를 듣고 있던 여덟 살의 너는 액자 속 종이에 쓰여 있는 네 글자, 노, 력, 성, 공을 가슴에 꼭 새겼다. 가난과 병으로 지쳐 있던 엄마의 눈길을 다만 조금이라도 받기 위해서…… 그 글자들은 자라면서 머릿속 너의 일부가 되었고 시시때때로 솟구쳐 나와 너에게 명령하는 목소리가 되었다. 달려라, 달려, 빨리, 더 빨리……

불현듯 너는 깨달았다. 네가 그토록 노력해왔음에도 너는 조금도 성공할 수 없었다는 것을. 엄마의 눈길을 받기 위해 성공에 목을 맸던 순간, 그 순간이 암세포 성장의 순간이었다는 것을. 설사 가까스로 약간의 성공을 이룬들 엄마의 눈길은 이미 네 곁에 없다는 것을.

너는 산동네 작은 방 안으로 걸어 들어가 여덟 살 너의 갈래머리를 쓰다듬었다.

괜찮아. 성공하지 않아도 괜찮아.

동산은 벌써 봄이 한창이었다. 산책을 나온 너는 동산 중턱에 서서 겨우내 바짝 말라 있던 나뭇가지 끝에서 돌연 하얗고 노랗고 붉은 꽃송이들이 과즙 터지듯 터져 나오고 있는 것을 경이로운 시선으로 바라보았다. 여기에도 꽃, 저기에도 꽃이었다.

나뭇가지 위를 더듬어 헤매던 너의 눈길이 풀밭으로 내려왔다. 곳곳에 남은 검불 사이를 비집고 땅에 달라붙은 듯 들꽃들이 숨어 있었다. 발밑의 흰 점 같은 꽃 하나가 눈길을 끌었다. 아주 작은 꽃이었다. 허리를 구부려 자세히 들여다보니 앙증맞은 하얀 꽃잎 안에는 뜻밖에도 정교한 무늬가 수놓아져 있었다.

쇠별꽃, 괭이밥, 뱀딸기꽃, 좁쌀냉이, 흰젖제비꽃…… 새로 알게 된 들꽃의 이름을 헤아려보았다. 그리고 하나하나 천천히 오래 들여다보았다. 너에게 새로 생겨난 습관이었다. 코끝을 스치는 바람 소리와 흙냄새에도 다시 눈을 떴다. 흙냄새는 멀리 중학교 때 오르내리던 학교 가는 길 위로 너를 옮겨놓았다. 산을 경계 짓던 담벼락을 따라 걸으면서 코를 벌름거리며 빨아들이던 비에 젖은 흙냄새 속으로, 봄바람을 타고 잎사귀를 수시로 뒤집는 키 큰 은사시나무의 향긋한 수액 냄새 속으로, 그토록 찬란했던 어느 봄날 속으로. 너는 네 안의 어딘가에서 흘러넘치는 빛을 느꼈다. 너를 따뜻하고 환하게 비춰주는 빛, 그 빛은 어디에서 왔나? 네가 상처며 아픔이며 고통의 기원이라고 여겼던 그곳, 그 사람들은 지금 어디에 있나?

모경

서울 사대문 바깥의 야트막한 산비탈.

허가도 받지 않고 날림으로 지은 집들이 모여 살았다. 방 한 칸이라도 더 만들기 위해 다닥다닥 붙여 지은 집들로 길은 좁고 골목은 끊어질 듯 간신히 이어졌다. 그곳에는 도시빈민의 온갖 직업군이 있었다. 미싱사, 시다, 목수, 미장이, 환경미화원, 지게꾼, 날품팔이. 하루 벌어 하루 사는 일용직 노동자들이 새벽같이 일을 하러 집을 나서고 나면 대낮에는 깡패들이 어슬렁거리던 곳. 자라는 아이들은 대학은 꿈도 못 꾸고 초등학교가 끝나기 무섭게 공장으로 보내지던 곳. 인해의 집은 그런 동네에 있었다.

인해보다 한 살 많은 바보가 살고 있는 옆집은 온 가족이

미싱 네 대를 돌려서 바지를 만들어 파는 가내수공업을 하고 있었고, 그 옆집은 모자를 만들어 팔았고, 그 옆의 옆집은 무당집이었고, 또 그 옆은 환경미화원, 오른쪽으로는 그나마 조금 부유했던 구멍가게, 그 옆집은 연탄 배달꾼, 그 안집은 날품팔이 정씨네, 이런 식이었다.

인해는 학교에 들어가기 전에는 바깥 놀이에 정신이 없었다. 바깥 놀이는 대부분 즐거웠다. 공부 같은 건 신경도 안 쓰는 아이들이 태반이었다. 자치기, 제기차기, 비석놀이, 공기놀이, 다방구, 술래잡기 같은 놀거리들이 널려 있었고 절 마당 터라는 넓은 공터가 있었다. 무엇보다도 모경이라는 견고한 울타리가 있었다.

모경(母敬).

땅딸막한 모경. 남편보다 키가 훨씬 작았고 인물이 떨어졌지만 항상 당당했다. 두 팔을 휘저으며 골목길을 걸어가곤 했던 모경은 깡총한 꽃무늬 월남치마 차림으로 문밖을 나서면서부터 동네의 크고 작은 온갖 일에 참견하고 다녔다.

해가 지고 난 뒤에 모경은 딸들의 바깥출입을 허락하지 않았다. 특히나 오 남매의 막내로 태어난 늦둥이 인해에 대한 단속은 더 철저했다. "한번 잘못하면 신세 망치는 거야." 모경은 입버릇처럼 말하곤 했다. 여자는 남자와 한 이불만 덮고 자도 애를 밴다는 얘기가 뒤따라왔다. 동네 아이들과도 아무나 어울리면 안 되었다. 모경이 매를 들거나 벌을 세우면 인정사정이 없었다. 인해는 밖에서 배워 온 '지랄하네'라는 말을 집에 와서 언니들에게 썼다가 죽도록 혼이 난 일이 있었다.

모경의 말 한마디에 집안의 모든 일이 돌아갔다. 모경은 걸 핏하면 "아버지가 하늘이야" 하면서 자식들의 공경심을 조장 했지만, 아버지가 없는 자리에서는 말주변이 없다고 곧잘 무시했다. 그런 모경이야말로 인해에게는 하늘 같은 존재였다. 학교 선생님조차 꼼짝 못 하는.

인해가 초등학교 1학년 때 일이었다. 학부모 면담을 한다고 해서 모경은 학교를 방문해야 했다. 가난한 집 학부모가 학교에 가는 것은 피곤한 일이었다. 입고 갈 옷도 신경 쓰였고 부스스한 머리도 신경 쓰였고 무엇보다 뭔가 들고 가야 한다는 무언의 압력이 있었다. 모경도 그날 무엇인가 들고 가긴 했다. 그것은 면담이 끝난 후 남편 일터에 들러 전해주어야 할 일복이었다. 페인트 방울이 곳곳에 묻어 있는 냄새나고 구겨진 일복이 쇼핑백에 들어 있었다. 모경은 교실 문을 열고 들어가 담임께 정중히 인사를 했다.

"안녕하세요."

"아, 인해 어머니시구나." "네."

"아니 인해가 공부를 그렇게 잘하는데 학교에 한 번도 안 오셨어요?"

"그저 잘 부탁드립니다."

그때 담임의 눈길이 모경이 들고 있던 쇼핑백으로 향하더니 얼굴 전체에 화색이 돌았다. 촌지 대신 드리는 선물로 안 것이다. 담임의 손이 쇼핑백으로 나아갔다.

"내가 어떡한 줄 아니? 그걸 얼른 뒤로 감추었지."

모경이 집에 와서 몇 번이나 반복해서 말했기 때문에 그 장면은 마치 눈앞에서 펼쳐지는 것처럼 생생하게 떠올랐다. 학부모가 들고 있는 쇼핑백에 자기도 모르게 손이 가는 중년의 닳고 닳은 여선생과 그 손이 닿기 전에 재빨리 뒤로 감추는 가난뱅이 학부모. 모경은 뻐드렁니를 드러내놓고 깔깔대며 웃었다. 담임에게 한 방 먹인 것이 말할 수 없이 통쾌하다는 듯이. 어린 인해의 눈에 승리자는 모경이었다.

가끔 모경이 전제군주처럼 보일 때도 있었다. 어느 봄날, 일곱 식구가 모여 딸기를 먹고 있을 때였다. 딸기의 양은 많지 않았다. 가난한 집에서 늘 그렇듯이 먹을 입에 비해서 먹을 것은 터무니없이 부족했다. 작은 소쿠리 위로 여섯 명의 손이 빠르게 오가면 그 안에 담긴 딸기는 순식간에 사라졌다. 소쿠리의 바닥이 보이기 시작할 때면 모경은 경계 태세를 보였다. 자식들에게 하나 더 먹으라는 소리를 하는 법은 없다. 그 대신 소쿠리를 번쩍 들어서 자기 앞에 놓았다. 그러고는 한 손으로 소쿠리를 끌어안듯이 감싸고 다른 손으로는 손사래를 쳤다.

"그만. 이건 내 거야."

모경의 그 한마디에 일제히 얼어붙은 듯 손을 내려놓아야 했다.

'엄마들은 희생적이라는데, 왜 우리 집 엄마는 그러지 않을까?' 그 점이 늘 의아했지만, 모경이 무서워 입도 뻥끗할 수 없었다. 게다가 모경은 자식들을 가만히 먹고 놀게 놔두지 않았다.

노동의 분산. 자신에게 집중된 노동을 자녀들에게 분산시키는 것. 많은 식구의 일거리를 혼자서 감당하기에는 체력이 약한 모경이 쓴 묘책이었다. 그것은 가난한 집에서 으레 쓰는 방법이기도 했다. 큰딸이 희생양이 되었다. 큰딸은 일곱 살 아래인 남동생을 업고 다니느라 키가 크질 못했다. 띠동갑으로 태어난 막내를 돌보는 일도 큰딸의 몫이었다. 그랬던 큰딸이 결혼하자 모경은 둘째와 셋째에게 청소, 빨래, 설거지, 그리고 주말의 식사 준비까지 시켰다. 나중에 결혼하면 해야 할 일이기에 미리부터 몸에 길들여야 한다는 게 그 이유였다. 둘째와 셋째가 번갈아 당번을 했던 주말 한낮에는 싸구려 기름 속에서 끓어오르는 당근과 양파뿐인 튀김의 느끼한 기름 냄새가 재래식 부엌을 가득 채웠다.

"우리 엄마 계모 아닐까?"

집안일을 하기 싫어하는 셋째는 이렇게 말하곤 했다. 그러다가 곧 그 말을 수정했다. "계모는 아닌 거 같아. 지난번 연탄가스 마셨을 때 오렌지 주스 사줬잖아. 계모라면 비싼 주스를 사줬겠어?"

모경은 인해에게도 일을 시켰다. 중학생부터는 자기 빨래는 자기가 해야 한다는 거였다.

"빤쓰는 자기가 빨아야지."

모경이 그렇게 말하자 옆에 있던 둘째는,

"빤쓰가 아니라 팬티예요."

라고 정정해줬다. 그러면 모경은,

"빤쓰나 팬티나 그게 그거지 뭐."

하면서 말꼬리를 흐렸다. 인해는 봄이나 여름철 일주일에 한두 번 교복 빠는 일이 힘들었다. 발가락 부위가 까맣게 된 흰 양말도 빨기 싫었다. 그런 일을 다 해주던 큰언니가 그리웠다. 방학이 되면 매일 청소나 설거지 중 하나를 해야 했기 때문에, 인해는 도망치듯 결혼한 큰언니의 단칸방에 가서 며칠씩 있다 오곤 했다. 왜 오빠한테는 집안일을 안 시키냐고 툴툴거리면서.

모경은 하나밖에 없는 아들한테만은 끔찍했다. 병치레한다는 게 그 이유였다. 부엌을 꽉 채우는 커다란 고무 대야에 따뜻한 물을 가득 붓고 그 안에 샛노란 유황 가루를 뿌려서 그 물로 정성스럽게 목욕시키면서 그래야 피부병이 낫는다고 했다. 한번은 인해가 멋모르고 부엌문을 열어서 오빠의 벌거벗은 몸을 보았다. 비쩍 마른 몸에 두드러기 같은 것들이 얼핏 보였지만 뜨거운 물에 나른해진 눈빛이 어쩐지 꾀병 같았다. 더 사랑받으려고 약한 척 꾸며낸 병인 것 같았다.

"나도 피부병에 걸려봤으면."

인해는 혼자 중얼거리며 팔뚝을 손톱으로 박박 긁어보았다. 보드라운 흰 살결 위에 손톱자국만 선명할 뿐이었다. 언니 말대로 정말 모경은 계모가 아닐까? 아니면 나 혼자 다리 밑에서 주워 온 게 아닐까? 인해는 그런 공상에 잠기곤 했다.

인해의 집에 티브이가 들어왔던 것은 초등학교가 끝나갈 무렵이었다. 이젠 이웃집 마루 끄트머리에서 티브이 동냥을 하지 않아도 되었다고, 학교에서 탤런트며 유행가에 대해서 떠들어대는 친구들 무리에 끼어들 수 있게 되었다고 좋아했다. 저녁마다 온 식구가 둘러앉아 연속극을 보는 습관이 생겼다. 그 습관은 해를 넘겨 중학생이 된 뒤에도 이어졌다. 그 시간은 인해의 집이 부유해졌음을 확인하는 달콤한 시간이었다. 그러던 어느 날이었다.

"어, 저기 우리 집이랑 똑같은데?"

"그러게."

인해의 말에 티브이를 보고 있던 식구들 모두 고개를 끄덕였다. 티브이 화면에는 똑순이라 불리는 아역배우의 깜찍한 연기가 펼쳐지고 있었다. 인해는 자신보다 조금 어린 똑순이가 아니라 그 똑순이가 살고 있는 동네를 보았다. 허름한 판자촌이 몰려 있고, 공동변소에 부엌도 같이 쓰고, 걸핏하면 눈물을 질질 짜는 사람들이 모여 있는 그 동네를. 연속극에서는 그 동네를 달동네라 불렀다.

인해는 그제야 자신의 동네가 달동네인 것을 알았다. 남산이 손에 잡힐 듯 가깝게 보이고 사방에서 시원한 바람이 불어왔던 집. 홍수가 와도 잠길 일이 없는 높고 높은 집. 시내를 한눈에 내려다볼 수 있었던 집. 인해가 가슴 뿌듯하게 여겼던 그 집은 달동네에 있었다. 가난하고 추레하고 한숨과 눈물이 넘치는.

어렴풋했던 달동네에 대한 개념은 비교를 통해 완성되었다. 어느 날 학교가 끝난 뒤 같은 반 반장 집에 놀러 간 것이다. 그 애 언니들은 모두 대학생이라고 했다. 반장은 다른 친구들과 달리 아파트에 살았다. 아파트. 인해의 집과는 모든 게 달랐다. 거기에는 신발을 벗어두는 현관과 청결한 화장실과 온 식구가 소파에 둘러앉는 거실이 있었다. 부모와 따로 자는 자기 방들이 있었고 깔끔한 입식 부엌 옆 독립된 공간에 식탁이 놓여 있었다.

인해는 자신의 집을 떠올렸다. 수챗구멍으로 생쥐가 들락거리는 재래식 부엌과 구더기가 들끓는 변소가 있는 달동네의 집. 밥 먹는 곳과 자는 곳과 공부하는 곳이 하나인 공간. 밤에 요강까지 놔두면 싸는 곳까지도 하나가 되었다. 부엌과 비상용 화장실과 욕실이 하나이듯이.

"이제 너희 집에도 가보자."

반장이 그렇게 말했지만 인해는 그러고 싶지 않았다. 여름방학까지, 가을 시험 기간까지 할 수 있는 한 미루었다. 하지

만 어찌나 졸라대는지 겨울방학이 되기 전 집에 데리고 올 수
밖에 없었다. 반장은 인해의 집에 오래 머물지 않았다. 다음
날 쉬는 시간이었다. 뒷자리에 앉은 반장이 인해의 어깨를 볼
펜으로 툭툭 쳤다.

"어제야 알겠더라."

"뭘?"

"실은 그동안 너한테 냄새가 났었어."

"냄새?"

"응. 좀 이상한 냄새."

인해는 코를 킁킁거리며 냄새를 맡아보았다.

"뭐가 난다고 그래?"

반장은 무슨 말인가 할 듯하더니 하지 않았다. 대신 거리감
이 느껴지는 눈빛으로 인해를 바라보았다. 그 눈빛이 무엇을
말하는지를 한참 후에 알았다.

냄새. 그것은 집에서 늘 맡아오던 냄새였다. 오랜 시간 익
숙해져서 자신과 하나가 되어 있었던 냄새. 그것은 아버지가
방에서 피우는 담배 냄새와 방 한구석에서 띄우던 청국장 냄
새와 묵은 옷들에서 나는 군내가 범벅이 된 달동네의 냄새였
다. 담배 구멍이 숭숭 뚫린 장판지와 낡은 벽지 위로 스며들
었던 가난의 냄새.

곧 방학이 시작되었고 학년이 올라가면서 반장과 자연스럽
게 멀어졌다. 달동네. 이제 그 단어는 외부에서 자신을 내려

다보는 시선이 되었다. 그 시선은 가차 없이 인해를 발가벗겼다. 인해가 소중하다고, 아름답다고, 행복하다고 여겼던 것들을 모조리 까발려 초라하고 형편없는 것으로 만들었다. 인해는 그 시선을 의식할 때마다 수치심을 느꼈다. 행복한 유년은 그렇게 끝났다.

생리를 시작하면서 감정은 훨씬 더 불안정해졌다. 거리를 걸어가면 세상 사람들 모두가 자신을 보는 것 같아 고개를 숙이고 다녔다. 가슴이 너무 튀어나온 것 같았고 엉덩이가 커진 것 같았고 사람들이 자신을 불결하다고 생각할 것만 같았다. 어느 날, 인해는 학교에서 갑자기 터진 생리에 초죽음이 되어 집으로 돌아왔다.

"나, 나, 일 났어." 인해는 언니들이 사놓은 생리대를 찾느라 옷장이 있는 작은방으로 갔다. 거기에 모경이 있었다. 모경은 짐을 꾸리느라 정신이 없었다. 커다란 가방에는 집에서 입던 몸빼 바지와 등산 모자, 수건 같은 것들이 들어 있었다.

"어디 가?"

"응. 큰엄마랑 설악산 다녀올 테니까 언니들 말 잘 듣고 있어."

지퍼를 간신히 잠그며 모경이 말했다. 가방은 터질 것처럼 부풀어 올랐다. 모경은 뒤뚱거리며 가방을 질질 끌면서 집을 나섰다. 그 뒷모습을 보면서 인해는 생리가 흘러넘치는 것도 잊은 채 멍하니 서 있었다.

갑갑증 탓이라고 했다. 집에 있으면 가슴이 답답해지고 울화가 치미는 병이라고 했다. 갑갑증만이 아니었다. 두통, 신경통, 관절염, 위장병, 치통…… 모경의 몸은 온갖 질병의 종합선물세트 같았다. 인해가 어릴 때부터 모경은 늘 무엇인가를 먹어야 했다. 마당 가운데 놓인 빨간 고무 대야에는 소골, 염통, 지라 같은, 마장동 도축장에서 값싸게 사 온 소의 부산물이 허옇게 떠 있곤 했다. 양약이나 한약, 녹용 대용품인 녹곽이나 흑염소 같은 보양제들도 끊이지 않았다.

모경은 그 밖에도 온갖 것을 다 해봤다. 굿도 해보고 점도 쳐보고 천주교로 개종해서 방언 기도에 매달려보기도 했다. 그러다가 드디어 최상의 치료제를 찾아냈다. 그것은 여행이었다. 시댁 형님이랑 함께 갔던 2박 3일의 설악산 여행.

짧은 여행만으로도 모경은 삶의 활력을 되찾았다. 밥맛이 돌고 의욕이 솟구쳤다. 하지만 그 효과는 일주일이 지나자 급격히 줄어들었다. 한 달이 지나자 거의 바닥이 났다. 아무 데도 못 가고 집에 있을 때면 모경은 히스테리를 부렸다. 속사포처럼 빠르게 쏟아지는 모경의 넋두리는 양철 두드리는 소리처럼 소름이 끼치는 고음으로 집 안 가득 울려 퍼졌다. 모경은 이제 집안일을 제쳐두고 여행을 다녔다. 속리산으로, 무주구천동으로, 월미도로, 연안부두로.

모경의 무관심 속에서 인해는 고등학교 입학시험을 쳤다. 시험이 끝나자, 인해의 친구들은 들뜬 마음으로 분식점으로,

친구 집으로, 롤러스케이트장으로 몰려다녔다. 거기에 어떻게든 끼고 싶었던 인해는 어느 일요일 아침 감청색 교복 외투를 입어보다가 벗어 던지고는 옷장을 뒤졌다. 친구 중에 교복 외투를 입고 놀러 다니는 애는 없었다. 소풍 날에도 교복을 입고 왔던, 도수 높은 안경을 낀 전교 1등 소영이를 빼고는.

옷장에는 모경의 월남치마와 아버지의 일복 외에는 없었다. 그때 문득 벽걸이에 걸려 있는 낯선 코트가 눈에 띄었다. 언니들 건가? 인해는 냉큼 몸에 걸쳤다. 그런대로 어울리는 것 같았다. 이 정도면 친구들에게 무시당하지 않겠지. 또래 친구들이 얼마나 패션에 민감한지, 조금이라도 유행에 뒤처지면 얼마나 무시하는지 인해는 잘 알고 있었다. 그때 누군가 등짝을 세게 때렸다.

"안 돼."

뒤돌아보니 모경이었다. 어느 틈에 부엌에서 방으로 들어온 모경이 인해를 노려보고 있었다. 그제야 그 외투가 누구 것인지 알았다.

"하루만……"

인해는 거의 애원하듯이 빌었다.

"친구들 만나기로 했단 말이에요."

"안 된다니까. 학생이 교복 입으면 됐지. 엄마 오늘 계 모임에 나가야 해."

모경의 목소리는 또다시 고음으로 올라가고 있었다. 양철 두드리는 소리가 곧 온 집 안에 퍼질 것만 같았다. 또 다른 넋 두리로 이어지기 전, 인해는 코트를 벗어 던졌다.

그날 인해는 친구들과 만나는 것을 포기했다. 모경의 코트가 어울릴 리 없었다. 하지만 교복 외투를 입고 나가기는 죽기보다 싫었다. 인해는 이불을 뒤집어쓰고 온갖 저주의 말을 퍼부었다.

인해는 이해하지 못했다. 모경이 지나고 있는 갱년기라는 어두운 터널을. 이해가 안 가는 건 자신도 마찬가지였다. 인해는 사춘기의 들쑥날쑥하고 종잡을 수 없는 감정의 터널을 지나고 있었다. 훗날 그 시기의 자신과 모경을 생각해보면 쌍곡선을 이루는 두 포물선을 보는 것 같았다. 어쩌다 가까워져도 만날 수 없고 곧 서로 다른 방향으로 멀어져만 가는 두 개의 포물선. 인해와 모경은 각기 사춘기와 갱년기를 앓고 있었다.

여고생이 된 인해는 외모에 더 민감해졌다. 옷이 문제였다. 신상품으로 입지 않으면 어떻게 해도 뒤떨어져 보였다. 하지만 신상품은 닿을 수 없는 거리에 놓여 있었다. 인해는 어느 일요일 오후, 낡은 장롱 위 거울을 보았다. 성냥갑처럼 비좁은 방의 풍경이 적나라하게 드러났다. 나날의 일상이 지루하게 반복되는 곳. 그 위에 피어나려고 몸부림치는, 추리닝 차림의 여자애가 있었다. 인해는 문득 그 얼굴에서 몸부림칠수록 더 괴로워지는 고통의 무한반복을 보았다.

이 가난, 이 결핍, 이 욕망, 이 괴로움…… 인해는 절박한

심정으로 거울을 바라보았다. 이 모든 게 사라졌으면…… 깜
박. 눈을 한번 감았다가 떠보았다. 내 앞에는 아무것도 없는
거야. 그렇게 중얼거려보았다. 그러자 정말 아무것도 보이지
않았다. 아니, 그렇게 믿고 싶었다. 이 세상에 있는 것은 오로
지 자신의 마음뿐이라고. 미모사처럼 사소한 자극에도 오그
라드는 마음. 상처받지 않으려면 마음의 빗장을 단단히 질러
야 했다. 자신의 취약한 감정, 그 감정을 제거해야 했다. 그렇
게 인해는 감정을 죽였다.

다음 날 아침, 인해는 높은 언덕배기에서 학교로 내려가기
전, 맞은편 산에서 떠오르는 태양에 눈을 맞추며 소설책에서
읽은 대사를 중얼거렸다. "내일은 내일의 태양이 뜨겠지." 그
후로 인해는 쉬는 시간이나 점심시간이나 심지어는 청소 시
간까지도 오직 책만 보는 학생이 되었다. 사춘기의 불규칙한
감정의 변화, 여고생들 사이의 미묘한 감정 다툼, 수다와 수
다로 이어지는 무리 속에 끼고 싶은 유혹, 자신의 환경에 대
한 낙담과 앞날에 대한 불안. 인해는 무연히 그것들을 바라보
았다. 그러던 어느 날 인해에게 호감이 있는 반 친구 하나가
말을 걸어왔다.

"그렇게 한마디도 안 하고 살면 답답하지 않아?"

"아니. 왜 말을 해야 해?"

"그래야 서로를 알 수 있잖아."

"그런 건 해보지 않아도 알 수 있어. 표정만 봐도…… 보통

의 사람들이 얼마나 하찮은 생각을 하고 사는지."

"어쩜. 대화도 안 해보고."

친구는 모욕당한 듯이 얼굴이 하얗게 질렸다.

"넌 정말. 넌……"

비쩍 마른 그 친구는 단발머리를 절레절레 흔들며 한 발 뒤로 물러섰다. 그러고는 벌레를 보는 듯한 표정을 지으며 멀어져갔다. 잠시 마음이 싸늘하게 식었던 인해는 곧 평정심을 되찾았다.

도시빈민의 아이들이 다니는 학교에서 공부를 잘하기는 수월했다. 대부분이 공부에 관심이 없었으므로. 2학년이 되어 갑작스럽게 성적이 상승한 인해는 주목받았다. 아이들은 인해가 지나갈 때면 선망의 눈초리를 던지며 수군댔고 선생님들은 교실에 들어오면 인해부터 찾았다. 공부를 잘하자, 모든 선생님이 갖가지 편의를 봐줬다. 숙제를 안 해와도, 수업 시간에 졸아도, 야자 시간에 땡땡이쳐도 문제가 되지 않았다. 그림을 못 그려도 미술은 A 플러스가 나왔고 노래를 못 불러도 음악은 그럭저럭 A는 나왔다.

공부를 잘한다는 것, 그것은 하나의 권력이었다. 인해는 그 작은 권력이 자신의 손안에 들어온 것을 느꼈다. 힘의 행사는 아니었다. 단지 방패막이가 되어주는 것이었다. 그 방패 안에서 인해는 비로소 위축되지 않았다. 집안에서도 그 권력은 효력이 있었다. 모경이 너그러워진 것이다. 빨래도 시키지 않았고 청소도 안 해도 되었다. 교복 자율화로 사복을 입어야 했을 때는 원피스를 한 벌 사주기도 했다. 이미 옷 따위에는 관심이 없어진 지 오래되었는데.

중간고사가 끝날 무렵, 산꼭대기에서 산 중턱으로 이사를 왔다. 둘째가 은행 대출을 얻었다고 했다. 양옥집이었다. 새로 이사한 집에는 방과 마루가 분리되어 있었고 화장실이 실내에 들어와 있었다. 화장실에는 양변기도 놓여 있었다. 이사한 뒤에 모경의 얼굴은 모처럼 생기로 번들거렸다.

"이거 뭐예요?"

교내 행사로 일찍 귀가한 어느 날, 인해는 마루에 널려 있는 상자 꾸러미를 보고 물었다.

"으응, 그릇이야. 언니들 시집갈 때 주려고."

모경은 매일 무엇인가 사들였다. 그릇 세트, 프라이팬 세트, 크리스털 글라스들과 꽃무늬 쟁반…… 그러고는 손님들을 초대했다. 일 년에 한 번 아버지 생일에 즐겨 하던 요리들이 이제는 집들이 손님상에 매번 올랐다. 메뉴는 늘 똑같았다. 불고기, 잡채, 해파리냉채, 홍어무침, 꼬치전, 삼색나물, 과일샐러드, 김치겉절이. 전과 다른 것은 크리스털 글라스에 담긴 맥주였다. 모경은 컵이라고 하지 않고 꼭 글라스라고 했다.

"노란 맥주가 있어야 신식이지."

거품이 넘칠 정도로 맥주를 따라 부으며 모경은 그렇게 말했다.

손님맞이를 하느라 모경의 일 년은 정신없이 돌아갔다. 전화를 돌리고, 장을 보고, 상을 차리고, 상을 치우고. 인해가 야간 자율학습에서 돌아온 늦은 밤, 현관문을 열고 마루에 올라서면 부엌에 쌓여 있는 설거지 앞에서 모경이 중얼거리는 소리가 들려오곤 했다. "피곤해 죽겠구나, 하지만 이게 사는 맛인걸."

빚을 얻어서 잠시 반짝였던 살림은 다시 쪼들렸다. 무리하게 이것저것 사들인 게 문제였다. 돈, 돈, 돈. 늘 돈이 문제였다. 직장에 다니는 딸들이 퇴근하기 전 모경이 전화를 걸어대는 모습을 인해는 여러 번 목격했다.

"아유, 표독스러운 것……"

전화를 끊으며 이렇게 말할 때는 둘째였다. 은행에 전화를 걸어 수화기 너머 눈치를 살핀 후 목소리에 냉기가 흐르면 모경은 곧바로 전화를 끊었다. 아랫동네 이사에 일등 공신이었던 은행원 딸의 심기를 거스를 수는 없었기 때문이었다. 다음은 셋째였다.

"돈이 없어? 어째 가불이라도 안 되겠니?"

무역회사 비서였던 셋째는 작은 목소리로 신경질을 냈다. 그러고선 마음이 약해졌다.

"상무님 나오신단 말이야. 알았어요. 빨리 끊어요."

모경과 아버지의 사이는 회복할 수 없을 정도로 나빠졌다. 아버지에게 모경이 하는 일의 대부분은 쓸데없는 짓이었다.

달동네에 살 때 모경은 한 달에 한 번 소금 장사가 올 때마다 따뜻한 점심 한 끼를 대접했었다. 그것은 쓸데없는 짓이었다. 모경은 독거노인을 보면 그냥 지나치지 못했다. 찬밥이라도 데워서 가져다주거나 손님상 차리고 남은 반찬이라도 챙겨줘야 직성이 풀렸다. 그것도 쓸데없는 짓이었다. 모경은 성당에서 멀리 임진각까지 가는 기도회에 자주 참석했고 거기에서 평화의 기도를 올리다 돌아오곤 했다. 아버지에게는 그거야말로 쓸데없는 짓이었다.

큰소리 한번 내는 법 없던 아버지가 여러 번의 집들이 후 언성을 높이는 일이 자주 있었다. 모경이 성당 기도회에 다녀오느라 일복을 준비해놓지 않은 날에 급기야는 밥상을 뒤집어엎었다. 상 위에 있던 반찬들이 사방으로 튀었다. 남편을 하늘처럼 떠받들어왔던 모경은, 그 순간 그 하늘이 조각이 났다고 느꼈다. 모경은 진지하게 이혼을 생각했다.

자유.

내게 필요한 건 자유.

모경은 자식들이 쓰다 버린 노트에 서툰 글씨로 그렇게 적었다. 자기 삶이 결혼에 속박되어 있다고. 남편에 의해 부당하게 억눌려 있다고. 거기에서 놓여나야겠다고. 하지만 어떻게? 모경은 방법을 몰랐다. 한 번도 사회생활을 해보지 않은 모경은. 한 번도 경제활동을 해보지 않은 모경은. 남편 몰래 챙겨놓은 딴 주머니도 없었던 모경은. 돈이란 돈은 다 끌어모아 자식들 가르치는 데 썼던 모경은. 집을 나서면 받아줄 친정도 없는 모경은 도대체 그 방법을 몰랐다. 그 시대, 그 나이에 뒤늦게 자아가 꿈틀댄다는 것은 고통스러운 일이었다.

산 중턱에 있던 양옥집. 그 집은 인해의 기억 속에서는 어두컴컴했다. 시세에 비해 싸게 나왔다고 좋아하더니, 알고 보니 지은 지 수십 년 된 낡은 집이었다. 남향으로 트인 곳은 마루뿐이었고 그마저도 산동네에 가려 햇빛은 감질날 만큼 들어오다가 말았다. 어쩌다가 인해가 학교에서 일찍 귀가하게 되면 집에는 아무도 없었다. 아무리 벨을 눌러도 나오는 사람이 없었다. 열쇠가 없어 인해는 종종 교복을 입은 채로 쓰레기통을 밟고 담장을 넘곤 했다. 그렇게 들어간 집은 어두웠고 적막감이 감돌았다. 햇볕이 들어오지 않는 작은방에 누우면 낮에도 천장에서 쥐가 긁어대는 소리가 들려오곤 했다. 그 방에 누워 카세트 라디오로 「지고이네르바이젠」을 듣고 있으면 한참 만에 끼이익, 하고 기분 나쁜 소리를 내며 초록색 철제 대문이 열리는 소리가 들려왔다. 이윽고 현관문을 열고 들어오는 모경의 손에는 광장시장에서 사 온 건어물 같은 것이 들려 있었다.

인해가 고등학교 2학년이 되었을 때 여의도에서는 분단 후 처음으로 이산가족 찾기 행사가 열렸다. 그 행사의 하나로 궐기대회가 있었는데 거기에는 학생들도 동원되었다. 인해는 모경에게 학교 행사가 있다고 말했다. 대개 그런 행사에는 반장

엄마가 담임 선생님의 김밥을 싸 보내기 마련이어서, 인해의 그 말은 김밥을 싸달라는 뜻이었다. 모경은 눈살을 찌푸렸다.

"넌 왜 쓸데없이 그런 걸 해서……"

인해는 눈을 내리깔았다. 그리고 궐기대회가 열리는 여의도에 도착했을 때, 담임 도시락을 챙기지 못한 괴로움 때문에 한시바삐 그 자리를 벗어나기만을 손꼽아 고대했다. 분단, 이산가족, 그런 단어들은 자신과 거리가 먼 이야기였다. 인해는 오직, 도시락을 싸갈 수 없는 자신의 형편만을 생각하고 있었다. 그랬기 때문에 비슷한 시간에 모경 또한 돗자리를 가지고 여의도에 있었다는 사실을 나중에 알고 난 뒤에도 별다른 감정을 갖지 못했다. 모경이 찾고 있는 사람은 모경의 오빠이자 인해의 외삼촌이었다. 모경의 오빠는 일제시대에 돈 벌러 일본으로 건너갔고 거기에서 또 사할린에 간 후 소식이 끊겼다고 했다. 하지만 인해에게 외삼촌은 서울에서 사할린의 거리보다 심리적으로 더 멀리 떨어져 있는 사람이었다. 궐기대회가 끝난 뒤 인해는 평소보다 일찍 집으로 돌아왔지만, 돗자리를 가지고 갔던 모경은 며칠 동안 집에 오지 않았다. 그 넓은 여의도 광장에서, 그 많은 인파 속에서 종이로 적은 피켓을 올렸다 내렸다가 하면서 모경은 사십여 년 전에 헤어진 오빠의 소식을 애타게 기다렸다. 하지만 며칠 뒤에야 추레한 몰골로 집에 돌아온 모경은 빈손이었다.

고3이 되자 학부모 면담이 시작되었다. 부스스하게 풀린

머리와 월남치마 차림으로 모경은 학교에 다녀왔다. 개별 면담이 시작되기 전 시청각실에서 교장 선생님의 인사말을 들었던 모양이었다. 집에 돌아온 모경은 흥분이 가시지 않은 얼굴로 인해에게 말했다.

"너희 학교 교장선생님 참 훌륭하더라."

교장은 나이 든 독신 여성이었다. 깐깐하기가 보통이 아니어서 주임급 남자 교사들조차 교장실에 들어갔다 나오면 고개를 설레설레 저을 정도였다. 청결, 정숙, 이런 단어가 담긴 표어가 학교 곳곳에 매달려 있었다. 인해의 학교는 인근에서는 수녀원이라는 소문을 달고 다녔다.

"뭐가 훌륭해?"

"아주 훌륭해."

모경은 무엇이 훌륭한지에 대해서는 대답하지 않은 채, 계속 훌륭하다는 말만 반복해서 말했다. 그러더니 갑자기 인해의 손을 꼭 잡았다.

"인해 너도 그런 사람이 되어라. 너희 학교 교장선생님처럼 훌륭한 사람이. 그러면 그깟 결혼 안 하고 독신으로 살아도 좋아."

모경이 꿈에 젖은 목소리로 말하는 것을 인해는 흘려들었다.

인해는 마침내 대학생이 되었다. 어릴 때 귀에 못이 박히도록 들었던, 모경이 꿈꾸던 대학, 그 대학에 들어갔다. 첫째부터 꿈꿔왔다가 번번이 좌절되었던 그 꿈의 실현. 인해는 그렇게 모경에게 만족감을 안겨주었다. 그러고는 곧바로 보기 좋게 배반했다. 입학하자마자 운동권 학생이 된 것이다. 달리 어떤 길이 있었을까? 운동권이 되지 않았다면? 보통의 대학생들도 시대적인 분위기에 눌려 위축되어 있던 시절이었다. 출세? 그런 길이 있었을까? 설사 그런 길이 있었다 해도 인해는 자신이 그 길을 저버렸다고, 모경이 바라는 교장 선생님 같은 건 꿈도 꾸지 않는다고 생각했다. 그렇게 생각할 때마다 인해는 자신이 뭔가 대단한 사람이 된 듯 가슴이 뻐근해졌다.

하지만 모경은 이해하지 못했다. 연일 데모가 이어지던 어느 밤늦은 시간, 지하철역 승강장에서 기다리던 모경은 막 지하철에서 내리는 인해의 손목을 잡아끌다시피 해서 집으로 왔다. 모경은 인해의 머리며 등이며 소맷자락 같은 곳에 코를 킁킁거리며 냄새를 맡아보았다. 매캐한 최루가스 냄새가 났다. 모경은 인해를 그대로 방에 앉히고는 회초리를 들었다.

"약자를 위해서 사는 건 좋아. 하지만 데모는 아니야. 그러려면 차라리 나를 쳐라."

모경이 내리친 것은 자신의 종아리였다. 한 대, 두 대……열세 대. 모경은 회초리를 세게 휘둘렀다. 티브이에 화염으로 타오르는 대학가 시위 장면이 곧잘 비치던 때였다. 모경은 어떻게 해서든 그 화염 속에서 인해를 구출해야 한다는 생각뿐이었다. 회초리가 두 동강 나자, 모경은 반쪽을 움켜쥐었다.

그 움켜쥔 모경의 손을 인해는 간신히 붙들 수 있었다.

하지만 며칠이 지나자, 인해는 다시 운동권 학생으로 돌아갔다. 집회, 시위, 언더서클, 학생회, 술, 담배…… 모경이 하지 말라고 하는 것이 무엇이든 서슴없이 행동으로 옮겼다. 마치 모경에게 반항하듯이. 어느 날인가는 외박하고 다음 날 집에 와보니 책꽂이에 이가 빠진 것처럼, 수십 권의 책들이 사라져버렸다. 민중, 노동자, 변혁이라는 단어가 들어가 있는 책들은 모경에게는 화근덩어리였고, 화근덩어리는 결국 악에 가까웠다. 그것들은 온 집안을 화염에 휩싸이게 할지 모르는 위험한 것들이었다. 인해가 없는 틈을 타시 모경은 그것들을 화염 속으로 던져버렸다.

인해가 운동권 속으로 빠져들고 있을 그 무렵은 제5공화국 말기, 칼바람이 휘몰아치는 공안정국이었다. 봄부터 시작된 전방 입소 반대 시위와 여름방학 이후 연일 이어지는 불온 조직 검거 사건의 대대적인 보도로 납처럼 무거운 공기가 짓누르고 있었다. 선배 윤수는 실종되었다가 이십여 일 만에 치안본부에서 그 소재가 확인되었고 같은 과에 다니는 선량한 동기들이 선배를 따라 K대에 갔다가 며칠간 나오지 못했다. 그들은 졸지에 불온 세력이 되어 천여 명의 다른 학생들과 함께 재판에 넘겨졌다.

인해의 스물한 살, 그 암흑의 시절, 그 시절의 기억을 떠올리는 것은 언제나 고통스러웠다. 분신, 투신, 의문사…… 그 시절에는 죽음이 만연해 있었다. 인해는 집 밖에서 일어나는 죽음에 대한 충격으로 자기 곁에서 시나브로 진행되는 죽음을 눈치채지 못했다. 모경이 한발 한발 죽음에 가까워지는 것을 알아채지 못했다.

훗날 인해가 그 무렵의 집을 떠올려보면 침몰해가는 난파선 같았다. 오빠는 군대에서 제대했지만 무엇을 하는지 알 수 없었고 언니들은 탈출하듯 서둘러 결혼을 해버렸다. 인해는 시위가 있을 때마다 방 정리를 다 해놓고 비장한 각오로 집을 나섰지만, 사실 어떤 확신이 있는 것은 아니었다. 그리고 거기 한가운데에 모든 기력이 쇠진한 모경이 있었다. 침몰해가는 난파선의 키를 잡은 선장처럼 무력한 모습으로.

그 무렵 인해는 모경과 방을 같이 쓰고 있었다. 아버지와 사이가 나빠진 모경이 인해의 방에 들어와 지내게 된 것이다. 늦은 밤에 돌아오면 인해는 모경 옆에 쓰러져 잠이 들었다. 집 안은 적막강산처럼 조용했다. 하지만 한밤중, 새벽 한시나 두시경이 되면 모경은 깨어 일어나 다락으로 올라가 있었다. 낡은 뒤주나 오래된 궤짝을 헤집는 소리가 났다. 모경은 이따금 동요를 부르기도 했다.

뜸북 뜸북 뜸북새 논에서 울고

여의도에서 다녀온 뒤로 부르곤 하던 「오빠 생각」. 한 소절이 나오기가 무섭게 모경의 목은 잠기고 눈에서는 눈물이 찔끔 흐르기 시작했다.

그 눈물은, "뻐꾹 뻐꾹 뻐국새"에서 본격적으로 흐르다가 "서울 가신 오빠는 왜 안 오실까?"에 이르면 걷잡을 수 없어졌다. 사할린에 돈 벌러 갔다는 오빠, 머리가 좋아 특이한 시계를 발명해서 특허까지 받았다는 오빠, 헤어진 지 사십 년도 더 지난 오빠, 그 오빠를 애타게 찾으며 모경은 흐느껴 울었다.

인해가 낮에 소리 높여 외쳤던 민중이 바로 곁에서 마음을 후벼파는 구슬픈 울음과 노랫소리로 숨 쉬고 있었다. 하지만 인해는 애써 신경을 껐다. 모경은 그즈음 날이 갈수록 쇠약해지고 있었다. 그것은 당연한 일이었다. 인해가 어릴 때부터 모경은 늘 이팠으니까. 그 원인은 모경 자신에게 있었다. 육체의 한계를 넘어서는 일에 쏟아부었던 자신에게. 인해는 사회 현상을 바라보듯 냉정한 시각으로 모경을 바라보았다. 모경이 하는 일은 가족을 위한 일은 아니었다. 가족은 뒷전인 채 모경의 시선은 늘 다른 곳으로 향해 있었고, 온정의 손길을 찾는 보다 불우한 누군가에게 자신을 쏟아부었다. 그러다가 집에 돌아오면 앓아누웠다. 자신의 마지막 남은 생명을 쥐어짜듯 모경은 그렇게 하루하루를 소진해나갔다.

싸늘한 공안정국이 이어지던 그해 늦가을이었다. 인해는 집에서 나가려다 자신을 부르는 소리에 안방으로 들어갔다.

"인해야."

이불 위에 누워 있던 모경은 꺼져가는 눈빛으로 한 손을 내밀며 말했다.

"오늘 안 나가면 안 되겠니?"

토요일이었다. 당연히 수업은 없었다. 회의가 있을 예정이었다. 거창하게 회의라고 했지만, 사실 동기생 몇몇이 모여 시국에 관한 고민을 토로하는 모임에 불과했다. 뭔가 대단한 일인 것처럼 굴었지만 인해가 빠진들 모래사장의 모래 한 줌만큼의 표시도 안 나는 일이었다.

인해는 모경의 꺼져가는 눈을 보았다. 거기에는 사춘기 이후로 멀어져간 쌍곡선 위의 한 포물선이 있었다. 너무 멀어져서 가까이 있었던 기억조차 희미한 포물선. 플러스와 마이너스 부분이 각자의 방향으로 뻗어나갈 때, 서로의 시선이 닿을 수 없는 곳에 놓인 희미한 점이.

인해는 그 순간, 주먹을 쥐었다. 자신의 삶은 미래로 나아가야 한다고. 어디로 어떻게 가야 할지는 모르겠지만 지금은 싸워야 하는 때라고.

인해는 등을 돌렸다.

그것이 모경에 대한 마지막으로 선명한 기억이 되었다. 안방에서 나와 삐걱거리는 마루 위를 지나서 불투명 유리로 된 현관문을 밀고 나올 때, 인해의 뒤통수에 모경의 얼굴이 계속 따라다녔다. 머리는 염색물이 빠져 흰색과 갈색과 붉은색이 뒤섞인 채 부스스하고, 주름 잡힌 얼굴은 쪼그라들고, 눈은 퀭하게 들어가고, 입술은 부르터 앞니가 튀어나오고, 꺼져가는 눈빛으로 체념한 듯, 포기한 듯, 그래도 가까스로 다시 한

번 고개를 들었다가 마침내 천천히 아래로 떨어뜨렸던 그 얼굴이.

십여 일이 지난 후 모경은 세상을 버렸다. 향년 58세. 음독 자살. 사망진단서에는 공식 사인(死因)이 심장마비로 기록되었다. 모경의 유지를 받들어 천주교식 장례를 치르기 위해서였다. 모경이 정기적으로 다니면서 우울증 치료를 받았다는 정신과 의사는 순순히 그렇게 적어주었다. 그날 인해는 결혼해서 먼 곳에 사는 언니들보다 늦게 왔다. 거리 시위를 나갔다가 정보가 샌 탓에 허탕을 치고 학사주점 거리를 쏘다니다가 인해가 돌아왔을 때, 그때는 이미 모든 게 끝난 뒤였다.

1986년과 1987년의 두 해. 살얼음이 낀 듯한 공안정국과 박종철 고문치사 사건, 그리고 그 뒤를 이은 민주화운동. 1987년 6월 명동성당 농성장에서 인해는 해산을 선언할 때까지 자리를 지켰다. 훗날 인해는 그 며칠을 설명할 수 없는 복잡한 감정으로 떠올리곤 했다. 인해는 그 기억을 오랫동안 마음속에 묻어두었다. 그와 함께 모경에 대한 기억 또한 마음속 깊은 곳에 묻어두었다.

인해가 모경의 나이 가까이 되었던 어느 날, 베란다에서 분갈이하려고 쏟아낸 화분의 흙을 만지던 인해는 까마득하게 잊고 있었던 옛 기억을 떠올렸다. 달동네 산꼭대기 집 위의 옥상, 그 옥상에 만든 꽃밭.

"여기에 꽃밭이 어떻게 만들어져요?"

"아니야. 할 수 있어."

모경은 며칠이나 온 가족을 동원해서 연탄재를 날랐고 그것을 비료와 섞어 작은 꽃밭을 만들었다. 인해는 날마다 옥상에서 물을 뿌려줘야 했다. 사루비아, 맨드라미, 과꽃이 피었던 꽃밭 앞에서 모경은 노래를 불렀다. 인해가 막 사춘기에 접어들던 때.

"꽃이 피면 꽃밭에서 아주 살았죠."

산꼭대기로 바람이 불어왔다. 누구에게나 가리지 않고 부는 공평한 바람이. 멀리 남산 위로는 해가 지고 있었다. 지는 해의 스러지는 빛을 받으며 인해와 모경은 함께 사진을 찍었다.

모경(母敬). 인해는 그렇게 부를 수밖에 없었다.

외롭고 높고 쓸쓸한

그 나무 이름이 뭐였더라? 오래전 네가 전화를 걸어왔잖아. 그때가 아마 네가 직장을 그만두고 사귀던 사람과도 헤어졌을 때였을 거야. 너는 희미한 목소리로 말했어. 어느 사이에 너는 애인도 없고, 직장도 없고, 부모며 형제들과도 멀리 떨어져서 거리를 헤매고 있다고 말이야. 종로, 청계천, 을지로를 거쳐 명동성당까지 걸어갔다고 했던가? 얼마 만에 찾는 명동성당인지, 하고 말하는 너의 목소리에 떨림이 느껴졌어. 성당 안으로 선뜻 들어가지는 못하고 건너편 건물의 옥상에 올라갔다고 했지. 너는 말했어. 곧 해가 질 거라고. 해가 지면 고딕 양식으로 지어진 교회 첨탑이며 성당 입구의 아치형 문 위로 노을이 번질 거라고. 1987년 6월이 떠오른다고 했어. 네가 그곳에서 몇 날 며칠 밤새우던 일이 꿈만 같다고. 그러면서 너는 어떤 나무에 대해 말했어. 그 나무 이름이 뭐였더라?

생각나니? 사람들이 십이 미터 길이라고 부르던 길 말이야. 그 너머로 지금은 아파트가 들어섰지만, 전에는 볼품없는 민둥산이 있었잖아. 산 중턱에 나무들이 모여 있었지. 누가 거기에 목을 매달았다는 둥, 나무 밑에 버려진 아기가 있었다는 둥, 갖가지 흉흉한 소문이 나돌곤 했던 그 산에서는 이상하게도 11월만 되면 바람이 모질게 불곤 했어. 그날도 그렇게 바람이 사납게 불었단다. 산 위의 마른 가지들이 배고픈 짐승의 울음소리 같은 구슬픈 소리를 냈어. 그 밑을 지나면서 나는 온몸이 움츠러들어서 고개를 파묻고 걸었어.

우울했어. 그날은 중학교 시험을 앞두고 원서 접수를 하는 날이었거든. 시험을 망칠 게 뻔했어. 공부를 안 했으니까. 엄마가 공부를 하나 안 하나 미닫이문을 열어볼 때마다 나는 읽고 있던 소설책을 밥상 아래로 얼른 숨기곤 했는걸. 그땐 책상도 없어서 밥상으로 쓰고 있는 작은 은행나무 소반을 놓고 공부했지. 소반 밑으로는 무엇을 감추든 다 보이기 마련이었지만 나는 추워서 담요를 덮는 척하고 그 속에다 소설책을 숨겼어. 그러면 엄마는 의심스러운 표정으로 방 안을 휘, 둘러보고는 다시 저녁 준비를 하곤 했지.

엄마는 나의 첫 시험에 여간 신경을 곤두세우고 있는 게 아니었어. 마치 엄마 자신이 시험을 보는 것처럼. 엄마는 전쟁 통에 내 위로 아기를 두 번이나 잃었다고 했지. 그런 끝에 나온 첫아기였으니 딸이었어도 얼마나 애지중지했을까. 어린 나에게 온갖 얘기를 다 했지. 엄마가 처녀 시절 읽었다던 소설 얘기도 자주 했어. 이광수의 『사랑』, 『무정』, 심훈의 『상록수』, 그런 소설들에 나오는 주인공에 대해서 말이야.

초등학교도 간신히 다녔다면서 그런 소설들을 어떻게 읽었을까? 엄마는 새벽에 밥해놓고 학교에 갔다는 얘기를 얼마나 많이 했는지 몰라. 천 번도 더 했을 거야. 엄마한테는 학교가 그렇게 중요했던 거야. 그러니 나의 첫 시험에 신경을 곤두세울 수밖에. 하지만 나는 엄마의 학교 타령을 듣는 게 지겨웠어. 그리고 학교가 싫었어.

시험이라면 치가 떨릴 정도였지. 5학년 때 담임이 반 아이들을 상대로 과외를 한다는 사실을 알게 되었거든. 그래서 그 아이들이 1등부터 10등까지 도맡아 한다는 사실도. 그걸 알게 되고 난 뒤부터는 공부하기가 싫더라. 가난한 집 아이가 시험을 잘 볼 확률은 백만분의 일도 안 되는 거니까. 그리고 나는 그 가난한 집의 아이였으니까. 어차피 해보았자 결과가 뻔한 시합 아니겠어? 더군다나 이번에 치는 시험으로 자신이 다니게 될 학교를 정한다니 말 다 했지. 연탄 가게 앞을 지나는 골목길 입구쯤 왔을 때 나는 비로소 고개를 들어보았어. 벌써 하늘이 어둑어둑했어.

그날 네가 이 세상에 나오리라고는 생각하지 못했단다. 노산이었던 엄마의 뱃속에서 하루가 다르게 커가던 너는 아직 나오려면 보름은 더 있어야 했지. 하지만 엄마는 내 시험 날짜만 헤아리고 있었고 나도 불안감 때문에 네 생각은 하지 못했어. 아니, 더 솔직히 말하마. 네가 오는 게 썩 반갑지 않았어. 지금도 좁은 집인데, 지금도 먹을 게 부족한데, 지금 식구만으로도 엄마는 헐떡이는데…… 그런 걱정뿐이었지.

대문을 밀고 들어갔을 때 사촌 언니가 툇마루에 앉아 있다가 일어났어. 어, 웬일이지? 하는데 사촌 언니가 투박한 목소리로 말하더구나.

"딸이야. 니 엄마가 딸을 낳았대."

순간, 나는 입을 벌린 채 어쩔 줄 몰랐지. 이상한 일이었지. 하나도 반갑지 않을 줄 알았는데 웃음이 나오는 거야. 나도 모르게 제자리에서 뱅그르르 돌았어. 한참을 돌다가 제자리에 멈췄어. 멈춘 뒤에도 머리가 빙 도는 것 같은 어지럼증이 느껴졌어. 그래, 나는 흥분하고 있었어. 그건 아마도 네가 여자아이였기 때문일 거야. 엄마가 용한 점쟁이한테 물어봤더니 아들이 나올 거라고 했대. 엄마는 다섯 살 난 외동아들 철이가 있는데도 욕심이 났다지 뭐니. 하지만 네가 여자애라는 거야. 난 기분이 좋았단다. 네가 나와 같은 여자애라는 게 말이야. 아버지는 또 딸이라는 말을 듣고 네가 태어난 병원에 가보지도 않았지만.

그렇게 해서 초등학교에서 중학교로 넘어가는 길고 긴 겨울방학을 너와 함께 보냈어. 갓난아기였던 네가 얼마나 예뻐 보였는지 몰라. 너는 어쩐지 내 아이인 것 같은 허무맹랑한 기분이 들곤 했단다. 모르겠어. 엄마가 입덧하고 배가 불러오고 힘들어하는 모습을 옆에서 지켜봐서 그런가 봐. 끝까지 돌봐주어야지. 그런 마음이 들더라. 세상에 열세 살짜리가 우습지 않니?

중학교에 가고 싶지 않아서 너한테 더 집착했는지도 모르겠어. 건성으로 시험을 친 끝에 다니게 된 중학교는 만원 버스를 타고 삼십 분을 달려야 도착하는 학교였거든. 내가 기대하는 것은 자주색 교복 이외에는 없었단다. 자주색은 내가 제일 좋아하는 색이야. 핏빛 자주색. 왠지 고귀한 듯도 하고 슬퍼 보이기도 하는 색이지.

그것 말고는 다 싫었어. 학교는 정말 끔찍한 곳이야. 선생들은 다 돈만 밝히고 돈 많은 집 애들이 부모 빽만 믿고 행세를 부리는 곳. 교문 검열, 훈육, 월사금, 육성회…… 학교에서 돈 내라는 얘기할 때가 제일 싫었어. 초등학교 5학년 때 월사금 못 냈다고 교실 바깥으로 쫓겨났었거든. 집에 가서 가져오면 교실에 들어오게 해준다고 했지만, 집에 가봤자 돈이 없다는 것을 나는 잘 알고 있었어. 맨발로 추운 복도에서 바들바들 떨었지. 서러웠어. 그러다가 빨간 머리 앤을 떠올렸지. 조금 위안이 되었어. 앤과는 달리 나에겐 적어도 돌아갈

집이 있었으니까.

그때부터였을 거야. 몰래 소설책을 읽기 시작한 것이. 키가 작아 앞줄에 앉았지만 나에게 눈길을 주는 선생님은 한 명도 없었지. 용감무쌍하게도 나는 교과서를 세워놓고 그 아래 소설책을 펼쳐놓고 읽곤 했단다. 창 쪽에 앉아 있으면 앞줄이라도 교단에서 잘 안 보이거든. 그렇게 소설책을 읽다 보면 시간이 잘 흘러갔어.

학교에서 돌아오면 너를 돌보곤 했어. 엄마는 젖이 바짝 말라붙었대. 너에게 암죽을 먹여야 했어. 각종 곡류를 말려서 빻은 뒤에 끓이면서 분유를 섞었어. 좀 걸쭉했어. 미음처럼. 바늘을 소독해서 구멍을 크게 뚫었지. 우유병에 넣어서는 그걸 식히느라 두 손으로 번갈아 가며 흔들어대곤 했어. 이윽고 너의 입에 젖꼭지를 물리면 어찌나 급하게 빨아대는지 입술 양쪽이 보조개가 파인 것처럼 움푹 들어가곤 했었지. 그 모습이 어찌나 우습던지. 가끔 네가 인형 같다는 생각도 들었단다. 친구들이 갖고 노는 서양 인형이 부러웠거든. 솔직히 말하면 그 인형보다 네가 더 좋았어. 무엇보다도 너는 살아 있었으니까.

너는 집안의 꽃이었단다. 가난한 집안에 아이가 태어나자, 오랜만에 웃음꽃이 피었어. 무뚝뚝한 아버지도 너 앞에서는 헤헤헤 하며 무너져버렸지. 귀여움을 독차지한 너는 점점 가족들 위에 군림하는 작은 공주처럼 되었단다. 버릇이 없어졌어. 나이 차가 많이 나는 언니들도 무서운 줄을 몰랐지. 너는 아무한테나 반말하곤 했어. 뭐라고? 너한테는 온통 눈치 본 기억밖에 없다고? 그런 소리 하지 마. 식구들이 너를 얼마나 금이야 옥이야 아꼈는데.

그게 너의 성미를 버려놓았나 봐. 네가 학교에 들어갈 때 그때 나는 고등학교를 졸업한 뒤였구나. 아침마다 머리를 빗기려고 거울 앞에 앉혀놓았지. 너는 조금이라도 마음에 안 들면 고개를 흔들어대곤 했어. 그러면 나는 방금 땋은 머리를 다시 풀어놓고는 네가 마음에 들어 할 때까지 다시 땋아 올리곤 했단다. 어찌나 까다롭게 굴던지. 네가 학교에 늦을까 봐 애간장을 태웠지. 어린 네가 상전처럼 굴었는데도 나는 왜 그렇게 고분고분했는지 몰라. 그럴 땐 정말 나 자신이 너의 몸종 같은 느낌이 들었어. 아니, 아니. 너는 못된 아이는 아니었어. 머리 빗길 때를 빼고는.

어쩌면 나는 그렇게 태어난 것인지도 모르겠어. 나보다는 가족을 더 먼저 생각하도록 말이야. 나에겐 집안일이 제일 먼저였지. 누가 시킨 것도 아닌데 늘 나서서 하곤 했으니. 생각난다. 엄마가 마늘이나 청국장을 빻으려고 하면 나는 절구 앞에 앉아서 붙잡아드리곤 했어. 그때 손안에 들어왔던 절구 가장자리의 느낌이 아직도 생생해. 어찌나 힘을 주었던지 나중에는 손바닥에 빨갛게 자국이 남았지. 청국장 냄새가 지독해서 다른 애들은 구리다고 다 도망치는데 나는 그것도 괜찮았단다. 모르겠어. 왜 그런 일만 떠오르는지.

엄마가 아픈 건 내가 고등학교를 졸업한 뒤의 일이었어. 세무서에 취직을 앞두고 있었는데 엄마가 집안일을 힘들어해서 포기할 수밖에 없었단다. 엄마 대신에 내가 집안 살림을 해야 했어. 속상하지 않았냐고? 글쎄. 나에겐 처음부터 무엇이 되겠다는 생각이 없었던 거 같아. 바깥세상에 관심이 없었다고나 할까. 집안일을 하고 난 뒤에 방바닥에 누워서 이런저런 공상에 잠기거나 일주일에 한 번 서예 학원에 나가서 붓글씨 쓰는 일만으로도 나는 행복했어. 고등학교 동창들과 만날 약속이 정해져도 엄마가 아프다고 하면 나가는 걸 쉽사리 포기할 정도였으니 말이야.

아픈 엄마 대신 내가 너를 잘 키워야겠다고 생각했지. 그래서 네가 학교에 들어가기도 전에 너한테 동화책을 사주었던 거야. 너는 안팎으로 이쁨을 많이 받았거든. 딸이라 거들떠보지도 않던 아버지가 저녁마다 너한테서 눈을 떼지 못했을 정도였지. 동네 사람들도 너를 두고, "이쁜아" 하고 불렀지.

그것이 내게는 몹시 불길하게 여겨졌단다. 여자에게 아름다움이란 독버섯 같은 거야. 화려한 색깔에 취해서 입에 넣는 순간, 온몸의 신경과 혈관과 피부를 파괴하는 독이 퍼지고 말지. 이런 생각도 소설책의 영향이었을 거야. 소설에서는 아름다운 사람들이 불행해지는 경우가 많잖아. 우리 집이 깡패, 부랑아가 득시글하던 산동네에 있었으니까 그런 불안을 느꼈던 것은 당연한 건지도 몰라. 건달 같은 이웃집 총각이 골목길을 어슬렁거릴 때면 나도 모르게 너를 업었던 포대기를 꼭 여미곤 했었어.

이런. 쓸데없이. 한번 시작하니까 꼬리에 꼬리를 물고 옛날 일들이 떠오르는구나. 이렇게 길게 늘어놓으려 했던 건 아닌데. 그런데 시간이란 말이야. 왠지 끊이지 않고 주욱 이어져 있는 사슬 같아. 어느 하나를 말하려고 하면 주르르 다른 것들도 딸려 오기 마련이야. 뭐라고? 내가 말하는 것에 허기진 것처럼 보인다고? 그런지도 모르지. 나도 한 번쯤은 내 기억이 스쳤던 모든 길 말해보고 싶었던 것인지도 몰라. 죽기 전에 말이야. 죽음이 언제 들이닥칠지는 아무도 모르는 일 아니니?

수영이 네가 사춘기 시절을 몹시 외롭고 어두웠던 시절로 얘기하면 나는 늘 마음이 아프다. 왠지 너한테 책임을 다하지 못한 거 같아서 말이야. 어린 너를 돌볼 때만 해도 끝까지 돌보겠다고 혼자 다짐을 하곤 했었는데, 결국 네가 사춘기도 보내기 전에 떠나오고 말았으니. 결혼할 때 어린 너를 두고 집을 떠나는 것이 마음에 걸렸어. 그래서 그날 비가 내렸나 봐. 결혼하는 날 비가 오면 잘산다고 어른들이 말했지만 천만에. 나도 모르는 어떤 슬픔이 복받쳐서 하늘의 어딘가를 건드린 게라고 생각했지.

그게 신부가 할 소리냐고? 글쎄. 모르겠어. 왜 그랬는지. 기대 같은 건 없고 그냥 인생에 대한 의무감만 떠올랐지. 아픈 엄마와 아직 학교에 다니는 동생들을 어떻게 두고 가나, 그 걱정뿐이었어. 결혼식 일주일 전에 웨딩드레스를 입어보는데 그런 생각이 들더라. 내가 결혼을 선택한 게 아니라 결혼이 나를 선택한 거라고. 아니 너의 형부와는 애초에 인연이 아니었는지도 몰라.

너의 형부는 원래 내 고등학교 친구의 미팅 파트너였단다. 고등학교를 졸업하고 집에 있을 때 대학에 간 친구가, 미팅하자고 연락을 해왔어. 잠시 주춤했지. 꿀렸냐고? 아니야. 너는 아직도 모르니? 내가 학벌이나 외모, 그런 것에 꿀리는 사람은 아니라는 걸? 단지 시시하게 여겨졌을 뿐이야. 소설에 나오는 연애나 사랑에 비하면 미팅은 뭐랄까, 극적인 요소가 부족하다고 느꼈거든. 그래도 친구가 하도 졸라대기에 나갔었지.

내 파트너 얼굴은 떠오르지도 않아. 그런데 친구 파트너와 이렇게 평생을 살고 있으니 참 인생이란 알 수가 없는 거야. 친구 파트너가 어떻게 내 파트너가 되었냐고? 그건 전적으로 너의 형부 탓이란다. 미팅하고 두세 달쯤 지났을 때 너의 형부는 그 미팅에 나갔던 다섯 명의 여자 모두와 데이트를 한 남자가 되어 있었지. 마지막 차례가 나였어. 그만큼 나는 눈에 띄지 않는 존재였으니까. 그는 만나자마자 나를 대폿집으로 데리고 갔어. 소주를 마시면서 자기가 자라온 얘기를 하더라. 중학교 때 엄마가 돌아가셨대. 그때부터 가출을 밥 먹듯이 했다고 그러더라. 그다음 얘기는 순 자랑질이야. 자기한테는 엄마가 없는 대신 여자들이 많다는 거야. 월화수목금, 요일마다 다른 여자들이 자기를 기다린다고 말이야. 그런 말을 할 때 어찌나 뻔뻔스러워 보였는지. 허세도 그런 허세가 없었지.

당연히 깊이 사귈 마음은 없었어. 바람둥이라니. 그런 남자와 어떻게 한평생을 산단 말이니? 나는 가정주부보다는 고아원 원장이 되고 싶었어. 어렸을 때 읽었던 『빨간 머리 앤』 때문인지도 몰라. 앤 같은 불쌍한 아이를 행복하게 해주고 싶었거든.

결혼할 마음도 없으면서 왜 만났느냐고? 글쎄 왜 그랬을까. 그건 나도 모르겠구나. 너의 형부가 끈질기게 나를 쫓아다녀서 그랬을까? 뭔지 모르지만 나한테는 다른 여자에게 없는 게 있다고 그랬어. 그런 말이야 바람둥이 남자가 여자들한테 흔히 하는 수작 아니겠니? 그러니까 그런 말에 넘어간 건 아니야. 그건 아니고 뭘까. 허세 뒤의 그림자가 내게 보였다고 해야 할까? 아, 이 남자는 단단히 굶주려 있구나. 자기를 진심 어린 눈으로 바라봐주는 사람이 곁에 한 사람도 없는 거구나. 그래서 저렇게 이 여자 품에서 저 여자 품으로 옮겨 다니는구나. 그런 생각이 들었던 거야. 무슨 얘기를 하든 나는 다 들어주었지.

그게 좋았나 봐, 자기 얘기를 들어주는 게. 너의 형부는 그때 미팅했던 다른 여자애들하고는 한두 번 만나다가 헤어졌는데 나하고는 한 일 년 정도 만남을 이어갔어. 본격적인 연애를 했겠다고?

아니, 아니야, 그건. 그냥 너의 형부가 여러 여자를 만나고 다니다가 한 번씩 나한테 와서 자기 정화를 하는 식의 만남이 었어. 자기가 다니던 대학에서 수업을 같이 듣는 여자, 소개 팅으로 알게 된 여자, 술집에서 만난 여자, 길 가다가 꼬여낸 여자 등등 별의별 여자들을 다 만나고서는 그걸 나한테 와서 떠벌리곤 했어. 내 앞에서 그 여자들에 대한 품평을 늘어놓았 지. 월요일에 만난 애는 정조 관념이 너무 없다는 둥, 화요일 에 만난 애는 키스할 마음이 안 생긴다는 둥, 수요일에 만난 여자애는 석녀 같다는 둥, 목요일에 만난 애는 딱 두 번 만나 면 질리겠다는 둥……

그러다가 어느 날부터는 연락이 끊어졌어. 육 개월, 일 년 이 넘도록 소식이 없자 나는 차라리 잘되었다 싶었지. 그런데 오 년 후에 이 남자가 집에 찾아온 거야. 내 친구들한테 주소 를 물어봤나 봐. 초여름에 수박을 한 통 사 들고 산동네 꼭대 기까지 올라오느라 땀을 뻘뻘 흘리면서 말이야. 엄마는 이게 무슨 일인가 싶어 깜짝 놀랐지. 어리둥절해 있는 엄마를 앉혀 놓고 넙죽 절을 하더니 대뜸 나를 달라는 거야. 자기는 한 달 후에 장교로 군대에 입대한다나. 어이가 없었어. 아니, 도대 체 나를 어떻게 보고. 나는 마당 한구석에 서서 입술만 잘근 잘근 깨물었지.

"고아원 원장 같은 건 꿈도 꾸지 말고 너 좋다는 이 남자한테 가거라."

며칠 후 엄마가 나한테 한 말이었어. 장교라는 말에 아무래도 엄마가 넘어간 것 같았어. 아니면 이 남자의 아버지가 일본에서 대학까지 나왔다는 사실에 혹했는지도 모르겠어. 초등학교를 간신히 나온 엄마는 학벌이 높은 사람한테는 꼼짝 못 했거든. 어쩌면 내가 다른 남자 후처로 들어가게 되면 어쩌나 하고 걱정스러웠던 건지도 몰라. 그때 내 나이 스물일곱이었는데 그 당시에는 그 나이만 되어도 제대로 된 혼사 자리 나오기가 어려웠단다.

나는 난감했어. 어쩐다, 어쩐다. 이러는 사이에 입안에서 혀가 바짝 말랐지. 그러다가 결국엔 고개를 끄덕이고 말았어. 결혼이라는 가파른 계곡으로 뛰어내리고 만 거야. 엄마가 내 등을 떠밀었지. 어떻게 그럴 수가 있었냐고? 어떻게 평생이 걸린 결혼을 엄마 뜻대로 하게 놔둘 수 있었냐고? 글쎄, 나도 모르겠다. 나는 살면서 한 번도 엄마 뜻을 거스른 적이 없었거든. 그 당시엔 그랬단다. 나라는 건 생각할 수가 없었어. 엄마의 생각이 족쇄처럼 내 생각인 듯 나를 얽매고 있었지. 핑계 대지 말라고? 핑계라고? 그래, 핑계일지도 몰라. 하지만 내가 달리 어쩔 수 있었겠니? 학벌도 직장도 아무것도 가진 것이 없는 내가. 바깥세상이라고는 소설에 나오는 세상밖에 모르는 내가.

문득 이런 생각이 들었지. 그래. 내가 이 남자를 구원해보

자. 이 타락한 남자를 내 사랑으로 정화해보자. 이상의 「날
개」가 떠올랐어. 고등학교 때 독후감을 쓴 적이 있었거든. 그
래서 시간이 지나도 그 내용이 생생했지. 아달린에 중독되어
정오의 사이렌 소리에 비틀거리는 '나'처럼 이 남자는 술과
여자에 중독되어 청춘 전체가 비틀거리는 거라고 여겼지. 그
래, 맞아. 너의 형부 모습에 「날개」의 '나'를 오버랩한 거야.
이 남자도 날고 싶을 거야. 비틀거리면서도 날아오르고 싶을
거야. 그러면 내가 그 날개가 되어주어야지.

얼마나 오만한 생각이었던지. 한 남자를 구원한다는 생각
말이야. 결혼과 함께 모든 시련이 왔단다. 쪼들리는 살림에
까다로운 남편 성격에 냉혹한 시집 식구들의 처사에 어디 하
나 마음 둘 곳이 없었단다. 달마다 쌀독에 쌀이 떨어지는 걸
염려해야 했어. 고추장, 된장 하나라도 친정에서 가져와야 된
장찌개라도 끓여 먹고 살 수 있었단다. 나만의 세상에 취해
있다가 처음으로 세상의 모진 세파에 맞부딪쳤다고나 해야
할까. 나는 살 궁리를 하느라 정신이 없었어. 결혼할 때 가져
갔던 문학전집 같은 것들도 방구석 장식장에서 먼지가 쌓여
가고 있었지. 그마저도 곧 고물상한테 넘어가버리고 말았어.

그때가 너의 사춘기였구나. 네가 외롭고 어두웠던 시절로
기억하는 사춘기. 미안해. 내가 사는 게 힘들어서 네가 어떤
시간을 보내고 있을지 생각하지 못했어. 네가 태어났을 때 내
가 했던 다짐을 지키지 못했구나. 지금도 네가 혼자서 막막하

게 보냈을 사춘기를 생각하면 마음이 아프단다. 그때가 엄마의 갱년기였다는 사실도 이십여 년이 지난 후, 내가 엄마 나이가 되었을 때 알게 되었지. 인생은 그런 거야. 우리가 그 나이가 되기 전에는 그 나이의 고통을 알 수 없는 거야.

내게 엄마는 정갈하고 반듯하고 그러면서도 가정에 헌신적인 그런 사람이었지. 무엇이든 엄마 손을 거치면 반짝반짝 빛이 나곤 했어. 돈이 나가는 물건은 없었지만, 결코 집안이 추레하지 않았어. "어제도 외상, 오늘도 외상, 내 인생은 외상 인생이구나." 때로 엄마는 이렇게 넋두리처럼 말하기도 했지만 남의 돈을 떼어먹는다거나 돈 때문에 굽실거린다거나 이런 일은 하지 않았어.

네가 아는 엄마와 다르다고? 엄마가 집안 살림에 도통 관심이 없고 밖으로만 나돌고 히스테리만 부렸다고? 아니, 아니야. 그건 엄마의 참모습이 아니야. 그건 아마도 갱년기 때문에 어쩔 수 없이 생겨난 질병 같은 것이었을 거야. 수영아, 사람의 한평생에는 사계절이 다 있는 것 같아. 봄, 여름, 가을, 겨울이. 그래서 말이야. 한배에서 난 자식이라도 각기 부모의 다른 계절을 경험하게 되지. 나는 엄마의 봄을 기억해. 따뜻하고 눈부신 봄. 그런데 네가 기억하는 것은 엄마의 겨울일지도 몰라. 잎이 떨어지고 나뭇가지가 꺾이고 뿌리까지 얼어붙는 겨울 말이야. 겨울 한파가 지독하면 거기에 무너지는 생명들이 있잖아. 엄마도 그처럼 속절없이 무너졌던 것인지도 모르지.

네가 고등학교 때 입시를 앞둔 어느 날인가는 변비가 너무 심해 병원에 데려갔다고 하더구나. 내과에서 진찰을 해보고는 아무 이상이 없다고 혹시 모르니까 산부인과에 가보라고 해서 엄마가 가슴이 덜컹, 내려앉았다고 했어. 다행히 산부인과에서도 아무 문제가 없었지만. 대학생이 되고 나서도 또 한동안 생리가 나오질 않아서 걱정했다지? 나중에야 알았지. 최루가스를 많이 맡아서 그런 거였다는 것을.

네가 대학 다닐 때는 정말 뉴스에 매일 같이 데모 얘기였다. 집에는 대학생이 된 너밖에 없었을 때야, 그때가. 란이와 수이 모두 결혼하고 철이도 군대에 갔잖아. 네가 맨날 데모만 하러 다니는 것 같다고 엄마가 여간 걱정이 아니었어. 어느 날 엄마가 너를 앉혀놓고 도대체 대학에 가서 뭘 하는 거냐고 물어보았더니 네가 그랬다는구나.

"엄마, 저희한테 항상 바르게 살라고 하셨잖아요. 바르게 살려고 데모하는 거예요."

엄마는 딜레마를 느꼈겠지. 엄마는 우리에게 한 번도 부자 되거라, 잘살거라, 이런 말을 한 적은 없었거든. 가난이 지긋지긋했던 엄마였지만 그래도 자식들한테는 늘 바르게 살거라, 이 말을 입에 달았단다. 그러니 엄마는 드러내놓고 너를 말릴 수도 없었고 속을 많이 끓였다지.

엄마가 진짜 속을 끓였던 이유는 딴 데 있었는지도 몰라.

엄마는 자주 내게 전화를 걸어 하소연했단다. 아버지의 몰이해와 무정함을. 그 말을 들을 때면 엄마의 양손에 무거운 짐을 들게 하고 혼자 저만치 앞에서 걸어가던 아버지의 뒷모습이 떠오르곤 했어. 생전 따뜻한 말 한마디 건넬 줄 모르던 무뚝뚝한 아버지였지.

엄마는 자신의 짧은 배움을 자주 한탄했어. 여자들 앞에는 왜 그토록 많은 것들이 가로막혀 있는지 괴로워했지. 엄마는 무엇인가 하고 싶어 했어. 밥을 하거나 남편 일복을 빠는 그런 일 말고, 성당에서 했던 봉사, 나라를 위한 기도, 그런 거 말고 더, 더, 위대한 무엇인기기 있을 거리고 막연히 생각했어. 하지만 그게 무엇인지는 몰랐지.

그 무렵은 나에게도 힘든 시절이었어. 너의 형부는 월급은 쥐꼬리만큼 갖다주면서 맨날 접대받는다며 술만 마셔댔지. 술에 취하면 집에 와서는 터무니없는 말꼬리를 잡곤 했었어. 나보고 가난하게 자라서 어쩔 수 없다는 둥, 다른 집 여편네들은 결혼할 때 혼수를 많이 해왔다는 둥, 가져온 게 없으면 돈 벌 능력이라도 있어야 하는데 그런 능력도 없으니 도대체 쓸모가 없다는 둥, 내 아이큐가 얼마나 되는지 모르겠다는 둥, 하는 얘기가 모두 나와 친정 식구들을 무시하는 얘기뿐이었어.

그러다가 어느 날인가는 술을 잔뜩 마시고 들어와서는 또 술을 내놓으라고 나를 들볶더구나. 너무 늦었다고 달래보다가 나중에는 아예 대꾸도 하지 않았지. 그러자 자신을 무시한 다며 유리 재떨이를 던지더구나. 거울이 달린 자개장롱에 맞아서 거울이 산산조각이 났어. 밤새 깨진 유리 조각을 쓸어 모았지. 자는 애들 이불 위를 더듬는데 날카로운 유리 조각이 손끝을 푹 찌르더라. 애들이 깰까, 울음소리도 내지 못했어.

너도 기억하지? 수원에 있던 작은 아파트 말이야. 그 무렵이었어. 엄마가 그 아파트에 왔던 것은. 엄마가 돌아가시기 전에 우리 집에 일주일이나 있었잖니? 그땐 둘째가 세 살이었어. 세 살 터울의 두 애들 때문에 나는 늘 정신이 나가 있었지. 게다가 너의 형부는 장모가 보는 앞에서도 매일 술타령이었단다. 가기 전날 엄마는 딱, 한마디 했어.

"윤 서방, 실망이네."

그 말이 내내 지워지지 않아. 큰딸아, 실망이야. 나에게 이렇게 말하고 싶었던 게 아니었을까? 자신의 분신처럼 여겼던 딸이 술주정뱅이와 살고 있으니 얼마나 실망스러웠겠니. 엄마는 내게 무슨 말을 하고 싶었을까? 돈이 필요하다는 얘기를 하고 싶었을까? 전세살이하는 내 살림을 보고 돈 얘기는 차마 못 꺼냈던 것 같아. 된장찌개에 넣을 두부 한 모 사면서도 바들바들 떨곤 했으니까. 아버지와 이혼하고 싶다는 얘기도 맨날 전화로 했던 말이니까 더 이상 못했겠지. 엄만 몇 번이고 무슨 말인가 하려다 말곤 했어.

그렇게 돌아가서는 며칠 후가 엄마의 마지막 날이 되고 말았지. 왜 그랬는지 나는 지금도 모르겠다. 무엇이 엄마를 그렇게 몰고 갔는지. 갑작스러운 엄마의 죽음은 우리 모두에게 충격이었어.

그날 너는 늦도록 소식이 없더구나. 나는 급한 대로 애들을 맏동서네에 보내놓고 국립의료원 중환자실로 달려갔지. 하얀 침상 위에 엄마가 누워 있었어. 산소마스크를 쓰고 온갖 기기들이 주렁주렁 매달린 채로 말이지. 엄마의 얼굴은 심하게 일그러져 있었단다. 입술은 녹아내린 듯이 보였어. 그 안에 식도까지 다 타들어갔다고 했어. 엄마는 눈도 뜰 수가 없었지. 도저히 내가 알고 있는 엄마의 얼굴이라고 할 수 없었어. 우리는 아무런 말도 나눌 수 없었어. 마지막 인사 같은 것도 당연히 할 수 없었지.

엄마는 관에 안치되어 집으로 돌아왔어. 그 시절에는 장례를 집에서 치렀으니까. 그런 뒤에야 너는 귀가했지. 엄마가 돌아가셨다는 말에 실신할 듯이 쓰러진 너를 부추겨 안방으로 데려갔어. 너는 거기에서 병풍 너머로 엄마가 누워 있는 관을 보았지.

아버지는 안방에 들어가지 않았어. 거실 구석진 곳에만 앉아 있었어. 문상객들에게 눈도 마주치지 않은 채 안절부절못했지. 너는 그런 아버지에 대해 여러 번 불만을 터뜨렸어. 아내가 죽었는데 슬퍼하지도 않고 어떻게 그럴 수 있냐고.

난 그런 아버지가 불쌍했어. 슬퍼할 수 있는 사람은 그래도 행복한 사람인 거야. 이상한 말로 들리니? 정말 불행한 사람은 말이야, 가까운 사람의 죽음을 슬퍼할 수도 없는 사람이야. 죽음 자체가 슬픈 이별인데 그걸 애도조차 할 수 없으니 그 사람의 마음은 얼마나 지옥이겠니? 불행하게도 너의 아버지는 죽을 때까지 그런 마음의 지옥을 안고 살았던 거야.

고백할게.

내 마음에도 그런 지옥이 있었단다. 사람들 앞에서는 엄마의 죽음을 슬퍼하는 척했지만 사실 나는 이해되지 않았어. 아니 한동안 엄마가 용서되지 않았어. 어떻게…… 우리를 두고…… 게다가 넌 스물하나밖에 되지 않았는데…… 어떻게 그런 깊은 상처를 남길 수 있단 말이니?

한동안 엄마의 마지막 순간을 떠올리곤 했어. 무엇이었을까? 마지막 순간 엄마를 사로잡았던 것은. 한순간, 인생이 부질없다고 여겨졌을까? 모든 게 덧없고 의미가 없다고? 한순간, 인생이 한바탕의 꿈처럼 여겨졌을까? 그래서 그 꿈에 깨어나고 싶었을까? 살아왔던 모든 시간이 파노라마처럼 펼쳐졌다가 가뭇없이 사라졌을 그 한순간 말이야.

내게도 곧 그런 순간이 오더라. 엄마가 돌아가시고 일 년 뒤의 일이었지. 어느 날 뒷산에 가려고 운동화 끈을 매려는데 안 되는 거야. 전날 잠을 못 자서 그런가 했지. 끈 없는 신발로 갈아 신고는 시장에 들러 머위를 샀어. 검정 비닐봉지에 담아주더구나. 집에 와서 비닐봉지를 풀려는데 보기보다는 단단히 묶어놓은 듯 풀리질 않았지. 결국 가위로 잘라냈어. 그날따라 가위질도 잘 안 되는 것에 의아해하면서. 머윗대를 다듬는데 이번에는 손가락이 자꾸 머윗대를 놓쳤어. 손발의 이상 증상은 그렇게 시작되었단다. 자고 일어나면 손발이 뻣뻣해지면서 뒤틀리기 시작했어. 게다가 조금이라도 정교한 손놀림은 할 수가 없는 거야. 부엌일은 손을 써야 하는 일들이 얼마나 많은지. 밥 먹는 일도 힘들었어. 숟가락 쥐는 일조차 어려워지고 젓가락질은 아예 할 수가 없었지. 한참 뒤에야, 내가 류마티스 관절염인 것을 알았어.

원망이 생기더라. 내가 뭘 잘못했길래. 열심히 산 죄밖에 없는데. 그리곤 후회했어. 세탁기가 위생적이지 않다고 손빨래를 고집스럽게 해왔던 것을. 철마다 장을 담근다, 오이지를 담근다, 나물을 말려둔다, 쉬지 않고 내 몸을 혹사했던 것을. 무슨 일이든 집안일을 손수 하려고 했던 것을. 아니, 어려서부터 단 하루도 집안일에서 놓여난 적이 없었던 것을. 어쩜 평생 나의 인생에는 일밖에 없었을까. 동생들도 원망스러웠지. 나는 어쩌자고 맏이로 태어나서…… 그동안 참아왔던 감정이 쓰나미처럼 나를 덮쳐왔어.

그날도 손과 발이 저릿저릿한 통증을 애써 참고 있었어. 싱크대 앞에 서서 도마 위의 두부를 간신히 잘라냈지. 너의 형부는 저녁 반주로 소주를 반병쯤 비우고 있었지. 식탁 위에 두부 안주를 내려놓는데 너의 형부가 말했어.

"술안주 할 땐 깍둑썰기로 썰라고 했던 거 잊었어?"

답변할 기운도 없었어. 간신히 서 있었지. 그리고 너의 형부를 내려다보았어. 한참을. 왜 그렇게 보고 있는지도 잊은 채로.

"뭐야. 그 눈빛은…… 에이, 술맛 떨어지게."

너의 형부는 밖으로 나가더구나. 통증이 허리 쪽으로 몰려와서 더 이상 서 있을 수가 없었어. 톱니바퀴가 지나가는 것처럼 날카로운 통증이 지나갔지. 기다시피 해서 이불 위에 쓰러져 누웠어. 아파할 기력조차 없었어. 그냥 나 자신을 놓아버리고 싶었지. 함께 사는 사람이 멀고 먼 타인처럼 느껴진다는 거, 고통은 누구에게도 전달되지 않는다는 거, 철저히 혼자만이 느껴야 한다는 거, 아, 이런 거구나, 마지막 순간은. 눈앞에 엄마의 마지막 순간이 어른거렸어.

너의 형부는 두어 시간 만에 들어왔어. 포장마차에 가서 한잔 더 마셨던 것인지 얼굴이 불쾌해져 있었어. 들어오자마자 옷을 입은 채로 이불 위에 쓰러져 자더구나. 코까지 골면서. 이십 년 넘게 살았던 나의 결혼이 헛되었다는 생각이 들었어. 너의 형부는 조금도 변하지 않았던 거야. 결혼 전의 술주정뱅이 난봉꾼에서 조금도 나아지지 않았던 거야. 너의 형부를 내려다보면서 나는 내 밑바닥 깊은 곳에 경멸이 숨어 있었다는 것을 깨달았어. 나는 불현듯 살의를 느꼈단다. 이 모든 불행을 멈추고 싶었지. 베개로 얼굴을 덮어서 그대로 숨을 멈추게 하려고 두 손으로 베개 양 끝을 움켜쥐었지. 그리고 가까이 다가갔어.

흡.

한순간 나는 보았어. 네 형부의 주름진 얼굴에 어린아이의 표정이 지나가는 것을. 뜻밖이었어. 멋대로이지만 자유로운 어린아이의 표정이. 머리맡에 있는 거울 위로 내 얼굴이 비치더구나. 깜짝 놀랐어. 나는 선하고 참되고 아름다운 것만 마음에 품으려고 노력하는 사람이라고 믿고 있었거든. 고통에 시달릴망정 품위는 잃지 않고 싶었지.

그런데 아니었어. 나는 으스러져라, 이금니를 물고 있었어. 아주 흉측한 몰골로. 오래전 너의 형부가 산산조각 낸 거울 조각을 치우다가 뾰족한 유리가 손바닥에 박혔을 때도, 김장하다가 날카로운 부엌칼이 엄지 첫번째 마디의 살점을 쓱 베어냈을 때도, 너의 형부가 한 달 치 월급의 절반을 술로 다 마셔버렸을 때도, 술 마시느라 며칠을 안 들어올 때도, 술집 마담이 술값을 받으러 집으로 찾아왔을 때도, 직장 상사와 싸움 끝에 직장을 그만두었을 때도, 음주운전 뺑소니로 경찰서를 들락거릴 때도 나는 삼키고, 삼키고, 또 삼키고…… 마지막엔 어금니를 꽉 물고 있었던 거야. 지금껏 나는 자신이 그런 사람인 줄 알았어. 잘 참는 사람. 잘 참아서 모든 화를 삭이는 사람.

베개를 제자리에 놓고 긴 울음을 토해냈지. 나야 나. 내 인생을 이렇게 망친 건 바로 나였어. 나의 오만. 나의 독선. 어려서부터 엄마의 칭찬에 길들어 그 테두리에서 벗어나지 못한 맏이의 숙명 같은 거였어. 한참 흐느끼다가 문득 엄마 생각이 나더라. 왜 그렇게 떠났는지 이해할 것 같았어.

내 육체를 좀먹던 류마티스 관절염도 몇 년이 지난 뒤에야 잠잠해졌어. 그 병은 자신을 방어해야 할 면역 세포가 도리어 자신을 공격하는 병이래. 왜 걸렸었는지 나는 뒤늦게 알았어. 왜 아니겠니? 그토록 참는 것을 능사로 알았으니. 면역 세포들이 나보고 정신 차리라고 공격을 해댄 거지. 아무리 말해줘도 못 알아들으니까 끔찍한 통증을 통해서 알려준 거지.

너의 형부는 그동안 트럭을 몰다가 신축 아파트 경비를 하다가 대학교 기숙사 잡부를 하다가 그것마저 이제 나이에 밀려 집에서 남의 집 빈 땅에 일군 밭에나 오가면서 보내고 있어. 그래도 여전히 저녁이면 반주로 소주 한 병을 마시고 여전히 딸아이가 맡겨놓은 손주 앞에서도 담배를 피우곤 하지.

너의 형부와 함께 외출하면 사람들이 아버님이냐고 물어. 술 담배로 찌들어서 그 잘생겼던 얼굴이 말이 아니게 되었어. 그래도 한동안은 밭일도 하고 그랬는데 그것도 땅 주인이 나타나서 못하게 되고 집 안에만 틀어박혀 있더니 한순간에 늙더구나. 생각다 못해 병원에 데리고 갔지. 싫다는 걸 억지로 데려가느라 어찌나 애를 먹었는지 몰라. 하지만 병원에서 몇십만 원 주고 했던 검사가 다 무슨 소용이니? 병원 다녀온 뒤

좀 정신이 들자 또 술을 마셔대는데. 벽장 속에 술병을 감춰 두고 몰래 마시다가 딱 내 눈에 걸린 거야. 술을 감춰 놓으면 이번에는 아무것도 안 먹고 누워만 있구나. 검사 결과도 보러 가지 않는다고 해서 내가 혼자 가서 받아왔어. 그럴 줄 알았지. 온갖 질병이 다 나오지 뭐니. 지방간, 심장 석회화, 경동맥 석회화, 신장 결석. 병원에 다녀온 뒤로 잠깐 기운을 차렸던 네 형부는 검사 결과지를 보고 나서는 도로 며칠째 누워만 있어.

그러던 지난주 어느 날의 일이었어. 한참을 흘러간 기억을 되짚느라 시간을 보냈지. 안방이 조용해서 너의 형부가 방에 누워 있는 줄 알았어. 그런데 화장실 문이 열려 있길래 가서 보니까 거기 쓰러져 있질 않겠니. 놀라서 가까이 가봤어. 숨소리가 안 들리더라. 한순간. 가슴이 두근거리더라. 오래전부터 이 순간을 기다려 왔던 거 같았어. 네 형부의 굴레에서 벗어나 혼자가 되는 순간 말이야. 자유. 나도 드디어 자유로워지겠지. 이젠 터무니없는 말 들을 일도 없고 반찬 투정 들을 일도 없고 거실 구석에 쌓여가는 빈 술병 볼 일도 없는 거야. 그래, 그냥 이대로 놔두면 되는 거야. 그냥 이대로. 그런 유혹의 소리가 들려왔어.

그런데 세상에. 내가 어느새 너의 형부 가슴 위로 올라가 있지 뭐니. 나는 흉부 압박을 하고 있었어. 주민센터에서 교육받았던 응급조치를 나도 모르게 하고 있었던 거지. 온 힘을 다해 너의 형부 가슴을 압박했단다. 하나, 둘, 셋. 그리고 마침내 푸우 하고 새어 나오는 호흡 소리를 들을 수 있었어. 꺼져가던 생명이 다시 살아났다는 생각에 가슴이 벅차올랐어.

어떠니? 지금까지의 내 얘기가. 인생을 자기 뜻대로 살지 못한 사람의 변명같이 들리니? 너는 늘 내가 사는 모습을 못마땅하게 여겼지. 결혼 전에는 아픈 엄마 대신에 집안 살림을 하고 동생들을 돌보느라고, 결혼 후에는 술꾼 남편의 치다꺼리를 하느라고 자기 인생은 없이 산다고.

내 인생이라.

그런 게 정말 있기는 한 걸까. 나도 한때는 원망했어. 왜 나한테 가난과 일은 떠나지 않는 것일까, 하고 말이야. 그런데 말이다. 너의 형부에게 심폐소생술을 했던 그날 밤 자려고 벽을 향해 누워 있는데 그만 눈물이 주르륵 흐르더라. 왜 그랬는지 몰라. 네가 보내준 백석 시집의 한 대목이 떠올랐어.

"하늘이 이 세상을 내일 적에 그가 가장 귀해하고 사랑하는 것들은 모두 가난하고 외롭고 높고 쓸쓸하니"*

이상한 일이었지. 그때 엄마의 마지막 얼굴이 떠오른 거야. 국립의료원 중환자실에서 보았던 엄마의 얼굴, 그 일그러진 얼굴에 퍼져 있던 불그레한 기운. 그 의미를 이제야 알았어. 엄마는 마지막 순간 행복했던 거야. 어쩌면 그 순간은 자기 뜻대로 살아봤던 유일한 순간이었을 테니까.

그래, 그 나무 이름이 생각난다. 갈매나무. 그 드물다는 굳고 정한 갈매나무.** 내가 인내심의 한계치에 이를 때마다 떠올리곤 했던 그 나무. 새벽에 기도할 때마다 뒤적이던, 작은 소반 위에 놓인 시집을 펼쳤어. 시의 뒷부분을 읽느라 달싹이는 내 입술 위로 따뜻하고 뭉클한 것이 흘러내렸어.

"그리고 언제나 넘치는 사랑과 슬픔 속에 살도록 만드신 것이다."*

* 백석, 「흰 바람벽이 있어」.
** 백석, 「남신의주 유동 박시봉방(南新義洲 柳洞 朴時逢方)」.

명동성당

"동상."

핸드폰 너머로 들려온 것은 오빠의 사투리였다. 부모님도 사투리를 쓰지 않았었는데, 요즘 누가 저런 말을 쓴다고. 오빠에게 전화가 걸려 온 것이 느닷없는 일인데다가 동상이라는 말은 내게 영 이물스러웠다. 뜻밖의 전화에 어어, 응응, 하다가 끊고 나니 만날 약속을 잡은 뒤였다. 커피를 마시고 있을 때 걸려 온 오빠의 전화는 에스프레소부터 시작해서 요가며 운동으로 이어지는 아침 일상을 단번에 흐트러뜨렸다. 나는 요가를 포기하고 커피를 한 잔 더 내렸다. 역시 그 문제 때문일까? 며칠 전 정화 언니가 전화로 걱정을 늘어놓았다.

"철이, 걔는 왜 그렇게 답답하니? 자기가 해결한다고 했으

면 그렇게 하던가, 아니면 못 하겠다고 도와달라고 부탁하던
가. 어떻게 몇 달 동안 아무 말도 없이 있는 거야. 명화 언니
가 아침에 또 전화를 걸었지, 뭐니."

명화 언니는 아들이 사기를 당해서 어려운 처지가 된 몇 해
전부터 해마다 오빠에게 자신의 권리를 요구해오곤 했었다.
결혼 전 자신이 나서서 친정집을 산꼭대기에서 산 중턱으로
옮겼던 만큼 자신에게도 그 혜택이 와야 한다는 거였다. 다른
언니들이 나서서 오빠와 명화 언니 사이를 중재하려고 했는
데도 갈등은 해결되지 않았다.

"전에 아버지 중환자실에 있을 때도 간병인이 간병비 인상
해주지 않으면 그만둔다고 하는데, 철이가 답변을 안 하고 한
참 뜸을 들이지 않았겠니? 그때 내가 나서지 않았으면 그 간
병인 관뒀을걸? 그러면 우리가 돌아가면서 병상을 지켜야 했
을 거야."

정화 언니는 이 얘기를 몇 번째 하는지 몰랐다.

"그거야, 철이 오빠로선 그 비용을 감당하기 쉽지 않으니
그랬겠지."

"아무리 그래도."

"언니도 오빠 입장이 되어봐."

나는 그 문제만큼은 오빠를 두둔했다. 박봉인 오빠가 간병
비 문제에 덥석 나설 순 없었을 거였다. 하지만 오빠를 생각
하면 감정이 늘 여러 갈래였다. 친밀감이 드는가 하면 동시에

어떤 벽이 느껴졌다. 몇 년 전 겨울, 대통령 탄핵 시기 광화문의 기억도 있었다. 혼자서 나갔던 나는 수많은 인파 속에서 오빠네 가족 모두가 촛불을 들고 있는 것을 멀리서 보았다. 마치 축제에 놀러 온 듯 온 가족이 생기가 넘쳤다. 그때 나는 왜 열없는 느낌이 들었던 걸까. 눈에 뜨일세라 그 자리를 황급히 빠져나왔던 기억이 아직도 생생했다. 남편에게 전화를 걸어 저녁 일정을 확인했다. 다행히 회식이 있다고 했다.

"오빠를 만난다고?"

남편의 반응은 다소 냉랭했다.

"그렇다면 맛집 같은 데는 갈 생각도 말아."

아마도 몇 년 전의 그 일 때문일 것이다. 남편이 모처럼 처가에 마음을 내서 한정식을 대접한 일이 있었다. 그때 다 먹고 난 뒤 오빠는 올케보고 들으란 듯이 "난 집밥이 제일 맛있어"라고 말한 것이다. 그 말에 서운해하는 남편의 마음을 달래느라 애를 먹었다. 오빠를 이해해야 한다고. 오빠는 오랫동안 그렇게 살아왔다고. 하지만 내심 오빠가 너무했다는 생각이 들었다.

택배 직원이 타고 있나? 엘리베이터는 층층이 서더니 마지막 층인 28층까지 올라갔다. 거기에서 한참을 서 있더니 내려올 때는 다행히 곧바로 내려왔다. 문이 열렸다. 안에 있는 사람은 통신사 로고가 붙어 있는 유니폼을 입고 있었다. 그는 한눈에도 신입처럼 보였다. 한 손에는 커다란 장비 상자를 들고 다른 쪽 어깨로는 둥글게 여러 번 말린 케이블을 걸치고 있었다. "이쪽 라인 인터넷이 안 된다고 해서요." 엘리베이터 문이 닫히자, 그는 묻지도 않은 말을 했다. 나는, 네네, 했다.

일층에서 내리는데 등 뒤에 대고 인사를 하는 눈치였다. 신입 사원의 열정이거나 아니면 갑질 주민에 대한 방어적인 친절이겠지? 오빠도 신입 때 저렇게 아파트 단지를 돌았을까? 인터넷 설치를 하러 방문하는 기사를 볼 때마다 오빠를 떠올리곤 했다. 오빠는 통신사 직원이었다. 대학 중퇴의 기능직. 유독 가스가 가득 찬 맨홀이나 높은 철탑 위, 혹은 야산 꼭대기에 있는 중계소나 이제 막 신도시가 들어서는 허허벌판의 도로. 그런 곳에서 광케이블을 설치하는 현장 직원. 몇 년 전 동대문 상가 지하에 불이 났을 때는 올케가 전화로 하소연을 해왔다.

"불에 탄 선로를 복구하느라 며칠간 밤샘 작업을 하고 있어요. 얼굴 본 지가 언제인지 몰라. 아가씬 이런 일 잘 모르죠? 오빠가 걸핏하면 밤샘 작업하는 거요."

플랫폼에 도착했을 때 열차는 이미 뒤꽁무니를 보이고 있었다. 터널 안으로 빨려 들어가듯이 열차는 멀어져갔다. 다음 열차는 십여 분 뒤에나 있었다. 플랫폼 벤치에 앉아 있는데 맞은편 벽면의 노선도가 눈에 들어왔다. 눈으로 세어보았다. 약속 장소는 열두 정거장을 가야 했다. 거기에서 세 정거장을 더 가면 오빠네 집이었다.

명화 언니가 자신의 피땀이 묻어 있다고 주장하는 집. 그 집은 오래전에 헐렸고 다세대주택이 되었다가 재개발 바람을 타고 아파트로 변신했다. 새 아파트에서 처음 지내는 엄마의 기제사 날, 거실 통유리창 앞의 커다란 화분들 사이에서 티슈로 화초 잎을 닦는 오빠는 창문을 통해 들어오는 빛을 받아 얼굴이 환했다. 그 표정에는 인생의 가혹한 의무를 마친 사람의 편안함과 안도감이 묻어 있었다. "화초를 얼마나 좋아하는지 자나 깨나 화분만 들여다본다니까요. 어머님이 화초를 좋아하셨다면서요?" 제사 음식을 나르던 올케가 생전 본 적도 없는 시어머니를 들먹이자, 오빠는 계면쩍은 미소를 지어 보였다. 제사상이 다 차려지고 모여든 식구들이 그 앞에 일렬로 서 있었다. 제주를 올리기 위해 무릎을 꿇고 앉은 오빠는 오른손으로 잔을 들어 향불 앞에서 돌리다 말고 그 자리에 주저앉고 말았다.

"둘째…… 둘째까지 대학에 합격했어요." 엄마의 영정을 바라보고 간신히 그 말을 하고 난 뒤 오빠는 통곡하듯이 긴 울음을 토했다.

열차가 들어왔다. 빈자리에 가 앉으니, 문이 닫히고 열차는 곧 출발했다. 어두운 터널 속으로 환한 불빛을 매달고 내가 탄 열차가 미끄러지듯이 들어가고 있었다. 기억은 차츰 먼 시간대로 흘러갔다.

철이 오빠.

엄마가 딸, 딸, 딸을 낳은 뒤에 유일하게 낳은 아들이었던 오빠. 그래서 그 밑으로 또 딸을 낳았을 때 엄마에게 깊은 한숨을 내쉬게 했던 오빠. 함께 놀았던 기억은 없고 어쩐 일인지 초등학생이었던 무렵의 오빠 모습이 제일 먼저 떠올랐다. 오빠는 아침잠이 많아서 아버지가 일하러 나가고 난 뒤에야 잠에서 깨었다.

"나, 준비물……"

눈곱이 붙어 있는 눈으로 칭얼대듯 말하면 엄마는,

"으그그…… 돈이 어딨어."

하며 눈을 흘겼다. 그러면 나는 기다렸다는 듯이,

"자, 여깄어."

하면서 아버지에게 받아둔 동전을 건네곤 했다. 어린 오빠는 당연하다는 듯이 그 돈을 받아 갔다. 그렇게 가져간 돈을 다시 돌려주는 일은 없었다. 엄마는 그 일로 입이 닳도록 나를 칭찬했다. 그 때문인지 나는 아침마다 아버지에게 재롱을 피운 뒤 동전을 얻게 되면, 그 돈을 늦게 일어난 오빠에게 아낌없이 넘기곤 했다.

내가 중학교에 올라가서 나름으로 열심히 공부해서 받아온 첫 성적표를 엄마에게 내밀었을 때의 반응도 기억에 오래 남았다. 그때 곁에 있던 오빠는 시큰둥하게,

"난 말이야. 그렇게 아등바등 살고 싶지 않아."

라면서, 마치 공부 같은 건 속된 일이라는 듯 굴었다. 그런 태도 때문인지 공부를 잘 따라가지 못했다. 강북의 학교들이 허허벌판이었던 강남으로 이전을 많이 했을 무렵이었다. 강남에서부터 만원 버스에 시달리다가 집에 오면 책가방을 집어던지며 말했다. "난 공고에 갔어야 했어." 오빠가 유일하게 잘했던 것은 라디오를 뜯어보는 일이었는데 엄마와 누나들에게 등 떠밀려 인문계 학교에 들어갔던 것이다. 학교에 적응하지 못했던 오빠는 집에 오면 팝송만 들었다.

그러던 어느 날 내가 밤늦게까지 영어 숙제하나가 우연히 카세트의 플레이를 눌렀을 때 장중하게 울려 퍼지는 전자기타 소리와 함께 세기말적인 음울한 목소리가 흘러나왔다. 킹 크림슨의 「에피탑」.

Yes I fear tomorrow I'll be crying

절규하듯 흘러나오는 후렴구에서 숨이 멎었다. 왜 그 후렴구가 내 마음을 사로잡다 못해 가슴을 후벼팠는지. 크라아아아이이잉. 크라아아아이이잉. 소리는 길게 꼬리를 물고 가슴을 저미게 하곤 했다. 어쩌면 중학생인 나는 그 후렴구에 가족들의 걱정과 오빠의 미래를 오버랩했는지 모른다. 오빠는 울게 될 거야. 내일, 오빠는 울게 될 거야. 막연히 그런 느낌에 사로잡혔던 것 같다. 그리고 얼마 후 오빠가 기타를 치다가 엄마 손에 두들겨 맞고 기타마저 산산조각이 났을 때 그

느낌은 보다 구체적인 실체로 다가왔다. 그랬던 만큼 오빠가
두 번이나 대학에 떨어지고 삼수 끝에 간신히 들어간 대학마
저 군대에 다녀온 후 그만두었을 때 하나도 이상하지 않았다.
그것은 「에피탑」을 즐겨 들을 때부터 예정되어 있었던 일이
니까.

대학생이 된 나는 자신의 성공에 취해 있었다. 나는 엄마
의 오랜 소원이었던 서울대생이 된 것이다. 오빠는 관심 밖이
었다. 젊은이여, 시대의 부름을 따르라. 그런 구호가 유행하
던 시대. 학원 자율화로 대학가에 해방과 자유의 바람이 불던
그때 서울대 여대생에겐 하루하루가 새로웠고 가슴 뛰는 일
들뿐이었다. 학회, 서클, 집회, 대자보, 유인물, 정치토론, 여
학생의 흡연, 깍두기 안주만으로 소주 마시기, 남자 선배들이
부르던 뽕짝…… 이런 것들이 특권의 상징이었고 한시라도
빨리 익숙해져야 할 문화였다.

그 무렵의 오빠를 떠올리면 한낮에도 어두컴컴했던 마루만
떠오른다. 정적이 감도는 가운데 쪽마루 아래 지하실에서 이
따금 생쥐들이 찍찍거리는 소리가 들려오던 그 마루만이. 어
쩌면 그 구석에 오빠가 실의에 젖어 쭈그리고 앉아 있었거나
러닝셔츠 바람으로 누워 있었을지도 모른다. 애간장이 타서
얼굴에 난 검버섯이 더 시커멓게 짙어진 엄마와 함께. 결혼한
언니들이 전화해댔을 것이다. "철이 너 어쩌려고. 대학도 안
나오고 사회에 나가면 차별이 얼마나 심한 줄 알아?" "하나

밖에 없는 아들이…… 집안을 어떻게 일으키려고……"

안내방송 소리에 깨어났다. 기억은 늘 같은 장면을 되풀이해서 보여주었다. 옛 기억 속에서 오빠는 낙오자였다. 약하고 현실 도피적이고 결국 실패하고 말 인간. 나는 자리에서 일어나 승강구 쪽으로 걸어갔다. 순간 열차가 갑자기 속도를 내기 시작했다. 중심을 잃은 나는 휘청거리며 안전봉에 이마를 부딪쳤다.

경의중앙선과 분당선, 2호선과 5호선이 만나는 지하철역의 내부는 미로 같았다. 퇴근 시간까지 겹쳐 오가는 사람들로 혼잡한 지하도로에서 출구를 찾기 위해 한참을 헤맸다. 왕십리역이라면 잘 알고 있다고 생각했던 게 오산이었다. 네 개의 노선이 만나는 줄은 알고 있었는데도 그 내부는 예상보다 훨씬 더 복잡했다.

출구 표지판만 보고 걸었다. 계단을 올라가니 조금 넓은 지하 광장이 나왔고 길은 사방으로 이어져 있었다. 도무지 어디로 가야 할지 머릿속으로 그림이 그려지지 않았다. 표지판은 서로 다른 방향으로 엇갈려 있었다. 표지판에 12번 출구가 적힌 것을 눈으로 좇았다. 그것은 다른 출구들과는 달리 경의중앙선으로 연결되어 있었다. 계단을 올라가니 다시 또 에스컬레이터를 타고 올라가라는 표지판과 만났다.

간신히 12번 출구를 찾았다. 그것은 쇼핑몰과 연결되어 있었다. 통유리창 안쪽으로는 김밥집, 카페, 모자 가게 등이 띄엄띄엄 눈에 뜨였고 이층으로 올라가는 통로가 왼쪽 유리문에 이어져 있었다. 개찰구를 빠져나오는 사람들을 기웃거리며 서 있는데 오빠에게 늦는다는 연락이 왔다. 나는 통유리창에 등을 기대섰다. 그리고 오빠에 대한 끊어진 기억을 다시 잇기 시작했다.

대학교 2학년 기말고사를 앞둔 어느 날이었다. 그날 나는 집에 늦게 왔다. 지하철이 끊어져 평소에 엄두도 내지 못하던 택시까지 타고 골목길에서 내렸을 때 코너에 있는 슈퍼 아줌마가 막 택시에서 내린 내 앞으로 다가왔다.

"왜 이제 와?"

"아, 네, 시험이라서요."

시험은 안중에도 없었지만 그렇게 둘러댔다. 평소에 물건을 살 때마다 인사를 하곤 했지만 그다지 친하다고 할 수는 없었는데 슈퍼마켓 아줌마의 눈길은 그날따라 유난스러웠다.

"빨리 집에 가봐."

그녀가 턱으로 가리키는 몇 집 건너 전봇대 앞 우리 집을 보았을 때 멀리서도 대문은 활짝 열린 채였고 불이 환하게 밝았다. 아주 짧은 순간, 머릿속에서 무엇인가 찰칵, 소리를 내며 켜졌다. 휘청거리는 걸음으로 걸어가서 대문 안으로 발을 내디뎠을 때 결혼과 함께 오래전에 집을 떠났던 언니들이 한꺼번에 우르르 마루에서 내려오면서 지금까지 기다렸다는 듯이 참고 참았던 울음을 터뜨렸다. "엄마가, 엄마가……"

삼일장을 치르는 동안 비좁은 집 안은 몰려든 친척들이며 엄마가 다니던 천주교 교인들로 발 디딜 틈도 없이 북적댔다. 고음에서 저음으로 다시 저음에서 고음으로 안방에서 흘러나오는 천주교 교인들의 구슬픈 위령기도 소리가 집 안을 낮게 떠다니고 있었다. 기도 소리를 비집고 친척들 사이에서 속삭이는 목소리가 들려왔다.

"어머, 이게 무슨 일이래. 이렇게 갑자기 가다니……"

아버지는 무언가에 화가 난 사람처럼 마루 구석에 몸을 비스듬히 돌린 채 앉아 있었다. 친척들의 질문에도 대답하는 일은 없었다. 입을 다물고 눈을 내리깔고 뭔가 한마디 할 것처럼 입술을 달싹이곤 했지만, 그 입에서는 끝내 한마디도 나오지 않았다. 곁에 있던 귀화 언니가 나서서 대답했다.

"심장마비였어요. 오래전부터 건강이 좋지 않으셨으니까요."

"아, 심장마비, 그거, 참 무섭죠. 한순간에 가버리게 한다니까요"

성당 교인이 인생 참 덧없다는 표정을 지으며 말했다. 그러더니 나와 오빠에게로 시선을 돌려 참 안됐다는 눈길을 던졌다.

장례 이튿날 양초를 사기 위해 오빠와 동네 문방구를 찾아가던 길이었다. 오빠와 나는 서로의 발걸음에 보조를 맞추며 천천히 걸었다. 12월의 차가운 공기가 발걸음에 차였다. 아직 강추위가 몰려들기 전인데도 주위의 모든 게 얼어붙은 듯했

다. 길은 다세대주택들이 삐뚤빼뚤 이어지다가 경사가 져 있
었다. 경사진 길에 엄마가 다녔던 성당이 있었다. 그 앞을 지
나칠 때 오빠가 말했다.

"엄마가 왜 돌아가신 줄 아니?" "응?" "심장마비가 아니
야." "그럼?" 오빠는 대답 대신 내 어깨를 꽉 움켜줬었다.
"이제 우리 둘뿐이야." 창백한 얼굴 위에서 오빠의 눈빛은 날
이 서 있었다. "우리 잘해야 해." 날 선 눈빛은 얼어붙은 골목
길의 살얼음 위로 길게 미끄러졌다.

어느 틈에 개찰구를 빠져나온 오빠 목소리가 들렸다.

"많이 기다렸어?"

흰머리가 희끗희끗한 얼굴이 내게 가까이 다가왔다. 머리
만 보면 이미 노년에 다다른 것 같았다. 유난히 많은 새치 탓
이었다.

"어디로 갈까?"

"아무 데나 가지, 뭐."

주위를 둘러보았지만, 들어갈 만한 곳을 찾기 어려웠다. 입
구 왼쪽에 있는 베트남 음식점은 너무 밝았고 맞은편의 스테
이크 집은 시끄러웠다. 복도 끝에 등이 매달린 중국집이 보였
다. 그곳으로 걸어 들어가 창가에서 조금 떨어진 곳에 자리를
잡았다. 안부를 주고받다가 메뉴판을 오빠에게 건넸다. 오랜
만의 만남이 낯설어서일까? 오빠가 조심스럽게 말했다.

"아무거나. 난 아무거나 괜찮아."

주문 용지를 들고 종업원이 기다리고 있었다. 나는 딤섬과 맥주를 시켰다. 아무거나. 그 말의 여운이 길게 꼬리를 물고 먼 과거의 시간으로 나를 끌고 들어갔다. 엄마가 돌아가시고 난 뒤부터 아버지는 어떤 음식도 마다할 형편이 아니었다. 내가 어설프게 식사 담당을 했던 방학 기간은 짧았다. 그 뒤로 집에 와서 살림을 도와준 먼 친척 아주머니가 있는 동안과 오빠의 결혼과 함께 집안 살림을 도맡아 하게 된 며느리 앞에서 아버지의 대답은 한결같았다. "난 아무거나 괜찮아." 그러니까 그 말은 '우리 처지에 뭐 가릴 게 있나. 그서 주는 대로……'라는 의미였다. 눈을 내리깔면서 그렇게 말할 때 아버지의 한쪽 눈두덩이 위에 난 자그마한 혹이 눈두덩을 짓누르고 있는 것처럼 보였다. 그 모습은 또 그것을 보는 내 안의 무엇인가를 짓누르곤 했다.

나는 문득 오빠의 용건은 이게 아니냐는 듯이 물었다.

"명화 언니 어떻게 할 거야?"

"빚? 그 빚은 오래전에 다 갚았어."

"그게 아니라 언니는 자기만 희생당한 것 같다고 생각하는 거 같던데."

"그렇지 않아. 누나가 불행한 건 과거 때문이 아니라니까. 지금의 결혼 생활이 문제인데 그건 누구도 해결해줄 수 없어."

오빠의 말은 단호했다. 하지만 내 마음은 여전히 결혼 이후

명화 언니의 불행에 마음이 쏠려 있었다. 오빠 같은 아들은 잘 몰라. 언니들이 자신의 청춘을 가난한 집안 살림에 얼마나 많이 저당 잡히고 살았는지. 나보다 한참 나이가 많은 명화 언니는 자신의 청춘을 집안에 다 쏟았다. 이십대에 직장 생활을 하면서 월급 탄 돈의 대부분을 엄마에게 드렸던 것으로 나는 기억하고 있었다. 그런 뒤에 막상 자신이 결혼할 때는 한 푼도 도움을 받지 못했다.

"명화 언니 결혼, 엄마 때문인 거 알아? 언니는 싫다는데 엄마가 밀어붙였어."

"그렇게 똑똑한 누나가?"

오빠의 말에는 명화 언니에 대한 비아냥이 숨어 있었다.

"엄마가 그렇게 서두르지만 않았어도."

그 무렵 오빠는 군대에 있어서 잘 모를 것이다. 웬일인지 엄마는 몹시 허둥댔다. 약혼식을 올리고도 내켜 하지 않던 명화 언니의 불퉁스러운 모습과 엄마의 유난히 서두르던 기색은 내 기억에 생생했다. 엄마는 신랑 쪽의 나이 많은 누나와 전화를 여러 번 하면서까지 결혼이 깨지지 않게 하려고 애를 썼다.

"엄만 왜 그렇게 가셨을까?"

만나자는 오빠의 말에 응한 것은 명화 언니 때문이 아니었다. 오래전부터 나는 이것을 오빠에게 묻고 싶었다.

"그건……"

오빠는 대답하려다 말고 두 눈을 감았다.

"그건 어쩌면……"

오빠 때문이지? 그 말이 목까지 올라왔다. 하지만 차마 입 밖으로 내뱉지는 못했다. 그 말과 동시에 나 때문이야, 라는 말도 떠올랐기 때문이었다. 오빠 얼굴에 문득 결연한 빛이 떠올랐다.

"아무에게도 말 안 한 게 있어."

나는 '뭔데?' 하고 눈빛으로 물었다.

오빠는 그 말을 하고도 선뜻 이어 나가지 못하고 한동안 생각에 잠겨 있었다. 그러더니 굳게 다물었던 입을 떼기 시작했다. 오빠가 막 군대에서 제대하고 난 뒤 끝내 복학하지 않았을 무렵의 일이라고 했다.

"한 열 달쯤 될 거야. 집에서 아무것도 안 하고 빈둥거린 게. 난 밤낮으로 생각에 빠져들곤 했어. 꼬리에 꼬리를 무는 생각을 따라가다 보면 머릿속이 하얘지는데 나중에는 진짜 돌겠더라고. 그러다…… 우리 집 밑에 박통 구 관사가 있었잖아?"

박통 구(舊) 관사. 경비초소 주변에 서너 명의 경비원들이 늘 삼엄하게 지키던 독재자의 집. 박정희가 5·16 군사정변을 일으킨 후 국가재건최고회의 의장 관사로 이주할 때까지 가족과 함께 살았던 집을 사람들은 '박통 구 관사'라고 불렀다. 우리가 산꼭대기에 살 때나 산 중턱에 이사 온 뒤에도 버스를 타러 내려가려면 꼭 그 앞을 지나가야 했다.

"그 앞에서 우연히 동전 지갑을 주운 거야."

내가 대학생이 되고 오빠가 군대에서 제대한 그즈음에는 초록색의 박공지붕 깊숙이 죽음의 그림자가 감돌았다. 10·26 사건으로 박정희 대통령이 죽기 몇 년 전부터 그 집은 불도 켜지지 않고 사람도 드나들지 않는 폐가가 되어 있었다.

"작은 동전 지갑 안에 금반지가 있었어. 제법 묵직했지. 한 서너 돈은 되겠더라고. 주위에 아무도 없더라. 얼른 호주머니에 넣었어. 그런데 조금 후에 어떤 노인이 다가오는 거야. 혹시 지갑을 보지 않았냐고. 못 봤다고 말하는데 가슴이 쿵쾅거리더라."

오빠는 어느새 열에 들떴다.

"집에 가서 엄마에게 말했지. 금반지를 주웠는데 어떻게 할까, 하고 말이야. 노인 얘기는 하지도 않았어."

내가 아는 엄마라면, 당장에 경찰서에 갖다주라고 했을 거였다. 정직을 생명으로 아는 엄마는 내가 어릴 때 친척 집에서 무심코 주머니에 넣어 온, 손가락 마디만 한 장난감을 갖고서도 내 종아리에 인정사정없이 회초리를 내리쳤다.

"엄만 아무 말도 하지 않았어. 아마도 내가 측은했겠지. 젊은이가 돈도 없이 집에서 뒹굴기만 하고 있었으니까. 그리고 난…… 그때 바닥이었나 봐. 이깟 거 쓰면 어때 하는 생각이 들었던 걸 보면. 시장에 있는 금은방에 가서 돈으로 바꾸었어. 그리고 그 돈을 들고 시장 입구에 있는 빠칭코 가게에 들어갔지."

오빠는 문득 생각난 듯 진저리를 쳤다.

"그 세계는 늪이야, 늪…… 금반지 판 돈을 어느 틈엔가 다 날려버리고 어느 날인가부터는 엄마 지갑에 손을 대기 시작했어. 원금만 회수하면 그만둘 작정이었지. 처음엔 오천 원, 그다음에는 만 원, 그다음에는 손에 잡히는 대로…… 그러던 어느 날 빠칭코 가게에서 주머니를 탈탈 털린 후 길거리를 쏘다니다가 집에 왔을 때 엄마는……"

욕실에 쓰러져 있는 엄마를 처음 발견한 것은 오빠였다. 엄마 옆에는 양잿물 그릇이 뒹굴고 있었다. 구급차를 불러 국립의료원으로 이동했을 때 이미 엄마의 식도는 절반 이상 타버렸다고 했다.

"가장 힘들었던 건, 환갑잔치 갔을 때야. 엄마 나이 비슷한 친구나 회사 동료의 어머니를 보면 견디지 못하고 뛰쳐나왔어. 십여 년을 줄곧."

오빠는 눈물이 떨어지지 않게 하느라 턱을 비스듬하게 들어 올렸다.

장례를 치르고 긴 겨울이 지난 후 오빠는 공부를 시작했다. 기초영문법. 오빠는 밤마다 짙은 초록색 표지의 작은 영문법 책장을 넘기며 다섯 살 아래의 여동생에게 자존심을 다 던져

버리고 물어왔다. "보어가 뭐지?" "자동사와 타동사는 어떻게 다른 거야?" 몇 번을 가르쳐줘도 오빠는 문장의 기본 5형식을 이해하지 못했다. 1형식, 2형식 하던 대화는 시국에 관한 이야기로 흘러가곤 했다.

다음 해 새 학기가 되어 나는 다시 학교에 나가기 시작했다. 엄마의 죽음으로 깊이 침잠해 있던 의식이 차츰 깨어났다. 학교는 조용했다. 그 많던 집회와 열띤 토론이 모두 사라진 것만 같았다. 4·13 호헌 조치가 발표되었던 4월에 교내 광장은 몇십 명이 간신히 자리를 채웠다. 어쩌다가 계획된 거리 시위는 호헌 철폐를 다 외치기도 전에 청색 재킷을 입은 사복경찰들에 의해 사방으로 흩어졌다.

그리고 6월이었다.

그날 오후 시내버스는 더 이상 가지 못하고 서울역 전 버스 정류장에서 승객들이 모두 내렸다. 차들이 다니던 고가도로 위에 사람들이 운집해 있었다. 그 위로 올라가니 서울역에 밀집한 수많은 군중이 한눈에 내려다보였다. 나는 시위대에 떠밀려 미도파 앞까지 내려갔다.

밀고 밀리던 시위대, 그 위로 날아온 최루탄, 골목으로 흩어졌다가 다시 대로로 나왔다가, 몇 번을 그렇게 반복하다가 쫓기고 쫓겨 계성여고 후문 쪽으로 갔다. 늘어진 나뭇가지들로 으슥했던 계단을 올라가니 느닷없이 나타났던 명동성당……예정에 없었던 농성이 시작되었다. 한낮에는 전투경찰에게 명동성당을 빼앗기지 않기 위해 필사적으로 투석전을 벌였다. 저녁에는 본당에서 신부님들이 평화를 위한 미사를 집전했고 수녀님들이 마당에서 기도했다. 무력 진압, 쿠데타 등의 소문이 농성장에 전운을 감돌게 했다. "우리 다 죽을지도 몰라." 농성장 한구석에서 쪽잠을 잘 때 겁에 질린 여학생의 잠꼬대 소리가 들려오기도 했다. 밤마다 비상 회의가 열렸다.

낮에 평화방송 쪽 담벼락 위에서 보초를 섰던 나는 끓어오르는 열기를 고스란히 느꼈다. 시민들이 전해주는 김밥이며 만두, 마스크, 휴지 같은 것들이 끊임없이 담을 넘어왔고 지나가는 택시들이 한 번씩 경적을 울리곤 했다. 정오가 되면 주변의 빌딩들 창문이 열리면서 와이셔츠 입은 샐러리맨들이 소맷자락을 걷고 손뼉을 쳐댔다. 철거민, 택시 기사, 버스 승객, 도시의 샐러리맨, 퇴계로, 을지로, 종로에서 몰려온 소상공인들…… 사람들의 물결은 끝이 없었다. 며칠 전만 해도 전혀 예상하지 못했던 사람들의 대열이었다.

하지만 그날들은 오래가지 못했다. 지도부에서는 5일째 되는 날 해산을 결정했다. 농성 참가자들의 안전 귀가 보장과 농성 해산이 맞바꾸어졌다. 성당 마당에 둘러앉아 토의하고 있는데 갑자기 누가 뒤통수를 툭, 쳤다. 고개를 돌려보니 오빠였다.

생각지도 못했다. 오빠가 명동성당까지 오리라고는. 그러고 보니 농성 첫날 집에 전화를 걸었던 것도 같았다. 성당에 있으니 아무 걱정하지 말라고. 엄마가 여기에서 세례를 받았으니까 아무 일도 없을 거라고.

"갈아입을 옷 가져왔어."

오빠가 내민 쇼핑백 안에는 정장 한 벌이 들어 있었다. 언니들이 입다가 결혼하면서 두고 간 투피스였다. '웬 투피스?' 하는 눈으로 나는 오빠를 바라보았다.

"너 데모하던 옷차림으로 나가면 경찰들한테 잡힐지도 모르잖아."

농성장 안으로 들어오는 일도 쉽지 않았을 텐데. 게다가 밤마다 시국 토론을 할 때 늘 내 의견에 반박하던 오빠였는데. 하지만 오빠의 마음 씀씀이를 헤아릴 여유조차 없었다. 화장실에서 옷을 갈아입은 나는 오빠 손을 잡고 겹겹이 에워싸고 있는 사복경찰과 시민들 사이를 헤쳐 그곳을 빠져나왔다.

"오빠, 기억나? 나 때린 거?"

"내가 그랬어?"

87년 6월이 지나고 난 뒤의 어느 날 밤늦게 귀가한다고 잔소리하는 오빠에게 나는 "뭐 어때? 내 맘대로 살겠다는데. 엄마도 그랬잖아?"라고 대들었다. 그 말끝에 오빠의 손이 내 뺨을 호되게 내리쳤다. 뭔지 억울하고 슬퍼서 나는 이불을 뒤집어쓰고 밤새 울었다.

"아, 이제 생각난다. 그땐 아마 두들겨 패고 싶었을걸?"

"그렇게 미웠어?"

"아니. 사실…… 부러웠어."

"부럽긴. 외아들 특혜는 혼자서 다 누려놓고는."

"무슨 소리야. 엄만 공평했어."

"가진 자들에게 세상은 공평하다고 느껴지는 법이야."

"나에게 더 잘해주었던 건, 내가 약하고 병치레를 많이 하니까 그랬을 거야. 안쓰러워서."

"피이, 난 칭찬 한 번 받는 게 소원이었는데."

"야, 너 우리 집에서 칭찬받고 자란 사람이 있는 줄 알아?"

오빠의 말을 듣는 순간 어린 여자애가 보였다. 칭찬과 인정에 목마른 여자아이. 더 많은 칭찬, 더 많은 인정을 받으려고 기를 쓰는 여자아이. 오빠를 낙오자로 기억한 것은 그래야만 엄마한테 인정받을 수 있다고 여겼기 때문인지도 모른다. 운동권 대학생이 되어 정의감에 매달렸던 것 또한 더 큰 세상의 인정을 받고 싶었던 때문인지도 모른다.

"오빤 왜 대학에 복학을 안 했어?"

"글쎄, 내 인생에 그다지 도움이 될 거 같지 않았어."

오빠는 회사에 들어간 뒤 286 컴퓨터가 막 출현했을 때 혼자 힘으로 컴퓨터의 체계를 익혀나갔다. 새로운 컴퓨터가 나오면 전자상가에 가서 부품을 사다가 조립해서 체계를 다시 익혔다. 그렇게 컴퓨터 체계가 새로워질 때마다 오빠는 스스로 터득했고 그 속도는 기존의 교육 제도 속 교육과정 개정의 속도보다 빨랐다. 기초영문법을 모르는 것은 하등 문제가 되지 않았다. 대학 졸업장이 없는 것도 문제가 되지 않았다. 컴퓨터의 언어는 기존의 교육 너머에 있었다.

"그럼, 연애는? 오빠가 맨날 팝송만 들어서 청춘을 낭만적으로 보낼 줄 알았는데."

"연애? 내가 그런 거 생각할 겨를이 어딨어. 마음에 드는 아가씨가 나타나자마자 모든 걸 걸고 구애했지."

오빠가 인천까지 만나러 다녔던 그 아가씨는 홀시아버지와 시집 안 간 시누이가 같이 살아야 한다는 것을 알게 되자, 일주일간 연락을 끊었다. 오빠는 매일 아가씨 집 앞에서 자정이 넘는 시간까지 창문이 열리기를 기다렸다가 택시를 타고 집에 돌아왔다. 그 무렵이었을 것이다. 내가 태어나서 처음이자 마지막으로 뺨을 맞은 것은. 나는 밖으로, 밖으로만 돌았다. 엄마의 빈자리를 채우기 위해 이른 나이에 가정을 꾸리려고 갖은 애를 쓰고 있는 젊은 청년이었던 오빠를 애써 외면했다.

콧잔등 부근부터 입술 아래쪽까지 옆으로 깊이 파인 팔자 주름과 굳게 다물린 입술. 갸름한 오빠의 얼굴에는 자신을 죽이고 살아온 흔적이 고스란히 있었다. 길게 아래로 처진 눈꼬리. 자기 앞에 놓인 인생에 순종할 수밖에 없었던 시간이 거기 새겨져 있었다.

"앨범 정리를 하는데 너의 졸업식 사진이 하나도 없는 거야. 생각해 보니까 하나밖에 없는 여동생인데 맨날 빠졌더라고."

"그랬어?"

"응. 그래서 미안하다고 얘기하려고."

나는 고작 그 이야기인가 싶어 피식 웃었다.

"정말 왜 그랬던 거야?"

"그 무렵 내게는 친구들이 중요했어. 우리 집에는 여자들이 많았잖아. 아버지는 일하시느라 얼굴 뵙기도 어려웠고. 남자들의 세계, 나한테는 그게 필요했거든. 중학교 무렵부터 정신없이 친구들한테 빠져들었지. 친구들, 친구들의 형제들, 친구들의 아버지, 친구들의 삼촌…… 그때 배운 사람 공부로 지금껏 회사 생활을 하는 셈이야."

내가 점수 따기의 입시 공부나 두꺼운 책을 펼친 채 이해하지도 못하는 추상적인 세계를 헤매고 있을 때 오빠는 더 큰 공부를 하고 있었다. 암기나 수학 공식, 그리고 난해한 철학 책 같은 것으로는 풀리지 않는 게 사람살이 공부 아닌가. 졸업과 함께 공무원이 되었던 나는 그 단조로움을 견디지 못하고 오 년 만에 그만두었다. 그 뒤로 여러 직업을 전전했다. 서울대 출신이라는 이유로 새로운 직장은 쉽게 구했지만, 늘 따가운 시선이 쏟아졌다. 나는 어디에도 정착하지 못하고 떠돌았다.

오빠가 눈을 크게 뜨며 조심스럽게 말했다.

"더 큰 소식이 있어."

"응? 뭔데?"

"진아가 결혼해."

"그래? 잘되었네. 그런데 왜?"

진아는 올케가 자랑스러워하는 첫딸이었다. 미대에 입학해서 각종 공모전에서 수상을 했던 조카아이. 외동딸이었던 올케는 농사를 짓는 부모를 돕느라, 오빠와 남동생 뒷바라지를 하느라 대학에 진학하지 못했다. 그런 올케의 한을 풀어준 아이가 조카였다. 명문 미대에 우수한 성적으로 입학해서 대학원까지 마친 조카는 공모전 수상 경력으로 해외 연수도 수시로 다녀왔다. 올케는 자기 딸아이가 일등 신붓감이라고 믿고 있었다. 그런데 조카의 결혼 소식이라면 전화로 해도 되었을 것을. 나는 고개를 갸웃했다.

"근데 그게 말이야."

"뭔데 말해봐."

"애가 혼수를 미리 준비했지, 뭐야."

"혼수라니? 가구? 가전? 벌써 집을?"

오빠는 계속 고개를 가로저었다.

"그럼 도대체 뭐야?"

"그게……"

오빠는 무척이나 뜸을 들였다. 오빠의 얼굴에는 몹시 말하고 싶어 하면서도 또 몹시 쑥스러운 듯한 표정이 번갈아 드러났다. 갑자기 뭔가 내 머릿속을 번득이며 지나갔다. 으응? 나는 뜻밖인 나머지 간신히 고개를 끄덕이다가 물었다.

"몇 개월이야?"

오빠가 슬며시 웃으며 말했다.

"오 개월이 넘었대."

온 가족이 반듯한 바른 생활 집안이었다. 오빠며, 올케며, 진아, 진아 동생 성우까지. 진아가 그런 파격을 보이리라고는 예상하지 못했다.

"어느 날 훤칠하게 생긴 젊은이가 집에 인사를 왔어. 넙죽 절을 하더니 무릎을 꿇고 말하기를 자기가 사실은 다문화가 정 출신인데 받아주실 수 있느냐는 거야. 엄마가 베트남계라 지? 받아주시지 않는다면 조용히 포기하겠다고. 아기는 낳으 면 자기가 혼자서라도 키우겠다고. 그 말에 어찌나 눈물이 핑 돌던지."

오빠는 어느새 코맹맹이 소리가 되었다.

"나도 모르게 소파에서 내려가서 청년, 아니 뱃속의 아기 아빠, 그 친구를 안아주었지."

결혼식 날짜는 한 달 뒤였다. 오빠는 고지식한 언니들이 이 사실을 어떻게 받아들일지 걱정이 되어 나를 통해 알리려는 거였다.

"그래도 우리 집에서는 니가 제일 트였잖아."

"내가?"

"그럼. 명동성당 기억 안 나?"

엄마가 세례를 받았던 곳, 오빠가 농성 해산 전날 나를 찾아왔던 곳, 쿠데타와 무력 진압의 위협이 온 국민 연대의 환희로 뒤바뀌어 끓어올랐던 그곳 명동성당. 처음 보는 사람하고도 아무런 경계 없이 손을 잡고 어깨에 팔을 걸쳤던 그때만큼 세상이 활짝 열리고 나 또한 세상을 향해 열렸다고 느꼈던 적은 없었다.

"진아 결혼식, 거기에서 하기로 했어."

뭉클했다. 태어나서 처음으로 오빠가 든든하게 여겨졌던 곳이 거기였다. 투박하게 내밀던 쇼핑백, 그 속의 초록색 투피스는 어찌나 가지런히 접혀 있던지.

그날, 길고 혹독했던 겨울을 보내느라 창백해진 안색 속 섬세하고 맑았던 오빠의 얼굴이 떠올랐다. 삼십여 년 후 자신이 온 가족과 함께 촛불을 들고 나설 것을 아직은 몰랐을 그 얼굴이, 내 어깨 너머로 보이는 며칠 간의 밤샘 농성에 지쳐서 쪼그리고 앉아 있는 사람들을 두 눈으로 껴안고 있었던 그 얼굴이, 이제야 초점을 맞춘 듯 또렷이 보였다. 이제 생각해 보니 그 장면의 주인공은 내가 아니라 오빠였다.

아침 전화에서 들려온 동상이라는 말이 왜 나를 당황하게 만들었는지 알 것 같았다. 오빠가 불렀던 동상이라는 말에 묻어 있는 새 생명의 기운, 그것이 나를 놀라게 한 것이다. 나는 뱃속에서 꼬물거리고 있을 생명을 향해 힘 있게 고개를 끄덕였다.

오십 원만

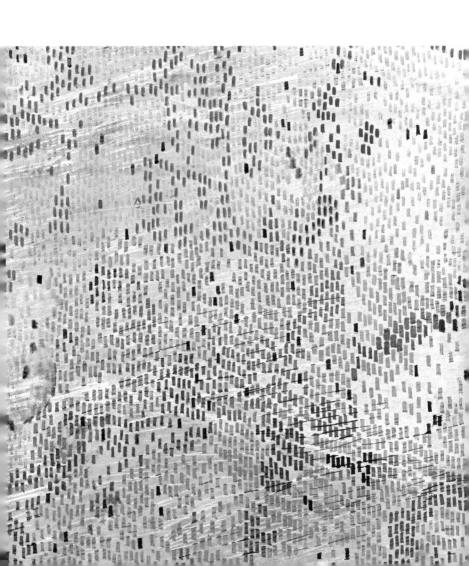

아버지를 떠올리면 언제나 그 장면이 떠오른다.

겨울이었다. 초등학교 1학년이었던 나는 방학식을 마치고 신나는 발걸음으로 집에 돌아왔다. 고사리 같은 손에 우등상장이 들려 있었다. 아랫목 방구들 위에 앉아서 화투를 떼고 있는 아버지에게 나는 상장을 내밀었다.

"이거 봐요. 아버지, 잘했죠?"

대답이 없자 나는 여러 번 되풀이해서 물었다.

"잘했죠? 잘했죠?"

그러자 화투장에서 고개를 떼지도 않고 아버지는 마지못해 대답했다.

"그래."

그 말이 떨어지기가 무섭게 나는,

"그럼, 오십 원만 줘요. 히잉."

하면서 엉덩이를 뒤로 뺐다. 하지만 아버지는 오십 원을 주지 않았다. 하룻밤이 지나고 이틀 밤이 지나고, 내가 중학생이 되고 고등학생이 되도록 아버지는 오십 원을 주지 않았다.

오십 원을 주지 않은 아버지. 네게 아버지는 그런 사람이었다.

너는 아버지가 돌아가신 것이 어느 해였는지 정확하게 기억하지 못한다. 네가 몇 살 때였나. 5월이었고 날이 화창했다는 기억만 남아 있을 뿐이다. 날이 화창했다는 것조차 5월에 자연스레 따라붙는 연상일 것이다. 그 모든 기억이 희미한데도 돌아가시기 몇 시간 전 너와 함께 있던 모습만큼은 이따금 떠오른다. 시나브로 다가오고 있는 죽음이 가차 없이 덮치고 있던 늙고 병든 육체. 그것을 물끄러미 보고 있던 너 자신의 모습까지도.

뇌경색으로 오른쪽에 편마비가 왔던 너의 아버지는 칠 년간 어눌한 말과 부자연스러운 몸짓으로 바깥 생활을 못하고 집 안에서 갇혀 지냈다. 중환자실에서 퇴원한 뒤로 아버지는 여간해서는 집 밖으로 나가지 않았다. 누워 있다가 일어나 앉았다가 이따금 안방 창문에서 바깥을 내다보면서 하루를 소일했다. 시집와서 줄곧 아버지를 모시고 있는 올케가 방에 들어오면 불안한 시선으로 올케의 뒤꽁무니만을 쫓으면서.

그러다가 아버지 병세가 갑작스레 나빠져서 자식들이 순번을 정해놓고 하루씩 곁을 지키면서 마음의 준비를 했다. 마침 그날은 네가 담당인 날이었다. 담당이라고 해봤자 한나절 아버지 옆에 앉아 있다가 다시 돌아오는 일이었지만, 지방에서 있었던 작가들과의 1박 2일의 여행을 하루 더 연장하지 못하고 돌아오게 된 것이 너는 못내 아쉬웠다. 달짝지근하고 혼곤한 꿈같은 여행이었다. 아버지가 누워 있는 방문을 열면서도 너의 의식은 봄날 아지랑이 같은 여흥의 끄트머리를 맴돌고 있었다.

아무런 느낌이 들지 않았다. 이제 곧 세상을 떠날지도 모르는데. 병든 노인의 방에서 나기 마련인 퀴퀴한 냄새에 눈살을 찌푸렸을 뿐이었다. 그러고는 자리에 앉아 무감각한 표정으로 아버지를 바라보았다. 무슨 말을 하려는 건지 아버지는 일그러진 입을 벌려 어, 어 하면서 팔을 휘휘 저었다. 두 눈을 불안스레 굴리는 노인의 육체 위로 죽음의 그림자가 가까워지고 있었다. 평생 감정을 드러내 보일 줄 몰랐던 아버지였다. 그런 아버지의 두 눈에서 너는 처음으로 생생한 감정이 떠오르는 것을 보았다. 공포. 하지만 그 공포는 너의 마음에까지 덮치지는 않았다. 너는 냉연히 또 물끄러미 보고만 있었다.

"아버지. 저 왔어요."

"어, 어."

그것이 아버지와 나눈 유일한 대화였다.

몇 시간 아버지 곁에 있다가 집에 왔고 한 시간이 지난 오후 다섯시쯤 너는 아버지의 부고를 들었다.

아버지의 장례를 치르고 난 뒤 그나마 남아 있던 아버지에 대한 기억의 끈은 사라지고 말았다. 아무런 슬픔을 느끼지 못했던 장례식과 그 후로 십 년간 다녔던 아버지의 제사도 그저 하나의 의식일 뿐, 너에게 어떤 애틋함도 불러일으키지 않았고 그럴듯한 상징적 의미도 떠오르게 하지 않았다.

아버지는 너에게는 삶의 어떤 공백이었다.

젊은 날 너는 아버지의 흔적을 지우려 애를 썼다. 또 가능한 한 아버지 삶의 궤적과 가장 멀리 떨어진 곳에서 네 삶이 이어지기를 간절히 바랐다. 왜냐하면 네게는 아버지가 무(無)였으니까. 삶은 무(無)에서는 싹이 틀 수 없는 법이니까. 아버지를 떠올릴 때 아무것도 떠오르지 않는 이 공백을 견딜 수가 없어서 너는 아버지를 기억하지 않으려 애쓰는 것인지도 모른다.

아버지에게 너는 어떤 존재였을까? 고된 노동을 연장하게 만든 존재, 하여 하루라도 빨리 내려놓고 싶은 짐 덩어리, 통제 불가능한 골칫거리, 그리고 아마도 너의 결혼과 함께—아버지가 갖고 있던 딸은 출가외인이라는 지론대로—자신과 무관해진 존재…… 아버지와 너는 각자 고립된 존재였다. 그리고 서로가 이해 불가능한 대상이었다. 아버지의 삶과 네 삶을 이어주는 선(線)은 없었다. 두 존재를 잇는 희미한 점선이라도 있었으면…… 하지만 그런 선은 없었다.

처음 엄마의 뱃속에 늦둥이가 들어섰다는 것을 알게 되었을 때, 너의 아버지는 한숨을 크게 내쉬었을 것이다. 그 한숨은 어머니에게로, 뱃속의 네게로 고스란히 전해졌을 것이다. 자궁 속 태아였던 너는 자궁 가득 양수가 출렁이다가 멈춘 것을 느꼈을 것이다. 한동안 온몸이 오그라드는 것처럼 숨이 막혀왔을 것이다. 그 숨 막힘에서 벗어나기 위해 양수 속에서 버둥거렸을 것이다. 그 후 노산인 엄마의 자궁을 힘겹게 빠져나왔을 때, 엄마 젖이 말라붙어 애를 먹었을 때, 서툰 걸음마를 떼려고 했을 때, 서둘러 용변을 가려야 했을 때, 그때마다 어디선가 한숨 소리가 들려왔을 것이다. 한숨 소리를 들을 때마다 뱃속에서의 숨 막힘이 고스란히 되살아났을 것이다. 그 숨 막힘에서 놓여나기 위해서 더 큰 한숨을 내쉬어야 했을 것이다.

"어린애가 무슨 한숨을 그렇게 쉬니?"

아이였을 때 어른들은 이렇게 물었지만, 어린 너는 이유를 알지 못했다. 그토록 크게 한숨을 쉬어야 했던 까닭이 무엇인지. 다만 그래야만 숨쉬기가 편해졌다. 네가 알지 못하는 어떤 커다란 덩어리가 심장을, 폐를 조여오는 느낌에서 벗어날 수 있었다.

생각난다. 여덟 살의 네게 아버지는 미련한 곰이었다.

너는 학교 과제로 내야 했던 가족에 관한 글짓기에서 '아버지'를 제목으로 짧은 글을 썼다. 가족들 앞에서 그것을 읽어 내려갔는데 "엄마는 아버지를 미련한 곰이라고 부른다"라는 대목에서 온 가족이 방 안이 떠나가도록 웃었다. 침을 튀기고 손바닥을 쳐대면서 어찌나 웃어댔던지 뜻밖의 환호에 너는 어깨를 으쓱했다. 어쩌면 온 가족이 아니었는지 모른다. 거기에 아버지는 빠져 있었을지도.

오랜 시간이 지난 뒤 어린 시절의 그 에피소드에 대한 기억은 이따금 되살아났고, 너 또한 가정을 이루어 그 시절의 아버지 나이에 가까운 나이가 되었을 때 그것은 왠지 모르게 거북살스러운 추억이 되고 말았다.

여덟 살의 나이는 분별심을 갖기 어려운 나이였다. 너는 늦둥이로 태어나 나이 많은 형제들 틈에서 자신의 존재를 인정받으려고 기를 쓰곤 했었다. 아버지를 제외하고는 다들 말발이 센 엄마요, 형제들이었기에 그들에게 주목받으려면 뭔가 남다른 폭로가 필요했다. 그러던 중 아버지가 일 나가고 집에 없을 때 엄마가 무심결에 내뱉었던 말을 주워들었을 것이다.

"너희들 아버지는 미련하기가…… 곰이야, 곰."

여덟 살의 어린 너는 그것을 글짓기 과제에 써먹었다. 가족들은 환호로 응답했다. 터져 나오는 웃음을 누구보다도 주체하지 못했던 사람은 너의 엄마였다. 엄마가 어떤 사람이었던가? 평소에 "아버지는 하늘이야"라는 말로 자식들을 무릎 꿇게 하고 무언의 복종을 강요했던 장본인이 아니었나? 무엇인지 알 수 없는 모호한 느낌이 여덟 살 너의 마음에 남았다.

그렇게 아버지는 네게 곰이 되었다. 그것은 어린 시절 네가 갖고 있던 아버지의 이미지에 들어맞는 것이었다. 커다란 키, 곰처럼 구부정한 어깨, 곰처럼 말이 없고, 곰처럼 어슬렁거리고, 곰처럼 긴 겨울잠을 자는……

봄이 오면 곰은 깨어 일어나 창고에서 겨우내 먼지를 뒤집어쓰고 있던 사다리며, 페인트 통이며, 붓과 롤러 등을 꺼냈다. 나뭇결이 파이고 페인트 방울이 떨어진 자국들로 얼룩덜룩한 사다리들이 좁은 마당에 겹겹이 쌓이고, 크기가 다른 깡통들이 표면에 페인트 액이 흘러넘쳐 굳어버린 채 서로 키재기를 하듯 사다리 옆에 놓이고, 또 그 한옆 빈 깡통에 딱딱하게 굳어버린 붓이나 롤러가, 또 그 앞에 페인트를 희석할 때 쓰는 작은 신나가 담긴 통이 함께 놓이면 그제야 곰은 구부정한 어깨를 활짝 폈다. 곰은 그것들을 작은 용달차에 싣고 멀리 떠나곤 했다. 오래된 관공서나, 신흥 개발단지, 지방 부호의 별장 같은 곳으로.

너의 엄마는 아버지가 집에 없을 때면 빵끼쟁이라고 불렀다. 하지만 해마다 새 학년이 되면 써내야 했던 가정환경조사서의 아버지 직업 칸에는 '도장업'이라고 받아 적게 했다.

"아버지가 도장 파?"

"그냥 시키는 대로 적어."

'아버지는 도장을 파지도 않는데 왜 도장업이라고 적으라는 거지?'

너는 의아해하면서도 그 단어가 뭔가 거창하고 힘이 있어 보였기 때문에 엄마가 시키는 대로 적었다.

겨우내 너의 아버지는 일이 없어 온종일 방구들을 지키고 앉아 있었다. 기나긴 겨울, 방 안에 둔 사발의 물에 살얼음 끼는 것이 다반사였던 추운 날씨에 아랫목에 앉아서 화투장을 떼는 아버지의 커다란 등은 어린 시절을 회상하는 네게 증명사진처럼 또렷한 영상이었다. 그 모습은…… 영락없는 곰이었다.

여덟 살의 너는 그 곰이 친근하게 느껴진 나머지 어느 날 자신도 모르게 반말로 말했다. 어느 겨울날 일이 없어 한낮에도 아버지가 방구들을 지키며 집에 있을 때였다.

"곰, 곰, 이 미련한 곰아, 넌 왜 내 말을 못 알아듣는 거야?"

갑자기 싸한 공기가 감돌았다.

"뭐? 하늘 같은 아버지한테 너라고?"

펄쩍 뛰며 진노했던 사람은 너의 아버지가 아니라 엄마였다. 아버지는 순한 곰처럼 눈을 끔뻑끔뻑할 뿐이었다. 평소에 남편을 무시했던 자신의 언행이 고스란히 드러나는 것에 가책을 느꼈기 때문이었을까? 그날 엄마의 손에 들린 회초리는 여덟 살 너의 종아리에 선명한 줄을 남겼다. 그리고 그 후 너는 다시는 아버지를 곰이라 부르지 않았다. 아니, 아예 말을 건네지 않았다.

이제 너는 사춘기의 나이가 되었다. 사춘기 소녀에게 아버지는 더 이상 미련한 곰이 아니었다. 여덟 살의 어린 네가 열네 살이 되는 동안 두 칸 집은 마당 없는 이층이 되었지만, 그곳은 더 이상 곰 가족이 뒹구는 아늑한 동굴도 아니었다.

중학생이 된 너는 도장업의 도장이 페인트의 한자어에 불과하다는 것을 알게 되었다. 도장업이라는 한자어 뒤에는 페인트공, 아니 평소 뻥끼쟁이라고 불렀을 때의 경멸과 천시 어린 시선이 교묘히 감추어져 있다는 것을.

뻥끼쟁이.

처음 엄마가 그렇게 부르는 걸 들었을 때 어린 너는 그 어감이 재미있다고 느꼈을 것이다. 하지만 친척이거나 이웃이거나 엄마가 들었던 계 모임의 일원이거나 그들 중 누군가가 삐쭉거리는 입으로 뻥끼쟁이라고 했을 때 너는 더 이상 재미있지 않았다. 너는 그 단어가 가슴에 날카로운 파열음을 낸다고 느꼈다. 뻥끼쟁이, 뻥끼쟁이 하고 반복해서 부를 때마다 뾰족한 양철 모서리로 긁히는 것 같은 마음의 통증을 느꼈다. 도장업이라고 부른다 한들 뻥끼쟁이가 아주 사라진 것은 아니었다. 너는 도장업이라는 한자어가 몹시 위선적이라고 느꼈다.

사춘기인 너의 마음은 민감했고 또한 정직했다. 뻥끼쟁이에 대한 경멸과 천시를 받아들일 수도 없었고 그렇다고 부정할 수도 없었다. 다행히 깊이 생각하지 않아도 되었다. 뻥끼쟁이는 아침 일찍 일하러 나가고 밤늦게 돌아와서 간신히 늦은 밥을 먹고는 곯아떨어지곤 했으니까. 뻥끼쟁이에게는 토요일도, 일요일도, 흔히 빨간 날이라고 하는 공휴일도 없었다. 정해진 출근 시간도, 지켜야 할 퇴근 시간도 없었다. 새벽에 나가서 밤늦게 돌아오는 것이 그의 일과였다. 네가 뻥끼쟁이를 대면할 일은 별로 없었다.

게다가 뻥끼쟁이는 말이 없었다. 말할 시간이 없었던 것일까? 아니면 말하는 법을 잊어버렸던 것일까? 어쩌면 뻥끼쟁이는 아주 오래전에는 말을 잘했는지도 모른다. 적어도 자신이 일곱 식구의 가장이 되기 전에는, 딸린 식구가 하나도 없고 젊음의 패기만이 넘쳤던 시절에는, 자신이 뻥끼쟁이가 아니라 그저 한 젊은이로 존재했을 무렵에는, 아니 그보다 더 오래전 부모 슬하에서 재롱을 피울 나이에는.

딸린 식구가 많은 뻥끼쟁이에게 말은 쓸모가 없는 것이었다. 그에게 필요한 것은 말이 아니라 팔이었다. 외줄을 타고 건물 외벽 작업을 할 때 떨어져 비명횡사하지 않도록 밧줄을 꼭 잡아줄 튼튼한 팔이, 온종일 넓은 벽면을 아이보리나 그레이 톤으로 고르게 채울 수 있도록 균등한 힘으로 롤러를 밀어 올리는 팽팽한 팔 근육의 힘이. 온종일 뻥끼쟁이를 상대해주는 것은 아무것도 칠해지지 않은 시멘트 벽면이었다. 벽, 벽, 벽, 그리고 고개를 구십도로 꺾어가며 칠해야 하는 천장만이 그의 상대가 되었다.

  페인트 냄새에 그의 코는 오래전에 마비되었다. 미각 또한 필요하지 않았다. 뺑끼쟁이에게 유일하게 살아 있는 것은 시각이었다. 일을 거듭할수록 그의 눈은 색채에 민감해졌다. 페인트를 그대로 쓰는 일은 없었다. 언제나 배액을 통해서 원하는 색상을 만들어야 했다. 칠해야 하는 공간이 넓을 때는 여러 번 되풀이해야 하는 배액 과정에서 같은 색을 내야 하는게 어려운 과제였다. 먼젓번 것과 나중 것이 같은 색인지 확인하기 위해, 또 그것들이 골고루 벽면이나 천장에 스며들었는지를 확인하기 위해 그의 눈은 매번 실처럼 가늘어졌다. 눈꺼풀에 미세한 힘을 주면서 페인트 입자들이 만들어낸 색을 보고 또 보고…… 그에게 페인트를 제외한 나머지 세상은 존재하지 않았다. 시공업자에게 만족스러운 동의를 얻어낼 때까지 뺑끼쟁이는 노동의 결과물을 미심쩍은 눈으로 실눈을 뜨고 바라보곤 했다. 그것은 차츰 그가 세상을 바라보는 시선으로 굳어졌다.

  사춘기인 너는 유년을 잃어가고 있었다. 자신이 아버지를 미련한 곰이라고 부를 때의 다정한 감정과 천진난만한 마음을 잃어가고 있었다. 이제 더 이상 아버지는 미련한 곰이 아니었다. 아버지는 말 없는 짐승이 아니라 기계였다. 여름 장마철이나 혹독한 추위의 겨울을 제외한 나머지 날들에는 쉼 없이 돌아가야 하는 노동 기계. 그렇게 사춘기의 너에게 아버지는 사물이 되어갔다.

노동 기계에게 마음을 쓸 필요는 없었다. 하지만 노동 기계는 이따금 너에게 어떤 격렬한 감정을 불러일으키곤 했다. 그것은 뺑끼쟁이라는 이름으로 경멸과 천시를 표현하던 외부의 시선으로부터 온 것이 아니었다. 그것은 사춘기 소녀의 내면에서 자라난 것이었고 그래서 더 격렬하고 끔찍한 것이었다.

이층집이 된 너의 집에는 열 살 이상 터울이 지는 언니들이 회사에 다니며 월급을 받아 장만한 책이 많았다. 세계문학전집과 한국문학전집, 그리고 노동 기계로서는 무슨 말인지 죽었다 깨어나도 알 수 없는 『사상계』 같은 잡지들이. 그 책들에 들어 있는 온갖 사상과 감정과 지식이 너의 머릿속으로 들어왔다. 그것들은 너의 감정을 들뜨게 했다. 그 책들을 보는 것만으로도 너는 자신이 다른 세계에 속하고 있다고 느꼈다. 비록 그 책들이 너의 아버지가 일터에서 주워 온 책꽂이에 꽂혀 있어도 그 세계는 아버지와는 다른 세계였다.

너는 자신을 둘러싸고 있는 환경을 삐딱하게 바라보기 시작했다. 언니들의 월급날이 되면 언니들과 엄마 사이에 악다구니가 펼쳐지는 것을, 동네 구멍가게에서 잘못 계산된 돈 몇 푼에 사생결단의 자세로 엄마가 싸워대던 것을, 그럼에도 여전히 바꿀 수 없는 불결한 수챗구멍과 재래식 화장실과 기어코 고등학생이었던 오빠를 뛰쳐나가게 만든 좁은 방 안에 가득한 생리혈의 비린내…… 너는 절망적인 심정이 되었다.

자신의 절망을 지워줄 무엇인가가 절실하게 필요했다. 저 높은 곳에서 사춘기 소녀의 절망 따위는 일거에 무너뜨릴 무엇인가가 필요했다. 정신적이고 감성적이고 섬세한 무엇인가가. 육체적인 것, 사물에 가까운 것, 단순하고 반복적인 것은 반대쪽인 저 밑바닥에 있었다. 그것들은 절망과 한 덩어리가 되어 있었다. 그것들은 배척받아 마땅한 것이었다. 또한 경멸받아 마땅한 것이었다. 밑바닥의 정점에 노동 기계가 있었다. 지워지지 않는 페인트 자국과 코를 마비시키는 신나 냄새와 나무 사다리의 움푹 파인 자국으로 남은 노동 기계가.

　고등학교 입시를 앞둔 어느 날 학교에서 돌아온 너는 방구석에 무엇인가 커다란 물체가 웅크리고 있는 것을 보고 움찔 놀랐다. 물체라고 생각했던 커다란 덩어리에서 느릿느릿한 움직임이 느껴졌다. 숨을 쉬고 있는 거였다. 숨을 쉴 때마다 오르락내리락 무엇인가 움직였다. 그것은 너의 아버지의 어깨였다. 아버지의 어깨가 어둠 속에서 실루엣을 그리며 잔잔한 물결을 일으키고 있었다. 너는 눅눅한 온기를 느꼈다.

　"아버지."

　"……"

　너는 다정하게 불러보았다. 어깨의 오르내림이 멈췄다. 하지만 아무런 말이 없었다. 아버지는 무감각한 노동 기계였다. 노동이 멈추는 순간, 모든 게 멈추는.

　"원서 써야 하는데……"

너의 말은 기어들어갔다. 너는 그때 알았다. 너의 마음이 아버지에게서 멀어진 것은 진로에 대한 아버지의 견해 때문인 것을. 그 견해에 따르면 여자는 초등학교만 졸업하면 공장에 가서 돈을 벌어 와야 했다. 학업에 대한 엄마의 열망이 가까스로 언니들의 공장행을 막아냈다고 들었다. 너는 잊고 있었던 한숨을 길게 내쉬었다. 무언지 모를 커다란 덩어리가 심장을, 폐를 압박해 들어왔다. 그때 아버지가 입을 열었다.

"여자가 학교는 무슨."

아버지의 목소리는 모처럼 또렷했다.

장애물.

아버지는 너의 장애물이었다. 인생의 걸림돌이었고, 넘어야 할 벽이었다. 벽을 넘어서기 위해서는 장애물을 힘껏 차지 않으면 안 되었다. 아버지라는 장애물, 거기에는 멸시와 천대로 나약해진 마음만이, 눈치와 비겁 속에 굳건해진 비굴만이 있을 뿐이었다. 오랜 노동으로 단순해진 뇌와 무감각만이 있을 뿐이었다. 거기에 살아 있는 것은 없었다. 살아 숨 쉬는 것은, 약동하는 것은, 없었다. 높이 날아오르는 것은, 멀리 내다보는 것은, 거기 없었다. 너는 너를 넘어서고 싶었다. 그러기 위해서는 있는 힘껏 장애물을 걷어차지 않으면 안 되었다.

너는 고등학교에 진학했다. 너의 언니들이 적극적으로 나서준 덕분이었다. 그리고 한 학기가 지나자, 너는 공부 기계가 되었다. 정신적인 것, 감성적인 것, 섬세한 것, 공부는 그런 것이 아니었다. 그것은 정신을 기계적으로 변형시키는 일이었다. 창조가 아니라 되풀이, 열정이 아니라 계산, 도약이 아니라 제자리걸음이었다. 거기에는 인류가 고난에 맞서 싸우면서 얻어낸 지혜를 건조하게 칸막이 안에 나누어 보관한 지식 다발이 있었다. 비슷한 것을 묶고 계열에 따라 배치하고 전체 그림을 짜고 그런 뒤에 거기에 이름을 붙이면 그것은 한 시대를 대표하는 지식 다발이 되었다. 새로운 시대가 오면 그 이름들은 달라졌다. 하지만 여전히 칸막이는 남아 있었다. 너는 그 안으로 기꺼이 들어갔다. 공부 기계가 되어 자기 생각을 없애고 감정을 죽이고 멘탈을 강하게 단련하면서…… 때로는 지식 다발에 눌려 압사당할 것처럼 헐떡거리면서……
마침내 너는 대학생이 되었다.

그 무렵 너의 언니들이 차례로 결혼했다. 집안은 한층 더 쪼들렸다. 언니들이 회사에서 가져다주던 월급이 사라진 것이다. 너의 엄마는 자주 집을 비웠다. 성당에서 가는 성지순례에도 참가해야 했고 멀리 임진강 앞에서 통일을 위한 기도도 해야 했다. 식을 못 올린 조카 결혼식을 챙기러 제주도도 다녀와야 했고 지하에서 혼자 사는 독거노인도 살펴야 했다. 너의 아버지 말에 따르면 엄마는 자신의 주제를 파악하지 못했다. 자신의 주제를 모르고 친척 일에, 이웃 일에, 세상일에 나서는 것이었다. 집안 살림은 점점 엉망이 되어갔다. 설거지는 쌓이고 물건은 제자리에 없고 저녁 식사 준비는 제대로 되지 않았다. 아버지는 다시 곰이 되었다. 포효하는 곰, 밥상을 뒤집어엎는 곰, 빨래가 안 된 일복을 집어 던지는 곰, 답답함에 제 가슴을 두드리는 곰. 답답함을 말로 풀어내지 못하고 어휴, 어휴, 콧김만 내뿜는 곰.

하지만 너는 아버지와 완전히 멀어졌다. 페인트 통, 사다리, 신나, 더러운 일복, 맡은 일이 끝날 때마다 지출 내역을 서툰 글씨로 써 내려갔던 치부책들과 아버지를 이루는 세계의 밑바탕인 무지, 무감각, 무취미, 무정…… 이런 것들과도 멀어졌다.

대학생이 된 후 너는 보란 듯이 아버지의 '가정'에 등을 돌렸다. 그러고는 군사독재 종식을 위해서 싸웠고 만민의 평등이라는 이상주의를 좇아 최루탄과 지랄탄과 깨진 보도블록과 화염병이 어지럽게 난무하는 거리에서 대학 시절을 보냈다. 그러다가 졸업했고 교사가 되었고 결혼했다. 아이를 낳았고 아이 때문에 좁아진 아파트 평수를 늘려나갔고 차를 샀고 소형차가 작은 듯해서 중형차로 바꾸었다.

갈증.

언제나 갈증이 너를 따라다녔다. 충족되지 않은 허전한 마음이 늘 바깥으로 떠돌게 했다. 임신한 몸으로 야간대학원을 다녔고 몇 년이 지나 아이가 자란 후에는 박사과정을 밟았다. 학교를 그만두고 대학 강단에 섰다. 이십대의 젊은 학생들이 "교수님, 교수님!" 하고 너를 부를 때면 우쭐한 마음이 들곤 했다. 그들의 공손함이 단지 학점 때문이었다는 사실을 알았을 때도 그다지 서운하지 않았다. 하지만 강사법 개정으로 강사들 대부분이 대학에서 쫓겨나다시피 했을 때 너 또한 대학 밖으로 쫓겨났다.

그러고 난 뒤에도 너는 늘 무엇인가를 하려고 애를 썼다. 먹고사는 게 늘 걱정이었다. 걱정이 걱정을 만들고 있는지도 몰랐다. 아니 걱정은 다른 데 있었다. 만족을 모르는 네 안의 이 갈증과 허기 속에.

"엄마가 얼마나 일등만 좋는지 알아요?"

"무슨 소리. 열심히 노력하자는 뜻이었던 걸 몰라?"

"아니에요. 엄마는 일등이 아니면 쳐다도 안 봐요. 그래서 아무 얘기도 하고 싶지 않아."

어느 날 이런 말을 하며 고개를 돌리는 고등학생 아들을 보고 너는 깜짝 놀랐다. 너는 그즈음 뉴스 중독이 되어 있었다. 시시때때로 핸드폰 포털 앱을 열어서 뉴스를 검색하곤 했는데 기업인, 정치인, 산악인, 예술인, 연예인…… 언제나 특출난 개인의 성공 사례만이 너의 시선을 잡아끌곤 했다. 그런 성공 사례를 접할 때마다 100미터 달리기 출발선에 서 있는 육상선수처럼 가슴이 쿵쾅거리고 호흡이 가빠지고 손바닥 가득 축축한 땀이…… 너는 그런 자신이 부끄럽지 않았다. 숨기지도 않았다. 그러기엔 그것은 너무도 강렬한 충동이었다. 너 자신이 어쩌지 못하는. 너는 중얼거렸다. 끔찍한 인간이 되고 말았어, 나는.

  한강이 내려다보이는 통유리창 쪽 테이블에 희끗희끗한 머리를 한 중년 사내의 등이 보였다. 오빠. 이게 얼마 만인가. 밖에서 오빠를 단둘이 만나는 것은 거의 처음 있는 일이었다. 늘 명절이나 제삿날에 가족들과 함께 볼 뿐이었으니까. 그랬던 게 명절이나 제삿날이면 꼭 모이곤 했던 친정 모임이 몇 년 전부터 여러 가지 이유로 없어져 그나마도 만날 일이 없었다.
  간단하게 쌀국수로 점심을 대신하고 이런저런 얘기를 나누었다. 기술직이었던 오빠는 한 달 전 삼십여 년을 다니던 직장에서 정년 퇴임했다. 그리고 이제 환갑을 며칠 앞두고 있었다. 실업 급여를 수급하기 위해 고용보험센터에 몇 번이고 발걸음을 한 모양이었다. 퇴직 후 생계를 위해 자신이 연금 설계를 얼마나 잘했는지 무용담을 늘어놓는 오빠를 나는 물끄러미 바라보았다. 오빠의 얼굴에서 늙은 아버지의 모습이 겹쳤다. 갸름한 얼굴에 공격성이라고는 찾아볼 수 없는 순하디순한 눈.
  "아버지는 둘째 언니한테 왜 그랬대?"
  나는 불쑥 얼마 전의 기억을 떠올리며 물었다.
  "뭘?"
  "둘째 언니한테 들었어. 형부 사업이 쫄딱 망했을 때 언니가 아버지한테 와서 도움을 청하니까 그랬다잖아."

부도로 집까지 날렸던 그 무렵 둘째 언니네는 지방 소도시의 건물에 창고 하나를 얻어 기거하고 있었다.

"뭐라 하셨는데?"

"서방 잘못 만난 니 복이니 할 수 없다고…… 어쩜 그렇게 매정할 수가 있어?"

나의 힐난에는 오빠라도 나서서 둘째 언니네를 도와줬어야 하지 않았느냐는 마음도 있었지만, 아버지에 대한 서운함이 더 컸다.

"글쎄……"

오빠는 동의하지 않는다는 투로 고개를 가웃거렸다. 거기에 딴지라도 걸듯이 나는 덧붙였다.

"아버지한테 딸들은 늘 찬밥이었어."

"나도 마찬가지였어."

"그러면서 오빤 왜 아버질 두둔해?"

"누님들이나 너나 아버지에 대해 뭐라고 말들 하지만 내가 보기엔 아버지는 아버지대로 다 이유가 있으셨어."

"어떤 이유?"

"그건……"

오빠는 선뜻 대답하지 못했다. 나의 질문 공세에 당황한 것 같았다. 나 또한 오빠 앞에서 이런 말을 쏟아내는 자신에게 어리둥절해지고 있었다. 오빠의 퇴직과 환갑, 겸사겸사 작은 선물이라도 전해주려는 마음으로 나왔던 거였다. 그간 한 번도 떠올려본 적이 없는데. 뜬금없이 아버지에 대한 서운함이라니. 내가 왜 이러나.

"있잖아."

오빠가 한참 만에 입을 뗐다.

"우리가 살던 동네가 얼마나 열악했는지 아니? 거기선 다 깡패 아니면 부랑아가 되었어. 그런데 우린 그런 길로 안 갔잖아? 그게 왜 그런 줄 알아? 아버지가 곁눈질하지 않고 한길을 갔기 때문이야."

오빠는 아버지와 함께 사는 동안 아버지에게 동화된 듯했다. 하지만 내게 아버지는 여전히 이해하기 어려운 사람이었다.

"게다가 아버진……"

오빠의 목소리가 잠겼다.

"주변에 아무도 없었어. 아버지한테 인생을 가르쳐주는 사람이 한 사람도 없었다고."

"왜?"

문득 의문이 떠올랐다. 자라면서 한 번도 할아버지 할머니 얘기를 들어본 적이 없었다. 어려서부터 없었으니까 당연히 없는 건 줄 알았다. 나는 오빠에게 한 번 더 물었다.

"아버지도 누군가의 아들이었을 거 아냐? 아버지의 아버지와 어머니가 있었겠지?"

"할아버지 할머니 두 분 다 일찍 돌아가셨대. 아버지가 열다섯 살이었다지? 아마."

열다섯. 요즘으로 치면 북한이 제일 무서워한다는 중2의 나이. 그 나이에 고아의 처지가 되었다고?

"그래도 열다섯 살이면 그 나이의 기억이 있을 텐데. 아버지는 왜 한 번도 당신 부모 얘길 꺼낸 적이 없었을까?"

"그러게."

오빠 또한 그 생각은 해보지 못했다는 듯이 갸우뚱거렸다.

"참, 실은 이상한 일이 있었어. 돌아가시고 나서 보니까 문갑 안쪽에 아버지가 비밀스럽게 간직하고 있던 만 원짜리 돈다발이 사라지고 없는 거야. 꽤 묵직했었는데……"

"둘째 언니한테?"

"그러지 않았을까? 모르겠어. 어디까지나 심증이니까."

언니는 꼭 돈 때문은 아닌 듯했다. 아버지는 다만 말 한마디라도 해주실 수 있지 않았을까? 마음에 힘이 되는 말 한마디라도. 이런 내 속마음을 읽기라도 한 것처럼 오빠가 말했다.

"아버지가 원래 표현을 잘 못하잖아."

"단지 표현을 못 하신 거면 좋겠지만……"

나는 말끝을 흐렸다.

"그건 그렇고 넌 뭐 하면서 지내니?"

"뭐 하긴……"

나는 멋쩍게 웃고는 자리에서 일어섰다. 엘리베이터를 기다리는 동안 오빠의 옆모습을 힐끗 훔쳐보았다. 삼십여 년 만에 맛보는 자유의 상징인 듯 오빠의 턱 밑에 희끗희끗한 수염

이 무성했다. 엘리베이터에 오르는 오빠의 뒷모습에서 다시
한번 아버지가 겹쳤다. 대학 졸업장도 없이 오빠는 자신이 좋
아하는 컴퓨터 하나만을 파고들어 명퇴의 칼바람이 불던 직
장에서 끝까지 버텨냈다. 곁눈질하지 않고 한길을 간 사람이
여기 또 있었네. 엘리베이터에서 내리는 오빠 등 뒤에 대고
나는 중얼거렸다.

그날 밤 잠이 들었던 나는 침대 아래쪽에서 무언가 커다란
물체가 어슬렁거리는 것을 느꼈다. 종아리에 부슬부슬한 털
이 따뜻한 온기를 전했다가는 사라졌다. 무엇이었을까. 잠에
서 깨어난 뒤 한동안 잠을 이루지 못했다. 결국 큰언니에게
카톡을 했다.

—언니, 할아버지 할머니 돌아가신 뒤로 아버지는 누가 돌
봤어?

다음 날 아침에 답이 왔다.

—형수였어.

—큰엄마?

—응.

아버지와 나이가 많이 차이 나서 큰엄마라기보다는 할머니
같았던 큰엄마. 그런 큰엄마에게는 고등교육을 받은 두 아들
이 있었다. 내게는 사촌오빠였던 그들은 고등교육을 받아서
인지 아버지와는 어딘가 모르게 달라 보였다. 세월이 흘러 사
촌오빠들이 차례로 세상을 뜨도록 큰엄마는 오래 살았다. 큰

엄마의 아래 동서인 내 엄마까지 먼저 세상을 뜬 뒤 큰엄마는 이따금 집에 와서 며칠씩 묵어가곤 했었는데 그때마다 아버지는 큰엄마의 방문을 달가워하지 않았다. 다시 카톡카톡, 하고 알림이 떴다.

— 큰엄만 스물다섯에 청상과부가 되었는데 아버지가 태어났을 때 이미 어린 아들이 하나 있었다지. 아버지가 태어난 다음 해에 둘째 아들이 또 태어났고.

열다섯에 고아가 된 아버지는 언제부터 큰형네 더부살이를 하게 된 걸까? 내가 알지 못하고 이제는 알 수도 없게 된 아비지 성장의 연대기. 그것은 시간 저 너머로 사라진 어떤 심연처럼 나를 곤혹스럽게 했다.

깜박 잠이 들었나 보았다.

오십 원.

아버지한테 받고 싶었지만 끝내 받지 못했던 오십 원. 지금은 아무것도 할 수 없는 돈이 되었지만 나에게 오지 않았기에 너무나 간절한 게 되어버린 오십 원. 갖고 싶었으나 끝내 가질 수 없었던 아쉬운 그 무엇. 충족되지 않은 그 아쉬움은 여전히 꿈속에서까지 나를 따라다녔다.

겨울이었고 어린 내가 그 옛날 집 안방에 우두커니 서 있었다. 상장 든 손을 아래로 떨어뜨린 채 시무룩한 표정으로. 꿈 밖에 있는 현실의 나는 불현듯 깨달았다. 아, 저거였구나. 나를 그토록 갈증과 허기에 시달리게 했던 것, 세상의 인정을 그토록 갈구하게 만들던 것이 저거였구나. 나는 어린 나에게 손을 내밀었다.

"괜찮아, 이제 오십 원이 없어도."

나는 어린 나를 가만히 안았다. 파동이 넘어왔다. 따뜻하고 부드러운 것이 온몸에 스며들었다.

"그래. 마음껏 울렴."

한참을 목 놓아 울고 있는데 뜻밖에 열일곱 살의 아버지가 내 앞에 모습을 드러냈다. 페인트가 묻은 일복을 입고 가방을 멘 한쪽 어깨가 기울어진 채로. 그 아버지가 내게 무슨 말을 건네는 것 같았지만 나는 알아들을 수 없었다. 말없이 입을 다물고 있는, 도무지 말이라고는 할 줄 모르는 생전 모습 그대로의 아버지 얼굴. 늘 보아왔던 얼굴이었지만 어딘가 낯설었다. "아버지. 이제 오십 원이 없어도 괜……" 내가 말을 마치기도 전에 아버지는 밖으로 걸어 나갔다. 마당이었다. 큰엄마가 호리호리한 몸으로 마당 귀퉁이에 서 있었다. 그 곁을 말없이 지나친 아버지는 곧 대문 밖으로 사라졌다. 아버지의 모습이 멀리 한 점으로 남을 때까지 나는 시선을 뗄 수 없었다.

열일곱 살의 강

후드득, 후드득.

빗소리가 들려왔다. 단조롭게, 또 규칙적으로. 빗소리가 오늘따라 왜 이렇게 귀에 감겨드는 걸까? 빗방울은 철제 난간에 조금 고인 물속으로 떨어졌다가 곧바로 튀어 올라 일렁이는 찰나의 형상을 만들어 보이고는 곧 흔적도 없이 사라져버렸다.

어제 오전 내내 풀 뽑기 작업을 했던 터라 입구로 향한 오르막길 양옆은 빗질 잘한 소녀의 머리처럼 가지런했다. 한시 방향으로는 방갈로로 올라가는 돌계단이었고, 왼쪽은 곳곳에 흙바닥이 패어 있는 물웅덩이였다. 저 아래로 흐르는 강은 주천강일 것이다. 지도로 보면 이곳의 지형은 뭉툭한 새의 부리가 길게 돌출해 있는 모양새지만, 이 안에서 강줄기는 그저 완만한 곡선으로 보일 뿐이었다. 강물은 폭이 제법 넓었다. 밤새 내린 비로 막혔던 둑이 터진 듯 흙탕물이 되어 콸콸 흐르고 있다. 멀리 다리 아래의 유속은 잔잔해 보이지만, 가까운 풀숲 아래는 금방이라도 덮칠 듯 넘실거렸다.

유속이 점점 빨라지고 있다.

이틀이 지났다. 첫날 밤 새벽 한시쯤, 데파스 0.25밀리그램을 먹고 간신히 잠이 들었다가 새벽닭 울음소리에 잠이 깬 탓에 어제 낮에는 온종일 몽롱했다. 여기는 어디를 가나 강물이었다. 마당에 가도 풀밭 아래로 강물이 보였고 집필실에 들어와도 가로로 누운 창문으로 강물이 보였다. 무엇 하러 여기에 왔을까? 다시는 쳐다보지도 않겠다고 했던 노트북과 묵은 원고 파일을 들고 왔지만 정작 마음은 자꾸 강물 쪽으로만 향하고 있었다.

고작해야 열흘이었다. 그런데도 그 열흘의 공백이 가족들에게 누가 될까 집을 떠나기 전 발바닥에 땀이 나도록 움직였다. 청소기를 돌리고, 화분에 물을 주고, 음식물 쓰레기를 처리하고, 플라스틱 용기를 재활용쓰레기장에 버리고, 냉장고에 있는 오이와 호박으로 반찬을 만들었다. 은행에 가서 세금을 내고 급하게 장을 보느라 잘못 가져온 가루세제를 다시 매장에 가서 액상세제로 바꾸는 일까지 하면서, 누가 뭐라 하는 것도 아니고, 또 평소에 살림을 잘하는 처지도 아니면서 외출을 앞두고 부산을 떨어대곤 하는 행동에 나도 모르게 실소했다. 물론 어제오늘의 일은 아니었다.

틈틈이 가족들에게 톡이 왔다. 자취하느라 주말에만 집에 오는 대학생 아들은, 엄마가 없다는 사실도 잊은 채 자신이 몇 시에 도착한다는 사실을 알려왔다. 물건을 찾는 남편의 톡은 더 자주 나의 부재를 일깨웠다. 검정 가방 어디 있지? 커피 필터 어디 있지? 쓰레기는 어떻게 버리지?

뭔지 모를 압박감이 옥죄어오는 것을 느끼는 순간 나도 모르게 이곳의 사진 몇 장을 찍었다. 어두워지기 전 돌다리 위에서 내려다본 강물, 어둠이 시작될 무렵 소나무 숲과 가문비나무 숲 사이에서 불을 밝히기 시작하는 본채 건물, 스탠드와 노트북만이 달랑 놓인 개인실의 책상. 가족 단톡방에 그 사진들을 올리고 나니 그것은 마치 나의 알리바이 같았다. 나는 이런 곳에 있어요. 나를 찾지 마세요.

문 앞 시멘트 바닥에는 물이 흥건히 고여 있었다. 비는 밤새 내리고 있었던 모양이었다. 문 앞에 놓아둔 코르크 슬리퍼는 물에 젖어 더 짙어졌고 안쪽으로 들여놓은 하늘색 스니커즈도 깔창까지 젖어버렸다. 반쯤 접어서 거꾸로 놓은 우산에도 안쪽까지 물이 들이쳐서 똑바로 들자, 고여 있던 빗물이 왈칵 쏟아져 내렸다. 비를 피하려고 본채와 옆 건물 사이를 잇는 통로로 뛰어 들어갔을 때 고양이 한 마리가 내 앞을 가로막았다.

냐옹냐옹.

노란 줄무늬의 코숏 치즈태비. 이름이 덩이라고 했던가. 덩이는 어깨를 곧추세우고 한껏 날카로워진 눈매로 적의를 드러냈다. 얼마 전에 새끼를 낳았다고 들었다. 살이 쪽 빠져 어깨가 앙상했다. 경계 태세를 늦추지 않는 두 눈 가득한 불안이 날카로운 압정처럼 내 시선을 찔렀다. 접시는 맞은편 벽면 구석에 놓여 있었다. 깨끗했다.

배가 고프구나.

우산을 쓰고 식당이 있는 건물 안으로 가서 비닐봉지에 담겨 있는 사료를 가져왔다. 어떻게 알았는지 수레 위에 웅크리고 있던 커다란 덩치의 흰 고양이가 어슬렁거리며 자리에서 일어나 접시 앞에 자리를 잡았다. 흰 고양이가 빠져나온 수레 위에는 종이 상자가 펼쳐져 있었고 그 위에 눈도 뜨지 못한 고양이 새끼들이 서로 뒤엉켜서 꼬물거리고 있었다.

어서 먹어. 새끼들 젖 먹일 수 있게.

봉지 안에 있던 플라스틱 컵으로 한 컵 덜어주자 두 고양이가 머리를 맞대고 허겁지겁 먹기 시작했다. 사각거리는 소리가 들려왔다.

밤새 내린 비는 그치지 않을 모양이었다. 샐러드와 삶은 달

갈과 모카포트로 내린 커피로 아침을 때운 뒤에도 비는 계속해서 내렸다. 아침 식사를 위해 모였던 사람들은 식사가 끝나자 제각기 자기 방으로 흩어졌다. 식당의 통유리창은 음식을 데우느라 따뜻해진 실내 공기로 뿌옇게 흐려져 있었다. 흐릿한 창문 밖, 이끼로 뒤덮여 있는 그네 지붕과 그 위에 넓게 퍼진 가지를 드리우고 있는 커다란 나무가 보였다. 그 너머로 흐르는 강물, 강물은 계속 불어나고 있을 것이다. 창밖에서 쏴아, 쏴아, 소리가 들려왔다. 그 소리가 빗소리인지 강물이 불어나는 소리인지 알 수 없었다.

샤워를 해야겠다.

간밤에 비가 너무 많이 와서 몸이 끈적한데도 이층에 올라갈 엄두를 내지 못했다. 방은 일층, 샤워실은 이층을 배정받아 그리로 가려면 캄캄해진 계단을 올라가야 했기 때문이었다. 둥글게 휜 계단이었다. 처음엔 흰색이었을 벽면은 누르스름했고 아랫부분은 진초록의 이끼가 뒤덮고 있었다. 계단은 평범한 시멘트 계단이었다. 노면이 고르지 않은 울퉁불퉁한 바닥. 어딘가 낯이 익었다.

수건을 챙겨서 올라가려다 멈칫, 했다. 바닥에 고인 물이 많았다. 식당 앞 벽면에 기대어놓은 빗자루가 눈에 띄었다. 긴 막대에 형광 연두색 솔이 달린 빗자루였다. 우산을 쓴 채 맨 밑의 계단부터 비질을 시작하려다가 곧 생각을 바꾸었다. 비질은 위에서부터 해야 한다. 한 칸 위로 발을 디디자, 코르크 슬리퍼의 터진 쪽으로 물이 들어왔다. 두번째, 세번째 계단을 디딜 때는 슬리퍼 안쪽까지 다 젖어 그 뒤로는 아예 바닥에 고인 물을 첨벙거리며 계단을 올라갔다.

긴 막대 비질은 처음이었다. 우산을 오른쪽 목과 어깨 사이에 끼고 고인 물을 쓸어야 했다. 그런데도 덥석 비질을 시작하자 흥이 났다. 내 안에서 튀어나오기를 기다렸다는 듯, 자연스럽고 리드미컬한 율동이 막대를 잡은 내 팔을 밀고 당겼다. 마치 누군가가 나를 조종하는 것 같았다. 멀고 먼 어느 기억이, 기억 속에 각인된 어떤 이미지가 나를 그렇게 움직이게 하는 것만 같았다. 싹싹, 싹싹. 비질하는 소리는 후드득, 후드득 빗소리에 서서히 섞여들었다.

계단의 맨 아래 칸까지 내려왔을 때였다. 오래전에 살았던 이층집. 대지 아홉 평에 건평이 열여덟 평밖에 되지 않은 성냥갑 같았던 그 집이 떠올랐다. 집의 이층에서 옥상으로 올라가는 계단은 옥외로 나 있었다. 그 계단을 가이당이라고 불렀다. 폭이 좁고 경사가 가파른 데다가 계단의 바깥 부분이 엉성한 철제 난간이어서 오르내릴 때는 늘 다리가 바들바들 떨리고 무섭증이 났었다. 그래서인지 나중에 어쩌다 가이당이라고 말하고 나면 '이'에서 나도 모르게 발음이 떨리곤 했다. 아버지는 기다란 싸리비로 그 계단 위를 정성껏 쓸곤 했다.

그 집은 아버지가 처음 지었던 집이었다. 이층에서 옥상으로 올라가는 계단의 경사진 아래 공간에 창고가 있었다. 창고 안에는 평생 아버지를 따라다녔던 페인트 작업 도구인 사다리들과 페인트 통, 붓과 롤러, 신나 등이 놓여 있었다.

페인트.

아버지를 떠올리면 언제나 페인트가 뒤따라왔다. 내 기억 속에서 아버지와 페인트는 분리되지 않았다. 둘은 언제나 하나였다.

샤워를 마치고 나온 뒤에도 비는 여전했다. 맨흙이 드러나 있는 작은 공터를 지나 계단이었다. 아까는 못 봤는데 오른쪽 비탈에 원추리 잎들이 노랗게 변한 채 시들어 있었다. 계단 바닥에는 그새 물이 다시 고여 있었다. 계단을 다 내려와 튀어나온 벽면에 기대놓은 빗자루를 향해 손을 뻗쳤다가 내려놓았다. 어차피 계속 내릴 비였다. 비질은 비가 그치고 난 뒤에 하는 게 나을 것이다.

연두색 수레 위에서 두리뭉실한 흰색 털 뭉치가 오르락 내리락 했다. 그 뒤로 노르스름한 털 뭉치가 보였다. 우유와 덩이였다. 새끼 고양이들은 둘 사이에 숨어 있는 듯했다. 흰 고양이 이름이 우유인 것은 아침 식사 중에 들었다. 덩이의 할아버지이자 보름 전 태어난 새끼들의 애비라고 했던가. 고양이 나이로 열 살은 넘어 보이는 우유는 안으로 모인 눈 아래에 세로로 짧게 난 흉터 같은 것이 있었고 볼이 축 처져서 얼핏 심술궂은 얼굴이었다. 몸집이 덩이의 두 배는 되어 보였다.

"그저께는 덩이가 새끼들을 저 위 풀숲으로 옮겨놓더라고요. 동네 고양이가 와서 얼씬거렸거든요. 글쎄 새끼를 입에 물고 저 높은 축대 위를 훌쩍……"

날렵했던 도약의 순간이었나 보았다. 그런 모습을 처음 보았는지 젊은 여자 작가는 그 얘기를 하면서 아침 식탁 위에 따르던 우유 팩을 내려놓고는 가벼운 탄성을 내질렀다. 그랬던 새끼들을 비가 많이 내리자 다시 수레 위로 옮긴 것이었다. 그러고 보니 첫날 비어 있던 수레가 다음 날에는 꽉 차 있었다. 덩이와 우유와 눈도 못 뜬 채 꼬물거리는 다섯 마리의 고양이 새끼들로.

새끼들을 보호하느라 덩이가 날카로운 눈빛으로 경계를 놓치지 않는 사이에 우유는 하는 일 없이 식당 주위를 어슬렁거렸다. 통로 한복판에서 우아한 자세로 앉아 있거나, 떨어지는 빗방울에 무념무상의 눈길을 던지거나, 식당 유리문 앞에서 배를 드러내놓고 애교를 피우거나, 갑자기 지루해 죽겠다는 듯 벌떡 일어났다. 그러고는 상체를 길게 앞으로 뻗었다가 뒤로 빼며 기지개를 켰다.

덩이의 자그마한 배 위에서 꼬물거리며 젖을 먹는 새끼 고양이들. 하얗고 노랗고 얼룩덜룩한 털 뭉치 속 아기단풍보다 더 작은 분홍 발바닥. 그 모습을 자세히 보려고 더 가까이 다가가자, 덩이가 머리를 발딱 들어 보이며 경계했다. 우유는 그 옆에서 게으르게 눈만 끔벅끔벅했다.

　방에 있던 노트북과 마우스를 들고 공용집필실로 이동했다. 방이 너무 덥고 습했다. 가로로 길게 난 창 아래 책상에 노트북을 열어두고 난 뒤에도 한동안 유리창 밖만 응시하고 있었다. 가로로 길게 뻗은 유리창으로 오디나무가 보였다. 자랄 대로 다 자란 나무의 가지는 무성했고 톱니바퀴 모양의 잎은 두툼하니 기름졌다. 빗줄기가 굵어질 때마다 가는 잔가지들이 부르르 떨었다.

　강은 창틀과 수평으로 흐르고 있었다. 엊그제 내린 비로 불어난 강물은 완전히 흙탕물 빛이었다. 콸콸 소리를 내며 모든 걸 집어삼킬 듯이 흐르는 강물은 여울목이 숨겨져 있는 곳곳에서 물보라를 일으켰다. 물보라는 연쇄적으로 끊이지 않고 이어져 멀리서 그것은 은빛 고기 떼의 자맥질처럼 보였다.

　공간이 모두 비에 잠겼다. 오디나무 아래 그네도, 흙 마당의 잔디도, 잔디 아래 고추밭도, 그 아래 무성한 잡초도 모두. 가문비나무 아래의 해먹도, 야외에 놓은 기다란 식탁과 그 위에 차양용으로 매달아 놓은 두툼한 천도 물에 젖어 축 늘어졌다. 지금쯤 수레 위의 고양이들은 서로의 온기에 기대고 있을 것이다. 머리와 다리가 뒤엉킨 새끼들이 어미의 배에 찰싹 달라붙어 꼼지락거리고 있을 것이다.

　고양이. 고양이.

고양이가 떠오르는 순간 나는 자신이 도망을 치고 있다는 것을 알았다. 아까부터 노트북은 빈 화면이 띄워져 있었다. 그 위에서 단어가, 문장이 되지 못한 커서가 깜박였다.

작년 겨울부터 글을 쓰지 못했다. 어디에선가 나는 막혀 있었다. 이 년 전에 써서 발표했던 아버지에 대한 짧은 소설에서 나는 처음으로 아버지를 만났다고 생각했다. 아버지가 세상을 향해 마음을 걸어 잠그게 된 원인을 알았다고. 아버지를 이해했다고. 그런데 아니었다. 다시 읽어본 소설에서는 아버지에 대한 나의 분노만이 느껴졌다. 아버지는 희미했다. 선명한 것은 나의 감정이었다.

그 소설의 서두에서 나는, 아버지와 나를 연결하는 선은 없었다고, 했다. 아버지의 죽음 앞에서도 아무런 감정을 느끼지 못했다고. 이 년이 지난 지금도 아버지를 떠올리면 어딘가 꽉 막혀 있었다.

나뭇가지 사이가 뿌옇게 흐려졌다. 빗방울이 더 굵어졌나 보다. 지지직거리는 확성기의 소음과 함께 강 건너편 어딘가에서 군내 방송이 흘러나왔다.

"지금 비가 대단히 많이 오고 있어 호우주의보가 발령되었으니, 저지대에 있는 분들은 각별히 주의하시고……"

나는 노트북을 덮고 밖으로 나왔다. 첫날 들어올 때 지나왔던 다리, 거기에 가볼 생각이었다. 어차피 다 젖을 테니까, 슬리퍼 차림으로 길을 나섰다. 다리까지 가는 길은 생각보다 멀었다. 오르막 왼쪽 아라베스크 문양의 타일을 벽면에 장식해 놓은 전원주택을 지나, 빨간 고추가 빽빽이 매달린 비닐하우스를 지났다. 꽉 찬 속이 벌어지고 있는 푸릇한 배추밭과 푸른 무청이 뻣뻣이 곧추서 있는 넓은 무밭을 지나니 옥수숫대가 까맣게 타버린 비닐하우스 옆에 남녀 칸이 나란히 붙어 있는 간이 화장실이 보였다. 길은 그 앞에서 구십도 각도로 꺾어졌고 저 앞에 강물이 보였다. 그 위를 가로질러 길게 놓여 있는 다리. 아래쪽 낮은 교각 사이로 온통 흙탕물인 강물이 미친 듯 쏟아져 내리고 있었다.

지난밤 움직일 때마다 삐걱거리는 일인용 침대 위에서 문득 떠올랐다. 아버지. 아버지였다. 내 감정이 굳어져 있는 그 밑바닥에는 아버지가 있었다.

다리 여기저기에 더러운 물이 고여 있었다. 다리 가장자리는 이십여 센티 높이의 한 발 간신히 디딜 정도로 비좁은 시멘트 난간이었다. 그 위에 한 발을 올려놓아보았다. 발밑에서 물살이 나를 집어삼킬 듯이 회오리치고 있었다. 한 발만 올려놓은 상태로 힘이 빠져 부들부들 떨렸다. 건너지 마오, 건너지 마오. 어디선가 그런 소리가 들려왔다.

다리 위 고인 물은 탁했다. 오래된 이끼와 짓이겨진 발자국이 남은 진흙더미가 언뜻언뜻 비쳤다. 망설이다가 한 발 내딛자 찐득찐득한 진흙의 찰기가 슬리퍼 바닥에 들러붙었다. 미끄러웠다. 힘을 빼야 한다. 그러지 않으면 진흙은 특유의 점성으로 나를 끌어당긴 뒤 단번에 흙탕물 속에 넘어뜨릴 것이다.

마침내 다리 가운데 왔다.

올해 내기로 했던 창작집 출간 계획이 어그러진 건 전적으로 내 탓이었다. 아버지에 관해 발표했던 소설이 마음에 들지 않았다. 잘 쓰고 못 쓰고의 문제가 아니었다. 그 안에 그려진 아버지가 실제 아버지의 모습에 가닿지 못했다는 생각, 그 생각을 떨쳐버릴 수가 없었다. 몇 년간 간절히 바라온 일이었지만 그대로는 책을 낼 수가 없었다.

강물은 휘 돌아가는 산줄기 사이를 빠져나온 뒤 다리 부근에서 거품을 내며 요동쳤다. 머리를 풀어 헤친 것만 같은 수초가 빠르게 흐르는 물살 속에서 흐느적거리며 간신히 버티고 있었다. 교각을 빠져나온 강물은 더 사납게 물거품을 토해냈고 강폭이 넓어진 곳에 이르러 잠잠해진 뒤 다시 휘 돌아가는 산줄기 사이로 빠져나갔다.

"강물이 넘칠 게 걱정돼요?"

낯선 목소리가 들렸다. 고개를 돌려보니 둥글넓적한 얼굴에 건장해 보이는 장년 남자가 곁에 서 있었다. 작업복 바지를 입고 있는 모습이 마을 주민인 듯했다.

"호우주의보가 났던데요."

"나도 저 밑에 있는 양수기를 올려놔야 하나 싶어 나와봤어요. 하지만 이 정도 비로는 끄떡없어요."

남자의 말에 안도감이 드는 게 아니라 맥이 빠졌다.

"이 마을이 군청에서 지정한 '홍수 피해 위험 지역'이에요. 홍수가 나면 고립된다는 거지. 하지만 지금껏 그런 일은 없었어요. 하늘에 구멍이 난 것처럼 퍼부어대지 않는 한 그런 일은 없어요."

강물이 범람하고, 다리가 잠기고, 외부로 나갈 수도, 외부에서 들어올 수도 없게 되는 것, 내가 바란 것은 어쩌면 그런 고립이었을지도 모른다.

"그런데도 저 위에다가 또 다리를 만들고 있지 뭐요."

첫날 마을로 들어오는 길에 속력을 한껏 늦추었던 기억이 났다. 새로 건설 중인 다리 앞에 공사 중이라고 적힌 노란 펜스가 세워져 있었다. 공사 마무리가 되지 않은 비포장도로의 돌자갈들이 자동차 바퀴에서 튀어 올랐다.

"다리 놓으면 좋지 않으세요?"

"좋긴. 입구를 좁게 해놔서…… 뭐 없는 것보다야 낫겠지만, 그리로는 트럭이 다니지도 못해요. 공무원들이 하는 일이라는 게 당최……"

남자의 입에서 불평이 계속될 거 같아서 화제를 돌렸다.

"농사지으세요?"

"그럼요. 여기서 농사 안 짓고 뭐 해요? 요새 쌀은 수지가 맞지 않으니까, 이모작으로 밭농사를 짓지요. 무나 배추 같은 거 오 톤 트럭으로 오십 차나 육십 차 왔다 갔다가 하면…… 뭐, 그래요, 간신히, 간신히 수지가 맞죠."

빗줄기가 가늘어졌다. 돌아가야겠다. 강물은 여전히 흙탕물로 콸콸 흐르고 있었다. 강물을 보고 있던 시선을 돌렸다. 마을을 향해 몇 걸음 떼자, 고인 물 앞에서 남자가 손을 내밀며 내게 눈짓했다. 자신은 장화를 신고 있으니 자기 손을 잡고 건너라는 뜻이었다. 주저하다 손을 잡았다. 남자가 이끄는 대로 진흙과 이끼로 미끄러운 부분을 피해 발을 디디자 딱딱한 시멘트 바닥이 느껴졌다. 다리 입구의 밤나무 앞에서 남자는 멈춰 섰다. 그러더니 허리를 굽혀 밤을 몇 개 주웠다.

"이게 진짜 토종 밤이에요. 작지만 얼마나 달다고요."

나는 남자가 건네는 밤을 받아서 손에 쥐었다. 남자가 말했다.

"참, 권 선생님 얼마 전 큰일 당하셨다면서요. 그러면서 알려주시지도 않고."

"민폐라 생각하신 게 아닐까요?"

이곳 일을 주관하시는 권 선생님이 일주일 전 시모상을 당했다는 얘기를 들었던 기억이 나서 알은체했다.

"글쎄요. 그게 도시 사람들과 다른데…… 저희는 상대방이 오든 안 오든, 조의를 표시하든 안 하든 알리는 게 도리라 생각하는데……"

못내 서운한 듯 남자는 뒷말을 삼켰다. 간이 화장실을 지나다 타버린 옥수숫대가 있는 비닐하우스 앞에서 남자는 고개 인사를 하며 골목 안쪽으로 들어갔다.

아버지에 대한 나의 분노. 그것은 정확히 무엇이었을까?

아버지는 자식들을 초등학교만 마치게 하고 공장에 보내려고 했다. 중학교부터 대학교까지 상급학교에 진학을 앞두고 있을 때마다 반대했다. 그런데도 자식들이 그나마 고등교육을 받을 수 있게 된 것은, 엄마의 집념과 열성 덕분이었다. 아버지는 내 인생의 장애물이라고 생각하던 때도 있었다. 늘 내 진로를 가로막고 있다고. 그런데 다시 생각해보면 아버지가 실제로 장애가 된 적은 한 번도 없었다.

곰통이. 내가 어린 시절 갖게 된 아버지에 대한 관념. 이것은 엄마가 만들어놓은 이미지에 불과했는지도 모른다. 엄마는 입버릇처럼 말하곤 했다. 아버지는 하늘이야. 또 말했다. 아버지는 곰통이야. 어렸을 때는 이 두 개의 모순된 진술을 이해하기가 어려웠다.

아버지는 하늘이었나? 그것은 아니었다.

아버지는 곰통이였나? 그것도 아니었다.

그렇다면 페인트공은 미련한 건가? 그것은 정말 아니었다.

그러나 아버지에 대한 감정을 설명하기 어려운 건 이와는 또 다른 차원의 문제였다. 아버지가 어떤 사람인지 모르겠다는 것. 아버지가 하늘도 곰퉁이도 아니라는 것을 깨달았으면서도 아버지에 대해서 말할 수 있는 게 하나도 없다는 것. 그것이 매번 나를 힘들게 했다.

아버지는 말이 없는 사람이었다. 집안의 가장이 해야 할 일, 가령 집안의 법도를 마련하거나 질서와 규율을 정하는 그런 일들은 모두 엄마가 대신했다. 엄마의 말은 곧 법이었지만, 아버지의 말은 언제나 침묵이고 공백이었다.

아버지의 이미지. 가장 먼저 페인트 방울이 떠오른다. 계단 아래 창고에서 꺼내져 작은 용달차 짐칸에 차곡차곡 실렸던 사다리와 페인트 통. 거기에는 영락없이 페인트 방울이 묻어 있었다. 얼룩으로 남아 있거나 깡통 표면에 어떤 결정체처럼 굳어 있는 페인트 방울, 어쩌면 거기에 아버지의 모든 게 담겨 있었는지도 모른다.

장마철에 늘어진 러닝셔츠 바람으로 화투로 운수를 떼면서 바닥에 깔린 군용담요를 향해 화투장을 내던질 때 아버지 얼굴에 짧은 순간 스쳤던 어떤 초조감, 긴긴 겨울 낡은 괘종시계를 몇 번이나 뜯었다가 조립하기를 반복할 때 재떨이에서 타들어갔던 담뱃불. 그때 낡은 트랜지스터라디오에서는 옛 노래가 흘러나왔다.

"이 풍진 세상을 만났으니, 너의 할 일이 무엇이냐. 부귀와 영화를 누렸으면 희망이 족할까."

부귀와 영화와는 멀리 떨어진 곳에서, 앞으로도 가까워질 리가 없는 그런 곳에서 날마다 날마다 희망가가 흘러나왔다. 아버지는 쏙 내민 혀를 이빨로 고정한 채 시계 톱니바퀴의 나사를 돌리곤 했다. 그 모습은 아마도 일이 없는 겨울마다 반복되었던 모양으로 그때 구부린 아버지의 등과 입 밖으로 내민 혀와 사시처럼 안쪽으로 쏠리던 두 눈은 지워지지 않는 이미지로 내게 각인되어 있다.

비 오는 저녁, 강변의 어둠은 소리 없이 찾아왔다. 콸콸 소리를 내며 흐르는 강물 위로 건너편 마을의 불빛이 어른거렸다. 불어난 강물 위에서 불빛은 모여들었다가 흩어지곤 했다. 물살은 여전히 셌다. 강물 가운데와 강변에 무성히 자란 수초들이 어둠에 잠겨 들어갔고 캄캄한 마당을 배경으로 본채 건물만이 환하게 밝았다.

우유는 야외 식탁 밑에 있었다. 네 발을 접고 머리를 어깨 깊숙이 파묻고 눈을 감고 있는, 식빵 굽는 자세를 하고 있었다. 권 선생님이 지나가면서 한마디 던졌다.

"수컷이라 아무것도 안 하는 거 같아도 새끼들 잘 때 옆에서 지키고 있어요."

수레에는 사막여우처럼 홀쭉해진 덩이가 옆으로 누워 있었다. 덩이의 배 위로 새끼들은 서로의 머리를 타고 오르다 떨어져 내리거나 밑에 깔려 있다가 꾸물꾸물 다시 위로 기어올랐다. 엄마 젖에서 떨어지지 않으려는 새끼들 너머로 덩이는 눈빛을 날카롭게 세우며 주위에 대한 경계를 늦추지 않았다.

도장업이라고 적어 냈던 아버지의 직업이 사실은 칠일, 달리 말하면 막노동에 불과하다는 사실은 중학생이 되어서야 알게 되었다. 막노동은 아니었다. 그것은 숙련이 더해진 일종의 기술 노동이었다. 하지만 명절이나 제사 때 큰집에 모이면 아버지는 당신 나이보다 두 살 많거나 한 살 아래의, 회사원인 두 조카 앞에서 몹시 위축된 모습을 보였다. 그런 아버지의 모습은 사춘기의 내게 어떤 그림자를 남겼다. 그 그림자는 시시때때로 내 안에서 살아났다. 집안 족보를 들먹이는 사람들 앞에서, 가문의 영광을 노래하는 사람들 앞에서, 화목한 가정에서 자라나 그 역시 따뜻한 성품을 드러내는 사람들 앞에서 나는 알 수 없는 적대감을 느꼈다. 대학생이 된 뒤 나는 아버지가 마르크스가 예찬한 자랑스러운 노동계급의 일원이라고 생각했다. 두 손에 착취를 끊어낼 열쇠가 쥐어져 있다고. 자부심을 가져도 좋을 거라고. 하지만 그 시기는 생각보다 짧았다. 사회주의가 무너지자, 아버지는 내 안에서 그 자리를 잃어버렸다. 애비는 종이었다. 애비는 빨치산이었다. 애비는 개홀레꾼이었다. 애비는 양부였다…… 아버지는 그 어디에도 해당하지 않았다. 내 아버지의 자리는 그 어디에도 없었다.

저녁을 먹고 식당에서 나오는데 덩이가 문 앞에서 냐옹, 울었다. 웅크린 어깨의 골격이 앙상하게 드러났다. 덩이를 따라가 보니 접시가 깨끗이 비어 있었다.

"제가 줄게요." 젊은 여자 작가가 식당 문을 열며 말했다. 접시에 사료를 따라주자, 덩이는 허겁지겁 먹기 시작했다. 야외 식탁 밑에 있던 우유도 어슬렁거리며 다가와 접시 앞에 앉았다. 우유는 접시에 코를 박았다가는 곧 머리를 들었다. 사료를 먹는 것도 아니면서 우유는 웅크린 채 그대로 자리를 지켰다.

젊은 여자 작가와 마을을 산책하기로 했다. 비가 그쳤지만, 끈적끈적한 습기는 여전했다. 기온은 낮아지지 않았고 잔뜩 흐려 있는 하늘은 언제 비를 흩뿌릴지 알 수 없었다. 혹시 몰라서 긴 우산을 들고 나섰다. 우리는 천천히 마을을 향해 걸어갔다. 아라베스크 문양의 타일을 붙여놓은 집에는 담장과 창문 아래에 작은 조명등이 수십 개 달려 있어서 그 앞이 환했다. 하지만 그 집을 지나자, 사방이 어둠이었다. 시멘트 도로 양옆으로 어둠이 넓게 펼쳐져 있었다. 빗물이 떨어져 후드득 소리를 내며 반짝거릴 때 속이 벌어진 배춧잎의 검푸른 이파리가 드러났다가는 사라졌다.

젊은 여자 작가는 말이 없었다. 그 점이 좋았다. 우리는 각자 자기 생각에 젖어 앞으로 걸어갔다. 낮에 갔던 다리까지 걸어갈 생각이었다. 여전히 덥고 습도가 높았지만, 풀 냄새가 진하게 났다. 거기에 흙냄새도 섞여서 딸려 왔다. 들큼한 냄새가 콧속으로 파고들었다. 잠시 온몸이 혼곤해졌다. 그때 갑자기 정면에서 개 한 마리가 튀어나왔다. 어쩌면 개가 아니었는지도 모른다. 늑대나 승냥이 같은 짐승이었는지도. 순식간이었다. 그것은 우리 곁을 빠르게 지나 밭고랑 사이로 휙 사라져버렸다. 밭 위로 어둠이 넓게 펼쳐져 있고 그 끝에는 더 칠흑 같은 숲이 있었다. 무엇이었을까?

"미친개일지도 몰라요."

젊은 여자 작가가 말했다.

"빨리 돌아가는 게 좋겠어요."

"걱정하지 말아요."

여차하면 들고 있던 우산을 휘두를 작정이었다. 하지만 정말로 미친개인지도 모른다. 혹은 버림받은 사냥개인지도. 우산 따위는 바로 찢겨나가겠지. 성질이 달아오른 굶주린 개의 날카로운 송곳니가 손등을 찍어 누르겠지. 머리털이 쭈뼛, 곤두섰다. 주춤주춤 더 걷다가 우리는 비닐하우스 앞에서 걸음을 되돌렸다. 돌아가는 발걸음이 빨라졌다. 주변보다 환한 오르막 윗집에 이르러서야 비로소 평소 걸음으로 돌아올 수 있었다.

젊은 여자 작가는 피곤하다며 자기 방으로 들어갔다. 나는 더 걷고 싶었다. 머릿속을 지그시 누르는 이 정체 모를 피로감에서 벗어나고 싶었다.

그 사건을 알기 전까지.

아버지는 페인트와 하나가 되어버린 페인트공일 뿐이었다. 이 년 전 소설을 쓰면서 비로소 그 의미를 알게 되었다. 큰집에 숱하게 다니면서도 한 번도 눈치채지 못했다. 설날, 만수무강하세요, 하고 세배를 드리면서는 큰엄마가 다른 집 큰엄마보다 훨씬 나이가 많은 바시런한 할머니 같은 분이라고, 오래오래 사셔야 한다고 생각했었다. 한참 세월이 흘러 엄마가 먼저 세상을 떠났을 때 큰엄마는 이따금 우리 집에 와서 주무시고 가셨다. 결혼한 오빠 내외가 함께 살아서 빈방이 없었기에 아버지 방에 요를 하나 더 놓았다. 그때마다 아버지는 큰엄마를 여간 박대하는 게 아니었다. 아버지 성격이 참 그러시구나, 생각했다.

칠흑 같은 어둠 속에 본채 건물이 환하게 떠 있다.

아버지가 몇 살에 고아가 되었는지는 정확히 모른다. 고아가 된 후 서울에 있는 나이 차가 많이 나는 큰형 집에 보내졌다는 사실만 전해 들었을 뿐. 거기에는 자기보다 두 살 많은

조카와 한 살 어린 조카가 있었다. 이 년 뒤 그 형수는 청상과
부가 되었다. 형수가 이십대였을 때라고 들었다. 그런 형수에
게 자기 아들 또래의 시동생이 차지할 자리는 없었다. 조카들
이 응석을 피울 때 아버지는 침묵을 배웠다. 초등학교를 간신
히 나온 아버지는 조카들이 중학교에 갈 때 일을 배웠다. 조
카들이 용돈을 탈 때 나이 많은 일꾼 밑에서 돈을 벌었다. 그
렇게 벌어서 모아두었던 돈이었다.

엄마와 언니들이 수군대는 얘기를 어릴 적 어깨너머로 들
었던 적이 있었다. "다락에 있는 상자 안에 넣어놓았는데 감
쪽같이 없어졌대."

가문비나무 숲 쪽으로 가야겠다. 식당에서 흘러나온, 빛이
모여 있는 잔디에서 발을 멈추었다. 빛과 그림자가 공존하는
공간. 저 앞에 어둠과 하나가 된 가문비나무 숲이 있었다. 그
곳 어둠은 깊었다. 돌아 나왔다. 다시 걸어갔다. 나왔다가 다
시 걸어갈 때마다 숲 안쪽으로 한 걸음씩 더 들어갔다.

숲은 하나가 아니었다. 여러 그루의 나무들이 제각기 간격
을 두고 서 있었다. 나무들 사이로 좁은 길이 나 있었다. 곧게
뻗은 가문비나무 둘레는 상처 딱지처럼 옹이투성이였다. 생
선 비늘 같은 거무죽죽한 나무껍질이 곧 떨어질 것만 같았다.
발밑으로 쌓인 나뭇잎이 축축했다. 젖은 흙냄새가 났다. 어둠
은 점점 가까워졌다. 저 앞은 빛이 하나도 없는데. 와락, 무섭

증이 일어났다.

아버지. 내 아버지. 열일곱에 세상에 홀로 내던져진 가엾은
내 아버지.

그때 아버지는 어떤 마음이었을까? 자신이 모아놓은 돈을
형수가 가로챘다는 것을 알았을 때 어떤 마음이었을까? 자신
이 벌어놓은 돈으로 조카들이 학교에 다니는 걸 지켜봐야 했
던 그때 어떤 마음이었을까? 그때 마음의 빗장이 굳게 걸린
것일까? 그래서 말이 없는 사람이 되어버린 것일까? 그래서
이토록 희미한 사람이 되어버린 것일까? 식민지와 전쟁과 보
릿고개와 농촌을 떠나 도시 끄트머리의 산동네에 힘겹게 자
리 잡았던 이주와 정착에 관해, 일곱 식구의 생존이 달린 자
신의 노동에 대해 아무 이야기도 전할 수 없는 사람이 되었던
것일까? 추억 하나 간직하지 못한 건조한 사람이 되어버린
것일까?

열일곱 살 청년이 내 앞에 있었다.

상자에 모아둔 목돈이 없어졌다는 것을 간밤에 알았다. 밤
새 잠을 이루지 못했다. 아침의 박명이 벽 위의 작은 창문으
로 내려와 고였다. 고개를 파묻고 방구석에 앉아 있는데 밖에
서 소리가 났다. 신발 끄는 소리, 방문을 열었다 닫는 소리,
학교에 다녀오겠습니다, 인사하는 소리. 마당에서 들려오는
소리가 잠잠해지기를 기다렸다. 조카들의 발소리는 차츰 멀

어졌다. 그 소리가 완전히 끊기자, 청년은 자리에서 일어났다. 주섬주섬 옷을 갈아입었다. 페인트가 묻은 더러운 일복이었다. 소매 속으로 팔을 끼워 넣으려는데 자꾸 헛돌았다. 일복을 다 입고 연장 그릇이 담겨 있는 가방을 챙겨 방에서 나왔다. 대문 옆에는 형수가 서 있었다. 아직은 처녀 같기만 한, 호리호리한 몸매에 두 눈이 슬프게 내려앉은 젊은 아낙. 청년은 그 곁을 지나치면서 입술을 깨물었다. 입에서 아무 말도 새어 나오지 않게 입을 다물고 힘을 꾹, 줬다.

강은 무서운 속도로 불어났다.

강물 위로 온갖 것들이 떠내려오고 있었다. 부러진 나뭇가지와 수초들이 떠내려왔다. 작은 나뭇가지들은 흙탕물과 함께 교각 사이를 빠져나갔다. 큰 가지들은 그대로 교각에 걸려 여러 번 물과 함께 회오리쳤다. 강물은 다시 콸콸 소리를 내며 무시무시한 속도로 흘렀다. 낡은 나무 사다리가 하나 떠내려왔다. 여울목 쪽으로 흘러가 물과 함께 회오리쳤다. 나무 사다리는 가장자리 교각에 부딪혀 산산조각이 났다. 작은 조각들은 강물에 이리저리 떠밀리다가 교각 사이를 빠져나갔다. 다음에는 페인트 통이 떠내려왔다. 퉁퉁 소리를 내며 떠내려왔다. 페인트는 흙탕물 속으로 번져나갔고 강물은 빨갛고 파랗고 노란 색깔로 물들었다. 페인트 붓이, 롤러가 떠내려왔다. 강물을 휘저으며 떠내려왔다. 낡은 괘종시계가 떠내려왔다. 재떨이가 떠내려왔다. 필터 가까이 피우다 버린 담배 꽁초가 떠내려왔다. 낱장으로 흩어진 화투장이 하나씩 둥둥 떠내려왔다. 흑싸리가 보이고 목단이 보였다. 난초가 보이고 단풍이 보였다. 멧돼지도 사슴도 둥근 보름달도 화투장에 실려 강물 위로 떠내려갔다. 강물은 무서운 속도로 맹렬하게 흘러내리면서 모든 걸 삼키고 토해내고 아래로 밀어냈다.

마침내 시꺼먼 개가 떠내려왔다. 살갗이 다 벗겨지고 뼈가 앙상하게 드러난 검은 개. 저 위 물의 상류에서부터 떠내려온 듯했다. 송곳니 사이로 쑥 내민 붉은 혀가 흙탕물 물살을 반으로 가르며 떠내려왔다. 교가 부근에서 검은 개의 몸은 축 늘어져 버렸다. 늘어진 몸이 강물 위로 가뿐히 떠올랐다. 그러고는 교각을 빠져나간 뒤 강물 저 아래쪽으로 떠내려갔다.

누구도 원망하지 않기 위해서.

아버지가 아무 말 하지 않았던 것은, 그 때문이었는지도 모른다. 그것은 대결이 아니라 받아들임. 부모님이 돌아가신 뒤로 쭉 그랬듯이, 그것만이 자신의 최선이라는 듯이, 아버지는 그렇게 자신의 운명을 받아들인 것인지도 모른다.

중환자실에서 퇴원한 뒤의 칠 년은 죽음을 향해 조금씩 조금씩 다가가는 시간이었으리라. 중노동의 사슬에서 벗어나, 가족 부양의 의무에서 놓여나, 자식들과도 별반 소통할 줄 모르는 노인이 밤마다 애국가가 흘러나올 때까지 티브이를 보며 홀로 맞이했을 궁벽한 고독의 시간에서 조금씩 놓여나는 시간.

아픔과 괴로움과 슬픔이 없는 시간으로 돌아가는 중이었을까? 임종 몇 시간 전 아버지가 누운 방에 들어섰을 때 아버지의 쭈글쭈글한 주름 위로 부서질 듯 연약한 얼굴이 어른거렸다. 열일곱 살 이전, 상실을 몰랐던 때의 갸름하고 입매가 고왔던 소년의 얼굴이.

"아버지. 저 왔어요."

"어, 어."

그것이 아버지와 나눈 유일한 대화였다. 집에 돌아와서 부고 전화를 받았을 때 마음 한끝이 아득해지는 것을 느꼈다. 그때는 그게 어떤 마음인지 모르는 채 먼 곳에서 흐르는 강물 소리를 들었다.

님아 님아 내 님아
물을 건너지 마오
님아 님아 내 님아
그예 물을 건너시네
아 물에 휩쓸려 돌아가시니
아 가신님을 어이할꼬

유튜브에서 이상은의 노래가 흘러나왔다. 커다란 활처럼

생긴 악기의 가느다란 현 사이로 강물이 흘러가는 소리가 들려왔다. 그 소리에 얹힌 애절한 노랫소리. 공무도하(公無渡河), 공경도하(公竟渡河), 타하이사(墮河而死), 당내공하(當奈公何). 열일곱 살 나의 아버지, 아버지는 강물에 휩쓸려 그렇게 떠내려갔다.

　강물은 이제 잠잠해졌다.

란이 언니와 은행잎 한 장

자동차가 고속도로 진입로를 돌면서 트렁크에서 무언가 부딪치는 소리가 났다. 수이 언니가 싸준 상자일 것이다. 어제 오후 늦게 수이 언니 아파트에 들어섰을 때 현관 입구에는 작은 꾸러미들이 이음새 사이로 터질 듯이 드러나 보이는 종이 상자가 놓여 있었다.

"원주에 먼저 들러, 응?"

"알겠어."

수이 언니는 테이프를 가지고 나와서 상자를 한 번 더 감싸다가 문득 시름에 잠긴 목소리로 말했다.

"란이 언니는 어떻게 지내는지 몰라."

"잘 지내겠지, 뭐."

"그러겠지? 그래도 이렇게 오래 소식이 없으면 괜히……
며칠 전에도 문자를 보냈는데 아무 답이 없지 뭐니."

"별일 있을라고."

그땐 무심히 넘겼는데 아무래도 상자 위에 수이 언니의 걱
정이 얹어져서 고속도로 위까지 따라온 것 같았다. 자동차 뒤
에서 드르륵 소리가 날 때마다 피로 이어진 자매들에 대한 상
념과 번민이 번갈아 떠올랐다. 란이 언니 집 문제는 해결되었
을까? 먹고는 사나? 코로나로 하던 일도 다 끊겼을 텐데 어
찌 사는지…… 어제 수이 언니가 했던 걱정들이 고스란히 되
살아났다.

란이 언니.

내 마음에서 잊힌 지 오래인 언니. 그 이름을 들어도 이제
마음에는 아무런 반향이 일지 않는다. 란이 언니를 떠올리면
늘 쌔앵 하고 불어대는 찬바람이 느껴지곤 했다. 이치에 맞는
말이긴 해도 상대의 마음을 날카로운 바늘로 찔러대는 말을
주저하지 않고 내뱉던 모습도 오랫동안 지워지지 않았다. 하
지만 이제는 모든 기억이 희미했다.

몇 년 전 원주의 성당에서 있었던 경이 언니 딸 결혼식이
떠오른다. 그때 란이 언니는 성당 마당 한구석에서 모자를 푹
눌러쓰고 앉아 있었다. 란이 언니는 전혀 딴 사람 같았다. 약
간 부은 얼굴에 몸피는 커다란 자루처럼 늘어나서 예전의 날
카로운 이미지는 조금도 찾아볼 수 없었다. "언니, 오랜만이

야" 하고 말을 건네자, 란이 언니는 소스라치게 놀라더니 손사래를 쳤다. "어, 어, 여기 자리 없으니까 저리 가."

자동차는 터널을 지나 좌우에 그리 높지 않은 산봉우리의 허리쯤을 가로지르며 달렸다. 여러 개의 터널을 통과하는 동안 단풍은 산봉우리의 정상에서 조금씩 내려와 산허리 언저리에 있었다. 흐린 날씨 탓인지 침엽수림의 어두운 초록을 배경으로 단풍의 붉은색이 더욱 도드라져 보였다. 나는 힐끗 곁눈질하며 초록이나 단풍 사이에 있을지 모를 은행나무를 눈으로 찾았다.

반계리 은행나무 얘기를 들었던 것은 여름 끝 무렵의 일이었다. 얼마나 큰 줄 아니? 어른들 열댓 명이 간신히 끌어안을 수 있대. 수령이 팔백 년이 넘었다는데 얼마나 오랜 시간이니? 우리의 삶이 열 번은 되풀이될 수 있는 시간 아니니? 휴대폰 너머로 경이 언니는 연신 감탄사를 연발하며 말했다. 통화를 끝내고 나자, 내 눈앞에는 커다란 은행나무가 홀연히 떠올랐다. 부채처럼 활짝 펼쳐진 나뭇가지에서는 수백, 수천의 은행잎들이 황금빛 광채를 띠었다.

은행나무의 환영은 여러 날 나를 따라다녔다. 어떤 날은 하늘을 뒤덮을 듯이 샛노랗게 물든 은행잎이었고, 어떤 날은 비바람에 잎들이 우수수 떨어진 빈 가지였다. 또 어떤 날은 발밑에서 으깨지는 은행알이었다. 은행알은 깨지면서 작은 우주가 부서지는 소리를 냈다. 가득 참과 텅 빔 사이를 오가며 괜스레 마음이 사무쳐 은행나무 보러 갈 날짜를 잡았던 것이 일주일 전의 일이었다.

하늘에는 구름이 많았다. 검은 먹구름이 바람에 몰려가는 것이 보였다. 어렵게 찾아갔는데 빈 나뭇가지만 보게 되는 것은 아닌지. 라디오에서 흘러나오는 음악이 스치는 풍경과 겹쳐 이런저런 기억들이 떠올랐다. 전방 유리창 앞으로는 고속도로가 곧게 뻗어 있었다. 차바퀴에 달라붙는 마찰음이 귓가에 부드러웠고 기분 좋은 만족감이 올라왔다. 자동차가 고갯길을 오르고 있을 때였다.

'너무 진하지 않은……'

라디오에서 흘러나오는 노래가 단박에 나를 먼 기억 속으로 옮겨놓았다. 모든 게 정지한 듯 적요한 어떤 시간. 방 안 깊숙이 햇살이 들어와 장판지의 얼룩을 환하게 비추었던 오래전 일요일 정오의 기억.

빠앙—빠앙—빠앙

순간, 내비게이션이 연속해서 고음의 알람을 울려대면서 붉은빛 광선을 번쩍번쩍 쏘아댔다. 속도 단속기가 백 미터 앞으로 가까워져 있었다. 급브레이크를 세 번에 걸쳐 밟은 끝에 속도를 가까스로 늦추었다. 차선을 변경해서 2차선 도로로 이동한 뒤 커다란 컨테이너를 실은 화물 트럭 뒤를 천천히 따라갔다. 운전대를 잡은 손의 긴장이 차츰 풀어졌다.

이 노래, 노고지리의 「찻잔」이었다. 일요일마다 '정오의 희망 가요'를 들었던 그 무렵 한동안 「찻잔」이 인기 순위 1위를 차지했다. 집에 있는 사람은 열 살 많은 란이 언니와 나뿐이었다. 란이 언니가 구석구석 청소를 다 마치고 라디오 앞에 엎드리면 언니를 따라 나도 엎드렸다. 어깨 아래로 찰랑찰랑한 란이 언니의 긴 생머리에 나는 동경의 시선을 던지곤 했다.

란이 언니는 나의 우상이었다. 산동네에서 가기 힘들다는 경기여고를 과외 한번 받지 않고 들어간 집안의 수재. 배움에 한이 맺힌 엄마를 일찌감치 만족시켰던 존재. 엄마는 란이 언니를 최고로 여겼고 심지어 공부를 안 하는 자식에게는 "란이 발가락 때만도 못한 것"이라는 극단적인 말로 모욕을 주었다. 수예나 바느질도 일품이었기 때문에 란이 언니가 서울대 가정학과에 갈 거라고 모두가 철석같이 믿고 있었다. 하지만 란이 언니는 고등학교를 졸업하자 곧바로 은행원이 되었다. 그것은 의외였지만 나는 그런 사정을 알만한 나이가 아니었다. 주위에서는 여자 은행원이 최고라고 치켜세웠다. 은행원이 된 뒤에 란이 언니는 저녁마다 우쭐대곤 했다. "우리 지점에서 누가 제일 인기 있는 줄 아니?" 란이 언니는 수이 언니의 귀에 속삭였다. "나야, 나." 그 속삭임은 옆에 있던 내게까지 들려와 어린 마음을 달뜨게 했다.

나는 열다섯.

부모님에게 졸라서 간신히 철제 책상을 마련한 나는 밤마다 시를 읽고 대상이 불분명한 이에게 연애편지를 쓰곤 하던 여학생이었다. 중학교 2학년이 되자 갑자기 키가 10센티 이상 커버려서 뒷자리에 앉게 되었는데 그때부터 사춘기가 시작되었다.

초임으로 의욕이 넘쳤던 담임교사는 학생들에게 전제군주처럼 굴었다. 나머지 공부를 시켰고 연대 책임을 지게 했다. 여기에 반발했던 나는 담임의 눈 밖에 나서 사사건건 부딪치기 일쑤였다. 더군다나 하루도 빠짐없이 책가방에 시집을 갖고 다니던 내게 교과서에 실린 시를 기계적으로 가르치는 담임은 몹시 부도덕한 선생으로만 보였다. 어느 날의 국어 시간이었다.

"여러분, 창밖을 보아요. 얼마나 아름다워요."

담임은 한껏 과장된 목소리로 이렇게 말했다. 하지만 창밖에는 뿌연 서울 하늘 이외에 보이는 것이 없었다. 나는 담임의 모습이 유치하기 짝이 없다고 생각했다. 게다가 담임이 늘 스타카토로 딱딱하게 말하다가 갑자기 경어체로 말하는 것도 영 어색했다. 유치해. 조용히 머릿속으로 비판하고 있었다고 생각했는데 그 소리가 밖으로 튀어나왔나 보았다.

"뭐라고? 누가 뭐라고 했지?"

교실은 쥐 죽은 듯이 조용해졌다. 담임은 얼굴이 붉으락푸르락 달아올라서는 숫제 협박조였다.

"빨리 자수해."

어떻게 학생에게 자수라는 단어를 쓸 수 있단 말인가! 나의 반발심은 더 거세졌다.

"좋아, 그럼. 다 같이 책상 위로 올라가 팔 들어. 범인이 자수할 때까지 모두가 벌을 서야 한다. 알았나?"

그날 수업 시간이 끝나는 차임벨이 울릴 때까지 우리 반 모두는 그렇게 벌을 섰다. 진땀을 흘려가며, 몸을 배배 꼬아가며 간혹 아, 아, 하는 신음을 내면서. 단체 벌이 유행하던 시절이었다. 고개를 푹 숙이고 무릎을 꿇고 들고 있는 팔이 저려 와서 상체가 저절로 비틀리도록 나는 이를 악물고 참았다. 자신을 정의의 사도로 착각하면서 이만한 일로 물러설 수 없다고 오기를 부렸다. 그러다가 고개를 들어 담임과 눈이 마주쳤을 때, 나는 담임이 내가 그랬음을 알고 있다는 것을 깨달았다. 하지만 한번 부린 오기는 여간해서는 무르기 어려운 법이었다.

담임은 차임벨이 울리자,

"다들 팔 내려. 오늘은 여기까지 하겠다. 지금 이후의 시간에라도 범인이 자수할 생각이 있으면 조용히 교무실로 찾아오도록."

하고는 문을 쾅 닫고 교실을 나갔다. 아이들이 팔을 내리며 어이구, 어이구, 아우성을 쳤다. 몇몇 아이는 이상한 눈길로 나를 보는 듯했지만 나는 여전히 시치미를 떼고 있었다. 당연히 교무실을 찾아가지 않았으며 그때부터 나는 담임이 하는 모든 일에 사사건건 반대 논리를 폈다. 내게 동조하는 아이들이 없으면 혼자서라도 따르지 않았다. 나는 점점 아이들 사이에서 교실 속 섬처럼 고립되어갔다. 수업 시간에는 담임과 나 사이에 팽팽한 냉전의 기운이 흘렀고 반 아이들은 이런 상황을 몹시 불편하게 여겼다. 단짝으로 지내던 친구마저 내 곁을 떠나서 다른 아이와 붙어 다니자 견디지 못한 나는 학교의 높은 담장 위에서 뛰어내릴 생각까지 했다. 그러다가 더 이상 견딜 수 없는 심정이 되었을 때 하굣길에 버스를 타고 종점까지 가는 종점 여행을 했다.

세상이 다 끝난 것만 같았다. 담임이 죽이고 싶을 만큼 미웠다. 하지만 더 힘들었던 것은 내 행동이 옳다는 확신을 가질 수 없다는 거였다. 무엇보다 담임이 단체로 벌을 세운 그날 솔직하지 못했다는 게 마음에 걸렸다. 하지만, 그럼에도, 그러니까 더더욱…… 나는 담임 앞에 무릎을 꿇고 싶지 않았다. 아아, 내 안에 고집불통이 숨어 있었구나. 금호동에서 응암동까지 달리는 만원 버스 안에서 눈물을 흘렸던 것은 그 고집불통의 존재가 나 자신도 힘들었기 때문이었는지도 모른다.

그날 집으로 돌아오는 골목길에서 란이 언니와 마주쳤다. 란이 언니는 은행에서 야근이 있는 날은 늦게 귀가하곤 했다. 한옥이 이어져 있는 두 개의 골목 끝은 막다른 골목처럼 보이고 그 골목 끝에 서면 거짓말처럼 골목이 니은 모양으로 또 나타났는데 그 니은 구간에 란이 언니가 걸어가고 있었다. 나는 큰 소리로 불렀다.

"언니."

란이 언니는 또각거리는 구두 발걸음을 멈췄지만 내가 곁에 나란히 설 때까지 뒤돌아보지 않았다.

"어디 갔다 오니?"

이윽고 고개를 내 쪽으로 돌린 란이 언니에게서 늘 나던 샴푸 냄새가 났다. 숨이 찼다. 그동안 학교에서 있었던 일이 주마등처럼 스쳐 지나갔다. 나도 모르게,

"언니, 죽고 싶어."

라는 말이 튀어나왔다. 란이 언니는 내 얼굴을 빤히 바라보았다. 그러더니,

"죽고 싶으면 죽으면 돼."

라고 말하는 것이 아닌가. 막다른 골목에서 망치로 한 대 맞은 것 같은 기분이 들었다. 싸늘하기 짝이 없는 말이었다. 나는 풀이 죽은 채 집에 도착할 때까지 한마디 말도 하지 않았다.

이상했다. 나를 괴롭히던 들끓는 감정들은 그날 이후로 사라져버렸다. 나는 그 후로 일요일마다 라디오에서 흘러나오는 '정오의 희망 가요'를 란이 언니와 함께 들었다.

'너를 만지면 손끝이 따뜻해 온몸에 너의 열기가……'

어느 일요일 오전에 란이 언니에게 전화를 건네받았다.

"여보세요?"

처음 들어보는 남자 목소리였다.

"난 란이 씨 친구인데, 막냇동생이죠?"

"네."

"오늘 뭐 해요?"

"네? 언니랑 라디오……"

"오늘 날씨가 얼마나 좋은 줄 알아요? 이런 날 집에 있으면 날씨에 대한 모욕이에요."

"아, 네……"

당황했던 나는 수화기를 얼른 란이 언니에게 넘겼다. 날씨에 대한 모욕. 이런 말은 처음 들어보았다. 모욕이란 단어가 들어 있는데도 왠지 감미롭게 느껴졌다. 그렇게 란이 언니의 남친은 내 기억 속에 감미로운 첫 남자 어른으로 아로새겨졌다. 하지만 곧 지워내야 했다. 그 남자는 야간학교 출신이고, 이복형제가 있어서 집안이 복잡하고, 우리 집과 혼인해서는 안 되는 성씨이고…… 갖가지 이유를 댄 엄마의 반대에 그 남자에 대한 말은 집에서 금기어가 되었다.

그 무렵이었을 것이다. 란이 언니가 심수봉의 「그때 그 사람」을 코맹맹이 소리로 따라 부르곤 했던 것이. 란이 언니는 일요일마다 윤시내의 「열애」나 최진희의 「빗물」을 듣고 또 들었다. 그러다가 싫증이 나면 카세트테이프가 늘어지도록 「남과 여」나 「러브 스토리」의 배경음악을 들었다. 나는 가끔 란이 언니를 영화 주인공처럼 착각하곤 했었다. 슬프고 아름답고 비극적인 사랑의 여주인공으로. 그리고 나도 언젠가는 그런 사랑을 하며 죽어가야겠다고 다짐했다.

내가 란이 언니가 사다 놓은 시 낭송 레코드에 빠져들었던 것도 그 무렵이었다. 학교가 끝난 뒤 집에 들어오면 가장 먼저 중고 전축 위에 시 낭송 레코드판을 걸어놓고는 A면부터 시작해서 B면 끝까지 들었다. 최고의 시 낭송은 박인환의 「목마와 숙녀」였다. 한차례 감상적인 트럼펫 연주가 흐르고 난 뒤 고운 여가수의 목소리로 '한 잔의 술을 마시고'가 흘러나오면 나는 눈을 감은 채 목마를 타고 떠난 숙녀를 상상하곤 했다. 그 숙녀는 란이 언니처럼 긴 생머리를 하고 갈색 코트를 입고 있을 것이라고 믿어 의심치 않으면서.

'……등대…… 불이 보이지 않아도'

사방이 온통 캄캄한 어둠뿐이었다. 그다음으로 '그저 간직한 페시미즘의 미래'가 이어지면 페시미즘은 세상 그 무엇보다도 달콤한 것이 되어 울퉁불퉁한 내 마음을 어루만졌다. 나는 차츰 죽고 싶다는 생각을 잊게 되었다.

경이 언니네 집에 도착해서 수이 언니가 싸준 짐을 내려놓고 출발하려는데 자동차 유리창으로 바람에 떨어진 나뭇잎 한 장이 달라붙었다. 하늘은 여전히 흐렸고 길가의 가로수 잎들을 다 떨구어낼 것처럼 바람이 한 차례씩 불어댔다. 출발할 때보다 바람이 더 세진 것 같았다. 조수석에 탄 경이 언니가 차창을 내다보며 불안해했다.

"다 떨어지진 않았겠지? 성당 교인이 엊그제 일요일이 절정이었다고 하던데……"

"괜찮아."

그렇게 말하고 나니 정말로 잎이 다 진 뒤여도 괜찮겠다는
생각마저 들었다. 노란 잎이 만개한 은행나무보다 바닥에 수
북이 쌓인 은행잎을 보는 것이 더 벅차오를지 모를 일이었다.
원주 시내를 빠져나와 울긋불긋한 산과 들판 사이를 달리기
시작했다. 로터리에서 두시 방향으로 나갈 방향을 잡느라 나
는 잠시 신경을 곤두세웠다. 오른쪽으로 진입한 후 13킬로미
터 직진하라고 내비게이션이 깜박이고 있었다. 경이 언니가
불쑥 말했다.

"걔는 정말 똑똑했어."

나는 단번에 란이 언니 얘기라는 것을 알았다.

"란이가 다섯 살 때였을 거야. 이웃집 아주머니가 자신을
잘못 의심했던 것이 드러나자 쪼르르 달려가서 뭐라 했는지
아니? 눈으로 보기 전에는 함부로 말하지 마세요, 이러는 거
야. 다섯 살짜리 꼬마애가."

란이 언니가 친정 모임에서 자취를 감춘 후 자매들은 만날
때마다 란이 언니 얘기를 했다. 부재하면서도 그 부재로 인
하여 더 집요하게 따라다니는 존재인 란이 언니. 그 앞에 항
상 따라다녔던 수식어. 집안의 수재, 명문 경기여고, 70년대
에 최고의 직업이었던 은행원. 그랬던 란이 언니 뒤에 언젠가
부터 다른 말들이 쭈르륵 따라왔다. 어떻게 지내는지, 먹고는

사는지, 전화도 안 받더라, 문자를 보내도 그냥 씹고…… 어쩌면 우리 모두 란이 언니에 대한 부채감에 시달리고 있었던 탓인지도 모른다. 그 부채감의 밑바닥에는 산꼭대기에서 산중턱으로 이사한, 우리 가족으로서는 굉장한 사건이 놓여 있었다.

란이 언니는 '날씨에 대한 모욕' 씨와 헤어진 후 다른 남자를 만났고 결혼까지 염두에 둔 그 남자를 부모님께 인사시킨다고 집에 데려왔었다. 산꼭대기, 성냥갑처럼 작았던 그 집에.

"경기여고가 아니라 경기여고 할애비를 나와도 대학에 못 가, 이런 집구석에선."

집으로 돌아가면서 했다는 남자의 말에 란이 언니는 치명적인 상처를 입었다. 당연히 '할애비' 씨와도 헤어졌다. 그리고 몇 달 뒤 갑작스럽게 우리는 아랫동네 번듯한 주택으로 이사해 갔다. 란이 언니가 은행에서 대출을 얻어 무리한 끝에 아랫동네 집을 샀던 거다. 하지만 그 집에서 결혼을 먼저 한 사람은 수이 언니였다. 그로부터 반년 뒤 맞선 후 두 달 만에 이루어진 란이 언니의 결혼…… 란이 언니가 친정집 대출 때문에 정작 자기 집을 마련할 수 없었다는 것을 나는 꽤 긴 시간이 흐른 뒤에 알았다. 냉정하고 이성적이었던 란이 언니는 형부를 따라 뜻밖에도 기독교 신자가 되었고 어느 날인가는 종말론에 빠져 교회에 재산을 바친 뒤 거의 빈털터리가 되었다. 간신히 서울 변두리에 전세 한 칸 다시 마련할 때까지는 여러 해가 걸렸다.

란이 언니 아들 기훈이 미국에 사업을 배우러 간다고 송별 모임차 만났던 것이 모두가 함께한 마지막 모임이었을 것이다. 시내의 뷔페에 룸 하나를 예약해서 모였는데 그때 란이 언니는 기훈이가 곧 대단한 사업가가 되어 돌아올 것처럼 흥분했다.

식사가 끝나고 난 뒤, 란이 언니는 약간은 미안해하면서도 경이 언니나 수이 언니, 그리고 철이 오빠가 건네주는 봉투를 주저 없이 받아 챙겼다. "다른 나라 가면 아무래도 돈이 많이 들지 않겠어?" 하면서.

그런 기훈이 얼마 만인지 미국에서 돌아왔다고 연락을 해왔다. 란이 언니와 경이 언니만 빼고 음식점에 모였다.

"언제 돌아왔어? 아이티 사업 벤치마킹하러 갔다 왔다고 그랬지?"

아무래도 이런 일에는 남자가 빨라서 철이 오빠가 먼저 물었다.

"네. 그래서 말인데요."

기훈이 백팩에서 서류 봉투 하나를 꺼내며 말했다. 말인즉 슨 자신이 정부에서 주는 청년기업지원금을 받게 되었다는 것이다. 그런데 그 지원금을 실수령하기 위해서는 초기 자본금이 필요하다는 것이다.

"오천이면 돼요."

조카의 연락에 좋은 마음으로 자리에 나왔던 형제들은 돈 얘기가 나오자, 본능적으로 경계했다.

"오천? 뉘 집 어린애 이름도 아니고……"

"한 보름간만 빌려주시면 지원금 받는 즉시 돌려드릴게요."

기훈은 서류 봉투 안에서 한 묶음의 A4 용지를 꺼내 오빠에게 건넸다.

"이게 제안서에요. 읽어보세요."

호기심이 동해서 곁눈질로 재빨리 오빠의 손에 들려 있는 제안서를 훑어보았다. 하지만 무슨 말인지 알 수가 없었다. 테이블을 한 바퀴 돌아 내 손에 제안서가 들어와서도 마찬가지였다. 여러 장의 A4 용지를 넘겨보아도 거기에는 제안서라고 하기엔 너무나 간략한 도표와 영어 약어들, 그리고 금액을 나타내는 숫자들이 있을 뿐이었다. 영어 약어 중 내가 알아볼 수 있는 것은 I.O.T. 정도였다.

"사물 인터넷을 하려는 거죠."

사업을 해본 경험이 있었던 사람은 그 자리에 아무도 없었다. 사업을 하기 전에 자본금이 얼마나 필요한지, 대출의 비중은 어느 정도로 제한할 필요가 있는지, 회사 규모는 어때야 하는지…… 기훈이 내민 제안서에는 달랑 세 사람의 인적 사항이 간략하게 올라와 있었다. 얼핏 약력을 보니 대학원을 졸업한 지 얼마 안 되는 사회 초년생들 같았다. 이 사업이 어느 정도 타당성이 있는지 제대로 된 판단을 내릴 사람은 없었다.

우리는 기훈을 먼저 보내고 오천을 모아서 건네줄지 말지 의
논했다.

"젊은 친구가 한번 뭔가 해보겠다는데……"

이렇게 운을 뗀 사람은 수이 언니 남편이었다.

"사물 인터넷이 앞으로 대세이긴 해요."

오빠가 추임새를 넣었다.

"사업은 아래서부터 올라가야죠. 경험도 없이 덜컥 크게 벌
이기에는 좀 무리가 있는 게 아닐까요?"

남편의 신중론에 다들 고개를 끄덕이며 한 발 뒤로 빼는 듯
한 자세를 취할 때 수이 언니가 나섰다.

"미국에서 뭔가 배워 왔을 거 아니에요? 요즘 오천이 뭐 사
업하는 사람에겐 돈도 아닌데. 조카에게 투자하는 셈 치고 한
번 밀어줍시다. 기간도 보름밖에 안 된다면서요."

남편이 떨떠름한 표정을 지었지만 결국은 빌려주기로 의견
을 모았다. 가장 여유가 있는 수이 언니네가 이천을 내고 나
머지를 삼등분해 천씩 내서 기훈에게 빌려주기로 했다. 경이
언니에게는 다음 날 전화로 알려주었다. 돈은 이틀 뒤에 기훈
의 계좌로 이체되었고 기훈은 정확히 보름 후에 외삼촌과 이
모들에게 빌린 돈을 갚았다. 그러고 나서도 한두 달에 한 번
씩 문자로 사업 경과를 알려왔지만 다들 빌려준 돈을 돌려받
았기 때문에 깊은 관심은 두지 않았다. 잘 알아서 하겠거니,
하는 적당한 믿음을 가장한 적당한 무관심에 마음을 맡겼다.

그렇게 다들 그 일을 잊어버렸다.

이 년쯤 지났을 때 수이 언니는 자신한테 걸려 온 란이 언니 전화를 통화 중 녹음까지 해서는 나를 찾아왔다. 이것 좀 들어보라며. 휴대폰에 녹음된 란이 언니의 격앙된 목소리로 알게 되었다. 기훈이 사업자금을 날렸다는 것을. 날린 돈이 란이 언니네 전세 보증금이었다는 것을. "그때 나에게만 알렸어도……" 란이 언니 목소리는 분노와 배신감과 좌절감으로 쇳소리를 내며 갈라져 있었다. 하지만 우리는 그 누구도 알지 못했다. 기훈이 정부의 지원을 받게 된 것이 아니라 사기꾼의 농간에 넘어갔다는 것을. 기훈이 우리에게 갚았던 돈이 지원금이 아니라 전세를 담보로 받은 대출금이었다는 사실을.

란이 언니는 그 일 이후로 우리와 연락을 끊었다. 전화도 받지 않았고 집에 찾아가도 문을 열어주지 않았다. 결혼 전에 추진했던 친정집 이사가 자신의 인생에 오랫동안 멍에가 되었다고 생각했던 란이 언니에게 아들이 전세금을 날리게 하는 데 친정 식구들이 일조했다는 생각은 완전히 마음을 닫게 하는 결정적인 계기가 되었다. 한때 집안에서 가장 빛나는 존재였던 란이 언니. 언니의 인생길은 결혼과 함께 내리막으로 이어진 것인지도 모른다. 종말론으로 그 내리막은 더 가파르게 이어졌고 그러다가 급기야는 맨 밑바닥에 다다른 것인지도.

"안타까워도 마음을 열어야 도울 수 있지……"

조수석에서 경이 언니가 한숨을 내쉬었다. 활처럼 구부러진 곡선 구간을 달리는 내내 경이 언니의 한숨은 이어졌다.

은행나무의 마지막 장관을 놓치지 않고 보려는 관광객들로 평일인데도 꽤 북적였다. 차를 세워두고 낮은 담장의 농가 주택이 늘어선 골목을 따라 올라가자 넓은 공터가 나타나더니 한눈에 다 담지도 못할 정도로 큰 은행나무가 모습을 드러냈다. 커다란 둥지는 땅에서 용솟음치듯이 뚫고 나와 두 갈래로 뻗어 있었고 열 개가 넘는 지지대가 다시 여러 갈래로 뻗은 무거운 가지들을 받쳐주고 있었다.

은행잎이 이미 상당히 많이 떨어져 있었다. 나뭇가지가 닿는 지점까지 넓은 폭으로 사방 둘레에 떨어진 은행잎으로 바닥은 노란 융단이 깔린 듯했다. 가지 끝에 아직도 남아 있는, 이억 칠천만 년 전의 신생대부터 질긴 생명력을 자랑해왔다는 저 노란 잎들. 이제 곧 저마저 다 떨어져 빈 가지가 되리라. 울타리가 쳐진 둘레를 한 바퀴 돌고 또 돌았다. 여름 끝 무렵부터 꿈꾸었던 은행나무였다. 팔백 년은 족히 되었다는 그 나무를 보고 또 보았는데도 무언가 허전했다. 마치 여행지에서 꼭 가야 할 곳을 빠뜨리고 지나친 것만 같았다. 역시 절정의 순간을 놓쳐서 그런 걸까. 그렇게 아쉬운 마음을 추스르며 돌아오는 길이었다. 도로포장으로 공사 중인 구간을 지나느라 속도를 한껏 줄였을 때 경이 언니가 말했다.

"이거 너만 알고 있어."

"응?"

"실은 란이가 뱃속에 있을 때……"

경이 언니는 망설이고 있었다.

"뭔데, 어서 말해줘."

나는 핸들을 잡은 손아귀에 힘을 주었다.

"아버지가 바람을 피웠대. 그래서 엄마가 아버지한테 병을 옮아서 란이를 임신한 상태에서 치료하느라고 고생을 많이 했대."

"아버지가 바람을?"

생진 집과 일터밖에 모르고, 술도 마실 줄 모르던 아버지가 바람을 피웠다니. 아버지에 대한 배신감에 앞서 내가 알고 있는 아버지와 너무나 어울리지 않아 믿어지지 않았다.

"아버지가 젊었을 땐 한 인물 하셨잖아. 아무튼 그런 일이 있어서 태어난 뒤에 아버지가 란이한테 끔찍하게 잘한 거라고 하더라."

무뚝뚝한 아버지는 란이 언니한테만은 늘 살가웠다. 란이 언니가 똑똑하고 야무져서 그런 줄로만 알았다. 그런데 그게 아니었다니. 뱃속에 있을 때 힘들게 했던 것이 아버지는 미안했던 것일까? 또 란이 언니는 태아 때의 고통으로 마음이 얼음장처럼 차가워졌던 것일까?

경이 언니를 내려주고 경이 언니가 미리 싸놓은 된장이며 고추장, 고들빼기 같은 음식 꾸러미를 급하게 트렁크에 실은 뒤 서울로 가는 고속도로에 올랐다. 조금만 늦으면 러시아워를 만날 판이었다. 날이 흐려 하늘은 금세 어두워졌다. 앞차와 내가 운전하는 차 사이에 저녁 어스름이 끼어들었다. 그 어스름은 곧 후미등이 아니면 앞차를 몰라볼 정도의 두툼한 어둠으로 바뀌었다.

내가 대학입시를 앞두고 있을 때 란이 언니는 낮에는 은행에서 근무하고 밤에는 야간 대학 수업을 듣느라 밤 열두시쯤 파리한 안색으로 돌아와서는 그대로 쓰러지곤 했다. 다급한 마음에 잠든 란이 언니를 깨워서 모르는 수학 문제를 물어본 적도 많았다. 그때 법석을 떤 덕분에 나는 대학 시험을 성공적으로 치를 수 있었다. 내가 입학한 대학은 경기여고 다닐 때 란이 언니가 가고 싶어 했던 대학이었다.

대학생이 된 나에게 과거는 빠르게 잊혔다. 나는 '역사', '지식인의 책임'과 같은 단어들을 머릿속에 채웠고 자유와 혁명을 노래한 김수영의 시를 외웠다. 「목마와 숙녀」, 「열애」, 「러브 스토리」, 이런 제목들은 유치하고 감상적이었던 시절의 목록일 뿐이었다. 내가 대학을 졸업한 뒤, 란이 언니의 생이 내리막길로 이어지던 오랜 시간 동안, 란이 언니와 나 사이에는 서로를 몰라볼 정도로 두툼한, 망각이라는 어둠이 놓였다. 어쩌다 유행가의 끈끈한 열기와 함께 떠오른 란이 언니는 낯설었다. 그마저도 내가 선생님이라는 호칭을 자주 듣게 될 무렵부터는 더 이상 떠오르지 않았다.

집에 돌아와서 늦은 저녁을 차려 먹고 나자, 피곤이 몰려왔다. 그런데도 무언가 허전했다. 책꽂이 한구석에 꽂혀 있는 초록색 포장지로 겉을 싼 문고판 시집에 손이 갔다. 여러 번의 이사 속에서도 살아남은 그 책은 『보들레르 시선』이었다. 책장을 넘겨보니 '1974년 12월 19일 란이의 영원한 친구가' 라고 적혀 있었다. 첫 장은 떨어져 나가고 가장자리가 누렇게 변한 종이에서는 시큼한 냄새가 났다. 시집이 펼쳐져 뒤쪽 면이 드러났을 때 거기에 무엇인가가 있었다.

수이 언니와 함께 란이 언니를 찾아갔었다. 만나지 않겠다는 언니를 설득해서 간신히 베트남 음식점까지 갔던 날, 란이 언니는 쌀로 만든 얇은 피를 뜨거운 물에 적신 뒤 그 위에 고기와 야채를 얹다가 말고 말했다.

"어느 날 담임이 나를 부르더라. 너 학교 다니기 괜찮냐고. 난 그게 무슨 말인지 몰랐어."

란이 언니는 소스에 쌈을 한번 찍은 뒤 다시 내려놓았다. 집안 좋은 수재들이 수두룩한 학교. 란이 언니는 머리 좋은 거 하나 말고는 내세울 것이 없는 산동네 출신이었다. 언니는 한참 말이 없었다. 개인 접시 위에서 쌀피가 마르고 있었다.

"난, 괜찮다고 했어."

수이 언니가 둥글게 만 쌈을 입에 집어넣다 말고 란이 언니를 바라보았다. 나도 긴장이 되어 다음에 무슨 말이 나올지 란이 언니 얼굴을 조심스레 바라보았다.

"그런데 사실 괜찮지 않았던 거야. 반 애들이 대부분 학교에서 자. 왜 자는 줄 아니? 밤늦게까지 과외를 받는 거야. 그래서 늘 잠이 부족한 거야. 난 과외는커녕 참고서 살 돈도 없었는데. 그 애들은 고등학교 때 원서로 과외를 받고 법전을 들고 다니며 공부해. 그러니 내가 그 애들과 경쟁이 되겠니?"

란이 언니는 잠시 멈춘 뒤 말을 이었다.

"그건 애초에 불가능했던 거야."

명문 여고에서 란이 언니는 내가 아는 것처럼 모질고 차갑지 못했던 모양이었다. 아니 뱃속에서부터 자신을 지키는 무기로 써왔던 냉정함이 더 이상 지탱할 힘을 잃고 툭, 끊어져 버렸던 것인지도 모른다.

은행잎 한 장.

두 갈래로 벌어진 그것은, 시집 속에서 오랜 세월 머무는 동안 누렇게 변해서 곧 바스러질 것처럼 말라 있었다. 마치 오래전 바스러진 란이 언니의 꿈과 소망과 아름다웠던 날들처럼. 조심스럽게 은행잎을 들어보았다. 취하라. 시 제목이 눈에 들어왔다.

'시간의 끔찍한 짐을 느끼지 않으려면 노상 취해 있어야만 하는 것이다.'

누가 쳐놓은 밑줄이었을까. 파란 볼펜으로 친 밑줄 위 글자들에 란이 언니의 말이 겹쳤다.

"1학년이 채 끝나기도 전에 내 마음이 먼저 무너졌어."

그랬구나. 언니는 뭔가 해보기도 전에 자신감을 잃었구나. 그래서 대학 진학을 포기했구나. 란이 언니는 일요일마다 '정오의 희망 가요'와 시 낭송 레코드와 팝송 테이프와 로맨틱한 영화 속 사랑에 취하지 않고서는 견딜 수가 없었던 것인지도 모른다. 아무것도 할 수 없는 젊음의 끔찍한 짐을 느끼지 않으려면. 자기 인생이라는 이 끔찍한 짐을 느끼지 않으려면.

어느 날 나는 오래전 란이 언니와 마주쳤던 그 골목길과 비슷한 느낌의 골목길을 걷고 있었다. 어지럽게 얽혀 있는 전깃줄, 바닥에 고여 있는 더러운 물, 녹슨 철 대문, 나뒹구는 쓰레기들과 버려진 화분들…… 뜻밖에도 거기에 란이 언니가 서 있었다. 나는 깜짝 놀랐다.

"언니, 왜 거기 있어. 이리 와."

언니를 향해 소리쳤다. 하지만 언니는 자꾸만 골목길 안쪽으로 깊이 들어갔다. 구부러진 골목은 더 들어가면 어떤 길이 나올지 알 수 없었다. 더 깊이 들어가면 빠져나오기 힘들어질 것이다. 나는 한시라도 빨리 붙잡아야겠다는 마음에 란이 언니 쪽으로 뛰어갔다. 하지만 언니와의 간격은 쉬이 좁혀지지 않았다.

"언니! 언니!"

갑자기 언니가 그 자리에 멈춰 섰다.

"더 이상 오지 마."

차갑고 냉정한 말에 발걸음과 함께 내 마음이 얼어붙었다.
란이 언니는 내게 물었다.

"넌 니가 대로에 서 있다고 생각하니?"

언니는 무슨 말을 하는 걸까? 나는 아무 대답도 할 수 없었
다.

"착각하지 마. 인생은 구부러진 길 쪽에 있어."

그 말과 함께 란이 언니는 길 안으로 사라졌다. 언니를 잡
으러 갈 필요는 없었다. 불현듯 깨달았기 때문이었다. 내가
서 있는 이 길도 구부러진 길 위의 짧은 직선 구간에 지나지
않음을. 사라진 란이 언니, 그 뒷모습이 실제인지 환영인지
모르는 채 나는 골목길 입구에서 한참 서 있었다.

미자 씨의 기나긴 하루

혈압계의 손바닥만 한 모니터에서 최고 혈압은 180을 가리켰다. 미자 씨의 가슴은 거세게 뛰어올랐다. 뇌졸중을 앓다가 돌아가신 친정아버지 얼굴이 빠르게 떠올랐다가는 사라졌다. 그다음에는 아들의 얼굴이, 그다음에는 손주들의 얼굴이 차례로 전광석화처럼 스쳐 지나갔다. 뭔가 잘못된 거야. 미자 씨는 팔에 두른 커브를 풀면서 중얼거렸다. 그러고는 가슴을 진정시키느라 숨을 한 번 크게 내쉬었다. 십여 분 정도 시간을 흘려보낸 후 다시 한번 미자 씨는 자신의 왼쪽 팔에 커브를 둘렀다. 혈압이 높게 나올까 긴장하느라 숨도 제대로 쉴 수가 없었다. 이번에는 다행히 조금 내려갔다. 최고 혈압 165. 하지만 최저 혈압이 130이었다. 아직도 정상이라고 할 수는 없었다. 머리가 찌뿌둥한 게 아무래도 혈압 때문일 것이다. 먼지 같은 것이 비좁은 머리통을 가득 채우고 있는 것만 같았다. 미자 씨는 먼지 털듯 고개를 흔들었다.

무엇 때문일까. 이 혈압은.

미자 씨는 골똘히 원인을 분석하기 시작했다. 음식이라면 걱정할 게 못 되었다. 고기를 좋아하는 미자 씨였지만 광우병 파동 이후로는 자제하는 편이었다. 남편 사업상의 접대 자리에서도 고급 스테이크를 삼분의 일은 남겼다. 명절이나 제삿날에 잔뜩 재워놓은 불고기나 갈비찜도 대부분은 차례를 지내러 온 시누들에게 나눠주거나 동네 친구였던 순옥 씨 집에 보냈다. 생 요거트와 키위 하나와 견과류로 구성된 아침 식단에도 육류는 없었고 탄수화물이라고는 밥 한 숟가락 정도였다. 그리고 저녁 여섯시 이후의 금식. 하루 중에 제대로 먹는 끼니는 점심 한 끼뿐이었다. 그때만큼은 집에서든 바깥에서든 제대로 된 한 끼를 먹었다. 배가 다 차기 전에 숟가락을 놓는다. 이것이 미자 씨의 좌우명이었다. 그렇게 먹은 한 끼의 식사가 혈압을 높였으리라고는 생각할 수 없었다.

음식은 확실히 아니야.

미자 씨는 고개를 저었다. 그러다가 문득 설탕 가루가 하얗게 흘러내리는 브리오슈가 떠올랐다. 그러자 미자 씨의 고개는 오른쪽 어깨 위에서 주저하며 멈췄다. 가슴이 조여들기 시작했다. 빵에 들어 있는 밀가루와 당분과 버터 또한 혈압을 높일 수 있다는 사실은 며칠 전 아침 방송에 출연한 의사의 말을 듣고 나서야 알게 되었다. 그동안 빵에 대한 식탐이 자신을 얼마나 괴롭혔던가. 브리오슈뿐 아니라 스콘, 팡 오 쇼콜라, 각종 파이, 어디 그뿐인가? 바스크 치즈 케이크 앞에만 서면 미자 씨는 저절로 침이 분비되었다. 빵을 끊어야겠어. 미자 씨는 단호하게 중얼거렸다. 하지만 그걸 어떻게 끊는담. 그 달콤한 유혹을?

운동 부족도 아니었다. 미자 씨는 하루 종일 가만히 있지 않았다. 매일 아침 아파트 뒤에 있는 동산에 올라 다섯 바퀴씩 돌았다. 낮에는 골프 연습장에서 두 시간씩 실내 골프를 쳤고 저녁에는 동네 한 바퀴를 돌았다. 그뿐이 아니었다. 사소한 일이라도 반드시 자신이 직접 했는데 마늘을 깐다거나 나물을 다듬는다거나 그런 일들이 손가락을 계속 쓰게 하면서 자신의 뇌를 자극한다고 믿었다. 타고난 부지런함이 미자 씨를 잠시도 쉬지 않게 만들었다. 아니, 타고나지는 않았다. 어릴 때는 집에서 구박덩어리였으니까. 부지런한 사업가 남편 덕에 미자 씨 또한 부지런해진 것이었다. 아침에 남편이 출근한 후에 동영상을 틀어놓고 하는 요가 또한 미자 씨가 빼놓지 않는 운동이었다. 미자 씨의 요가 경력은 어느새 이십 년을 넘었다. 주변에 요가를 권유할 때마다 미자 씨는, 속 근육이요, 속 근육이 중요하다니까요, 하는 말을 잊지 않았다.

걱정? 근심 때문일까? 늘 신경 써야 할 일이 많기는 했다.

남편의 사업, 아들의 진로, 그리고 자신의 앞가림을 못하고 있는 친정붙이들. 미자 씨는 자신이 나서야만 그들 사이를 가로막고 있는 크고 작은 애로사항들이 해결된다고 믿고 있었다. 요즘 미자 씨는 밤마다 잠들기 전까지 어느 스님의 인생 상담 유튜브를 즐겨 틀어놓곤 했다. 그 스님이 상담자들에게 내려주는 처방보다는 상담자들의 엉뚱한 말들이 더 재미있기는 했다. 자신은 스님의 처방을 알아듣는다고 자부했다. 어떤 날은 신부님의 유튜브를 또 어떤 날은 목사님의 말씀을 들었다. 사실 미자 씨에게 그게 어떤 종교인지는 크게 의미가 없었다. 마음에 수시로 올라오는 근심을 몰아낼 방법만 알려준다면. 미자 씨는 밤마다 유튜브를 틀어놓고는 오지 않는 잠을 청했다. 자신에게 들러붙어 있는 근심들이 떨어져 나가기를 기대하면서.

무엇 때문일까. 아무리 생각해도 원인을 알 수 없었다. 혈압은 아침에 일어나서 충분히 휴식을 취한 뒤에 정상적으로 쟀다. 혈압을 재기 전에 뛰거나 달리지도 않았고 아침 뉴스에서 전해오는 끔찍한 사건에 흥분하지도 않았다. 미자 씨는 그런 뉴스를 접할 때마다 그 사건의 잔혹함이 자신에게 불안을 남기지 않도록 최대한 감정을 억제하는 편이었다. 미자 씨는 사실 뉴스보다는 '기막힌 이야기' 같은 프로를 즐겨 봤다. 인생에서는 어떤 일이 일어날지 모른다. 불행은 언제든 누구에게든 닥칠 수 있었다. 사기 결혼, 이중생활, 바코드 위조, 보험금 탈취, 유산 다툼, 치정 살인…… 미자 씨는 가슴을 졸이며 티브이 화면에 시선을 고정했다. 그런 것들이 자신의 삶을 덮칠 리는 없지만 사기만큼은 언제든 걸려들 수 있었다. 얼마 전 순옥 씨도 보이스 피싱 전화를 받았다 하지 않았나.

한참 만에 미자 씨는 생각했다. 아무래도 혈압계에 이상이 있는 것 같다고. 단골 병원에 가서 다시 재봐야겠다고. 그렇게 생각하자 그때까지 거세게 뛰고 있던 가슴이 비로소 진정되었다. 미자 씨는 혈압계의 커브를 푼 뒤 잘 접어서 케이스 속에 기기와 함께 챙겨 넣었다.

남편은 일찍 출근했고 아침 요가도 마친 상태였다. 미자 씨는 외출 준비를 하려다 말고 습관적으로 안방의 화장대 밑에 있는 서랍을 열어보았다. 평범한 화장대였다. 거울이 있고 화장품들이 놓여 있는 선반이 있고 그 아래 있는 세 개의 서랍 중 첫째 칸이었다. 스카프들이 가지런히 접혀 있는 사이로 손을 넣었다. 아, 이 감촉. 미끄러지듯이 실크의 촉감이 손등에 부드럽게 와 닿았다. 곧 미자 씨의 손은 스카프 아래쪽 깊숙한 곳에 놓인 패물함이며 돈이 들어 있는 봉투를 더듬어나갔다. 있다, 있어. 미자 씨는 순간적으로 전율을 느꼈다. 아주 잠깐 안도의 숨을 내쉰 뒤 미자 씨는 기어코 봉투를 꺼내어 그 안에 들어 있는 오만 원권 지폐를 세어보았다. 틀림없이 팔십 장이었다. 미자 씨는 이제 완전히 마음을 놓고는 실크 스카프 아래 깊숙한 곳에 그 봉투를 밀어 넣었다.

노란색의 한지로 된 봉투는 작년 겨울 미자 씨의 환갑을 맞이해서 골프장 모임에서 준 것이었다. 요즘은 치지도 않는 환갑이었지만 미자 씨는 이 모임 저 모임에서 금목걸이며, 명품 가방이며, 돈 봉투를 제법 두둑하게 받았다. 그동안 다 내가 뿌린 거지, 뭐. 미자 씨는 대수롭지 않은 듯 말하면서도 다시 거둬들인 그 재화가 자신이 육십 년 동안 살아온 것에 대한 정당한 평가라도 되는 양 마음 든든했다. 미자 씨는 하루에도 몇 번씩이나 돈 봉투와 금목걸이와 자질구레한 선물 꾸러미를 확인해보곤 했다. 그러다가 한 달쯤 지났을 때 갑자기 돈 봉투를 어디에 두었는지 생각이 나지 않아 안방 화장대의 서랍장을 들쑤시듯 뒤졌다. 어디 갔지? 어디? 화장대 밑 서랍을 열어본다, 거실 장식장 아래 서랍을 열어본다, 싱크대 서랍 안쪽을 뒤져본다, 한참 난리를 피운 끝에 마침내 찾았다. 봉투는 낡은 핸드백 안에 들어 있었다. 도둑이 들게 되면 제일 먼저 서랍장을 뒤지리라는 생각에 옮겨놓은 것이 분명했다. 하지만 낡은 핸드백을 모르고 버리면 어떡하지? 다시 새로운 불안이 싹텄다. 우왕좌왕하던 미자 씨는 봉투를 다시 서랍장 속에 넣었다. 그때부터 매일 아침 서랍장 속의 봉투를 확인하는 일과가 되풀이되고 있었다.

화장대 옆에 있는 갈색의 크로스백 안에는 수십 개의 통장들이 있었다. 각기 은행이 다르고 만기 일자가 다른 그 통장들을 주기적으로 살펴보는 것 또한 미자 씨가 하는 일이었다. 자신이 돈 문제만큼은 어둡지 않다고 생각해왔지만, 나이가 들수록 기억이 가물가물했다. 미자 씨는 특히 예금의 만기를 관리하는 일에 주의를 기울였다. 한 푼이라도 은행에서 잠자게 해서는 안 되었다. 정기예금, 주식, 채권, 부동산…… 무엇이든 가장 이윤을 많이 남기는 쪽으로 재빨리 돈을 옮겨야 했다.

미자 씨는 크로스백으로 손을 뻗치다가 정기예금 통장을 확인하는 일은 어제 했다는 것을 기억해냈다. 이번 달에는 만기가 없었다. 허공에서 멈춘 손을 뒤로 빼내는데 무언가 머쓱한 기분이 들었다. 아주 어리석은 행동을 하다가 누군가에게 들킨 듯한 그런 기분이. 주위를 둘러보았다. 집 안에는 미자 씨 이외에는 아무도 없었다. 오십 평 아파트. 남편과 둘이 살기에는 다소 크다고 할 수 있었다. 아들이 결혼해서 나간 뒤로 한동안은 썰렁한 느낌이 들어 작은 평수로 옮길까 하고도 생각했었다. 하지만 생각을 바꿨다. 부동산 중개료나 이사 비용 때문만은 아니었다. 비어 있는 각각의 방들이 다 쓸모가 있었다. 그 안에 있는 가구들, 고급 책장과 책상이며 가죽 의자, 아무도 치지 않는 피아노, 손님 접대용 침대 등은 그러니까 꼭 있어야 할 것들이었다. 그것들은 오래전부터 미자 씨의 머릿속에 자리 잡은, 산다고 하는 사람들의 집이 갖추어야 할 것들이었다. 그러니까 실제로 필요한 것이 아니라 허영을 위해서 필요한 것들이었다. 수십 년 동안 묵은 짐들은 그렇게 차곡차곡 쌓여온 것이었다. 어린 시절에는 산동네에서, 결혼 전까지는 산 중턱에서 살아온 미자 씨는 그곳에서의 악다구니 같았던 생활이 악몽 같았다. 회사에 다니면서는 그곳에서 벗어나겠다는 생각뿐이었다. 그런 미자 씨에게 오십 평 아파트는 결코 넓다고 할 수 없었다.

미자 씨는 외출복으로 갈아입은 뒤 화장대의 장신구 거치대를 힐끗 보았다. 스와로브스키 목걸이가 여러 개 매달려 있었다. 한때 스와로브스키에 꽂혀서 외국에 나갈 때마다 면세점에서 사댔다. 가느다란 줄에 매달린 스완, 별, 꽃 모양의 펜던트들. 미자 씨는 꽃 모양의 펜던트가 달린 로즈골드 목걸이를 만지작거렸다. 비싼 목걸이로 멋을 낸 뒤에는 이것을 알아봐 주는 타인의 시선이 있어야 했다. 하지만 미자 씨 주변에는 알아보는 이가 많지 않았다. 처음 목걸이를 하고 나가서 "이거 알아요? 스와로브스키?" 이렇게 말하는 미자 씨에게 순옥 씨는, 그게 뭐예요? 먹는 거예요? 입는 거예요? 하는 심드렁한 표정을 지었다. 미자 씨는 그게 답답했다. 순옥 씨는 왜 고급 목걸이의 가치를 몰라보는 걸까. 미자 씨가 속한 부자들의 모임인 칠선녀 회원들의 반응 또한 마음에 들지 않았다. 그들은 목걸이 가격이 얼마인지 너무나 잘 알기 때문에 쉽사리 감탄할 수가 없었다. 경쟁과 시샘, 혹은 경멸과 무시, 이런 뒤엉킨 감정들을 숨기지 못하는 그들의 시선은 몹시 불쾌한 것이었다. 미자 씨가 바라는 것은 그러니까…… 아낌없는 감탄이었다. 하지만 그런 감탄은 없었다. 그럴 바에는 차라리 혼자서 바라보는 게 가장 좋았다. 동네 병원에 스와로브스키 목걸이? 미자 씨는 코웃음을 치며 그냥 내려놓았다. 가스 불을 몇 번이나 확인한 뒤 드디어 아파트를 나왔을 때 시간은 이미 열한시가 넘었다.

현관 앞에서 경비 아저씨가 꾸벅 인사했다. 다리를 약간 저는 황씨 아저씨는 유난히 인사성이 밝았다. 친절한 아저씨였다. 아니, 어쩌면 그게 명절에 찔러주는 봉투 때문인지도 모른다. 미자 씨의 남편은 명절에 지나치게 많은 액수를 봉투에 넣어 경비 아저씨에게 건네곤 했다. 그것 때문이라고 믿고 싶진 않았지만, 부재중 택배를 챙기는 일이라든가, 이중 주차로 차 빼기가 어려울 때 언제든 경비 아저씨는 몸을 사리지 않고 나서주었다. 미자 씨는 자신의 차가 주차된 담벼락 쪽을 향해 걸어갔다. 핸드폰 벨이 울렸다.

발신자 번호에 큰언니 이름이 떴다. 받지 않았다. 오늘처럼 기분이 좀 그런 날에는 큰언니와 통화하고 싶지 않았다. 지방에 사는 큰언니는 왠지 모르게 답답했다. 세상 돌아가는 이치를 모른다고 해야 하나. 세상은 돈을 중심으로 돌아가는데 큰언니는 늘 사람의 도리니, 인간성이니, 이런 고리타분한 말만 했다. 그러니 조카 딸아이가 그런 능력 없는 놈하고 결혼

했지. 미자 씨는 큰언니의 딸 우빈이, 최근에 둘째를 가졌다는 우빈이를 생각하자 한숨이 나왔다. "너 키울 능력이나 있니?" 보름 전쯤 우빈이와 통화했을 때였다. 자신도 모르게 그런 말이 튀어나왔다. 핸드폰 저쪽에서 싸늘한 침묵이 느껴졌다. 미자 씨는 얼른 고쳐 말했다. "아니, 요즘 애 키우기가 좀 힘들어야 말이지." 우빈이는 곧 밝고 예의 바른 목소리로 "이모, 저 회사에서 처리할 게 있어서요" 하면서 전화를 끊었다. 우빈이는 네 살 난 아들을 친정엄마한테 맡겨놓고 장애인 시설에 근무하고 있었다. 거봐. 능력이 없으니, 아이도 자기가 키울 수 없잖아. 그러면서 아이를 또 낳겠다고? 나이가 마흔이 넘었으면서? 자신이 잘못 말했다는 생각이 들지 않았다. 틀린 말은 아니지. 애를 둘씩이나 낳을 거면 애초에 능력 있는 남자랑 결혼하든가. 미자 씨가 보기에 우빈이는 스스로 고생길을 파고드는 셈이었다. 그것도 저 혼자 힘들면 그만인데 그 힘듦은 보나 마나 둘째 애마저 떠맡기는 식으로 자신의 언니에게까지 미칠 거였다. 그 생각을 하자 미자 씨는 다시 한번 화가 치밀어올랐다.

자동차 문을 여는데 다시 핸드폰이 울렸다. 이번에는 아들이었다. 미자 씨는 벨이 두어 번 울리기가 무섭게 통화 버튼을 눌렀다. 핸드폰을 귀에 갖다 대면서 운전석에 앉느라 미자 씨의 목소리는 숨이 가빴다. "어, 아들." 미자 씨의 아들. 세상에서 가장 사랑하는 존재. 그 아들의 목소리가 귓가에 들려오는 순간 미자 씨의 마음은 솜사탕처럼 부드러워졌다. "엄마, 아빠랑 같이 일 못 하겠어요." 미자 씨는 가슴이 철렁 내려앉았다. 아들은 한 달 전 아빠가 하는 사업체에 전속 회계사로 들어갔다. "왜, 왜 그래?" 미자 씨는 조심스럽게 물었다. "아빠는 일 하나 안 하면서 아랫사람들한테 시키기만 해요." "그게, 그게 아빠가 오너니까 그렇지. 어떡하니 네가 이해해야지." "아, 정말 못 해 먹겠다고요. 제가 어디 딴 데 가면 이 정도 대접 못 받는 줄 아세요?" "그럼, 그럼, 다 알지." "제가 그만두든지, 아빠가 달라지시든지." 어느 쪽도 가능하지 않거나 가능해도 위험부담이 컸다. "그러지 말고, 같이 식사하면서, 응? 식사하면서 서로 허심탄회하게 얘기해보자, 응? 한번 날을 잡아보자, 응?" 미자 씨는 거의 애원하는 투로 아들을 달랬다.

전화를 끊고 나자, 미자 씨의 등줄기에서 식은땀이 흘렀다. 남편과 아들 사이의 중재. 그것만큼 힘든 것이 있을까? 개천에서 나온 용 같은 존재인 남편은 자수성가한 남자들이 그렇듯 독불장군이었고 자기 생각이 옳다는 것에 대한 대단한 확신이 있었다. 그에 비하면 아들은 미자 씨를 닮아서 마음이 여렸다. 미자 씨는 그게 늘 안타까웠다. 아빠 밑에서, 자신이 남편과의 결혼 생활에서 그러했듯, 얼마나 많은 상처를 받을 것인가. 하지만 남편은 성공한 사업가가 아닌가. 참아야지. 아들이 아직 세상 물정을 모르는 것이다.

아들이 명문대에 들어갔을 때만 해도 미자 씨는 이 세상 전부를 얻은 것처럼 기뻤다. 미자 씨는 여상 출신이었고 미자 씨의 남편 또한 상고 출신이었다. 미자 씨의 남편은 사업이 잘되어 돈에는 아쉬움이 없었지만, 늘 자신에게 없는 학벌을 아쉬워했다. 그런데 아들이 그 빈틈을 메워준 거였다. 한의대를 보내라는 남편의 생각을 꺾은 것은 또 얼마나 잘한 일인지. 요즘 한의원의 경기가 예전 같지 않다는 소식을 접할 때마다 미자 씨는 세상을 보는 자신의 안목에 대해 스스로 감탄했다. 미자 씨 아들이 해양학과를 가게 된 다른 뜻은 없었다. 그 과가 얼추 맞출 수 있는 점수였기 때문이었다. 미자 씨 아들은 거기에서 대학원까지 나왔다. 석사 학위 수여식 날 미자 씨는 지도교수님 드리라며 고급 와인 세트를 아들 손에 들려 보냈다. 그런 것을 챙길 줄 아는 센스에 스스로 감탄하면서.

그런 뒤에 내려간 곳이 거제도였다. 미자 씨 아들이 취업한 곳은 대기업이었지만 몇 년이 지나 조선업이 사양길이라는 소문이 돌기 시작하면서 아들의 마음도 붕 뜨기 시작했다. 하긴 새파랗게 젊은 아들이 서울에서 멀고 먼 거제도에서 썩고 있는 것 같아서 미자 씨 마음도 좋지는 않았다. 아들이 결혼을 앞두고 갈등은 더 커졌다. 결국 미자 씨 아들은 회사에 사표를 냈다. 그리고 이 년 공부한 끝에 세무사와 회계사 자격증을 연이어 따냈다. 그때 미자 씨의 행복감은 절정에 달했다. 미자 씨 자신은 시험과는 거리가 멀었다. 회사에 다니면서 한번 쳐봤던 대입에서 보기 좋게 낙방한 후, 미자 씨는 운전 시험 외에는 붙어본 시험이 없었다. 그런데 아들은 시험마다 척척 붙어주었다. 미자 씨는 이 세상만이 아니라, 이 세상 너머까지 다 얻은 것만 같았다. 이 년 동안, 미자 씨는 주말마다 손주들을 봐주러 한 시간 거리의 아들네 집에 가서 몇 시간씩 애들과 놀아주다가 오곤 했었다. 그래야 애들을 보는 며느리의 피로가 아들의 시험공부를 방해하지 않을 것 같다는 생각에서였다. 아무렴, 내가 현명했지. 며느리에게 드러내놓고 말하지는 않았지만 미자 씨는 스스로 이렇게 감탄했다.

지금까지 아들에게는 아낌없이 지원해왔었다. 이려서부터 공부하라고 강요하지는 않았지만, 항상 최상의 교육 여건 속에 아들을 조심스럽게 밀어 넣었다. 영어 교육이 대중화되기 전에 영어 유치원을 보냈고(물론 미자 씨 아들은 거기에서 영어를 일 년 동안 한마디도 못 했다), 해외여행이 유행하기 전에 유치원 원장 아들이 끼어 있는 친구들과 호주 여행을 보냈고(초등학교 때 다녀온 여행지에 대해 미자 씨 아들은 거의 기억을 못 했다), 고등학생이 된 뒤에는 비싼 학원비며 과외비를 아끼지 않았다. 아무에게도 말하지 않은 얘기이지만 고3 때는 한 문제로 등급이 좌우된다는 킬링 문제 하나 때문에 비싼 영어 과외도 두 달간 시킨 적이 있었다. 그렇게 돈을 쳐들여서도 공부를 못하는 아이들이 수두룩한데 다행히 미자 씨 아들은 돈을 들인 만큼 성적을 뽑아주었다.

세무사와 회계사 시험 준비를 할 때는 또 어땠는가. 이 년 동안 생활비를 대주지 않았던가. 그 덕에 미자 씨 아들은 생활의 압박감을 느끼지 않고 시험공부를 할 수 있었다. 미자 씨는 자신이 그런 여력이 된다는 것에 자부심을 느꼈다. 동시에 자기 이상으로 밀어도 안 되었던 주변의 탈락자들을 생각하면, 한 번 만에, 그것도 두 개의 시험에 동시에 붙어준 아들이 더할 나위 없이 자랑스러웠다. 그러는 사이에 손녀와 손자가 차례로 태어났고 그 손녀가 학교에 갈 나이가 되었다. 미자 씨의 남편은 아들과 공동명의로 상가 건물을 하나 분양받아놓았다. 모든 게 부족함이 없었고 순조로웠다.

미자 씨의 벤츠 S클래스가 생태공원 사거리에서 신호에 걸려 대기를 하고 있을 때 아들에게서 다시 전화가 왔다. 왜, 또…… "엄마, 저 너무 힘들어요. 소화가 안 되어서 명치 끝이 꽉 막혔어요." 미자 씨는 아프다는 아들의 말에 애간장이 탔다. 얘는 왜 나를 닮아서, 소화기관이 이 모양일까. 미자 씨도 명절 때면 꼭 배앓이하곤 했었다. 미자 씨의 경우는 명절에 과식해서 생긴 병이었지만 미자 씨 아들은 많이 먹지도 않는데 소화기관에 이상이 생기곤 했다. 아빠한테 얼마나 스트레스를 받으면 소화가 안 될까. 그렇다고 독불장군 남편한테 뭐라고 말할 수도 없었다. 말해봤자 대화가 통하는 사람이 아니니까. 미자 씨는 애가 탔다. "그럼, 너 잠깐 외출해서 병원에 오는 게 어떠니? 엄마 다니는 J 가정의원, 거기로 올래?"

병원에서 만나기로 한 시간까지는 한 시간 정도 남았다. 미자 씨는 근처에 사는 순옥 씨 집에서 남는 시간을 보내기 위해 차를 돌렸다.

도로 안쪽 나무로 가려진 틈 사이로 순찰차가 있었다. 교통 경찰 두 명이 호루라기를 불면서 미자 씨의 차를 세웠다.

"면허증 좀 보여주시죠. 불법 유턴하셨습니다."

미자 씨는 이크, 싶었다. 동네 친구에게 환갑 선물로 받은 손가방에서 지갑을 꺼내 그 안에서 면허증을 꺼냈다. 벌점을 받게 되는 건가? 아니면 벌금을? 미자 씨의 어깨는 차츰 내려가서 축 처졌다.

"아유, 이를 어쩌나……"

교통경찰 앞에서는 가능한 한 약한 모습을 보여야 했다. 미자 씨는 울먹였다.

"저희 시어머니가 욕실에서 넘어졌다는 연락을 받아서 급하게 가는 길이었는데…… 이를 어쩌죠."

노인 문제. 경로사상. 교통경찰들도 이런 것에 약했다. 교통신호만큼은 철저하게 지키던 남편이 딱 한 번 한적한 도로에서 뒤에 교통경찰 차가 있는 줄도 모르고 불법 유턴했을 때의 일이었다. 사이렌을 울리며 따라온 교통경찰에게 남편은 "좀 약한 걸로 끊읍시다" 하고 말했다. 그때 남편의 목은 꼿꼿이 서 있었고 목소리 또한 지나치게 당당했다. 그랬더니 나무토막처럼 뻣뻣한 표정의 교통경찰은 눈 하나 깜짝하지 않고 "원칙대로 합니다" 하고는 벌점과 벌금을 동시에 때린 일이 있었다. 미자 씨는 그때의 경험을 잊지 않았다. 경찰 앞에서는 절대 꼿꼿하면 안 되었다.

"병원 응급실에 모시고 가야 하는데……"

교통경찰은 서로 얼굴을 보더니 잠시 미적거렸다. 그러더니,

"사정이 그렇다면야. 다음부턴 조심하세요. 불법 유턴은 벌점이 사십 점입니다. 벌금도 팔만 원이고요."

"네, 네."

미자 씨는 머리를 조아렸다. 내심 가슴이 조마조마했다. 하지만 이럴 때일수록 대범해야 한다는 것을 경험적으로 알고 있었다. 마음은 대범하게, 겉으로는 저자세. 사이드미러를 통해 순찰차가 멀어지는 것을 보면서 미자 씨는 비로소 안도의 한숨을 내쉬었다.

저자세.

이거야말로 지금껏 미자 씨가 살아온 태도라고 할 수 있었다. 자신을 낮추는 자세. 외모도 학벌도 집안도 변변치 않은 미자 씨가 이만큼 살아올 수 있었던 힘을, 미자 씨 자신은 바로 그러한 자세에서 찾았다. 나는 아무것도 아니에요. 나는 늘 저 아래 밑바닥에 있어요. 그런 자세로 살았다. 결혼 초에는 사는 게 몹시 힘들었다. 그러다가 남편이 사업을 하게 되고 미자 씨도 나서야 할 갖가지 접대 자리가 마련되자 그런

자세는 요긴하게 쓰였다. 가진 게 많은 사람일수록 얼마나 돋보이고 싶어 하는 게 많은지. 미자 씨는 기꺼이 희생양이 되었다. 저는 외모도 학벌도 심지어는 교양도 없어요. 부부 동반의 거래처 단골 접대 자리에 명품 옷에 진주 목걸이에 온갖 치장을 하고 우아한 매너까지 걸치고 나온 거래처 사장의 부인들은 마음을 놓았다. "미자 씨와 같이 있으면 마음이 정말 편해요." 연말 모임에서 미자 씨가 음정이 맞지 않는 노래를 거리낌 없이 불러대면 사람들의 느슨한 경계심은 아예 무장해제되었다. 꼭 미자 씨 때문만이라고 할 수는 없겠지만 남편 사업은 갈수록 별다른 어려움 없이 번창했다.

그것은 미자 씨가 자신의 분수를 일찌감치 알아차리면서 터득한 자세이기도 했다. 미자 씨는 1남 3녀 중 셋째로 태어났다. 셋째 딸은 얼굴도 보지 않고 데려간다지만 미자 씨의 경우는 달랐다. 첫째는 맏이라 대접받고, 둘째는 공부를 잘해 대접받고, 남동생은 유일한 아들이라 대접받았다. 자신이 대접받을 만한 일은 눈 씻고 찾아보려고 해야 찾을 수가 없었다. 아니, 딱 하나 있었다. 자기 다음에 남동생이 태어났다는 거. 어렸을 때 미자 씨는 고모한테서 그런 말을 듣곤 했다. "그래도 저 애가 태어나고 남동생을 봤잖아."

부모의 무관심 속에서 미자 씨는 동네 골목을 활보하며 이웃집 유리창을 깨는 사고를 치면서 자랐다. 부모의 관심 밖에 놓여 있는 게 차라리 편했다. 어차피 세심하게 돌볼 여력도 없는 부모였으니까. 이따금 거짓말로 돈을 타내는 일도 미자 씨에게는 식은 죽 먹기였다. 공부는 뒷전이었다. 공부는 바로 위 언니가 잘했으므로 굳이 자기까지 잘할 필요는 없다고 생각했다. 외모도 일찌감치 포기했다. 미자 씨는 태어날 때부터 짝짝이 귀였다. 오른쪽 귀밑에 매달린 쥐방울만 한 쥐젖들. 미자 씨는 의식하지 않았다. 중학교에 다닐 때 당시만 해도 귀밑 1센티 단발머리를 엄격하게 고수하던 시절이어서 아침마다 교문 앞에서 귀밑을 내밀어야 했다. 그때 짝귀를 드러내면서도 미자 씨는 창피하지 않았다. 그게 뭐, 어때서? 미자 씨에게는 이런 정신이 있었다.

미자 씨가 세상을 알게 된 것은 상업계 고등학교에 다니던 시절부터였다. 그때 어쩐 일인지 담임 선생님의 돈 심부름을 자주 하게 되었다. 담임 선생님은 주식을 하는 모양인지 수시로 은행 심부름을 시켰다. 미자 씨는 그때 어렴풋이 느꼈던 것인지도 몰랐다. 이 세상에서 가장 중요한 것은, 외모도, 집안도, 학벌도 아니라는 것을. 그것은 다름이 아니라 돈, 돈이라는 걸.

그리 좋지 않은 성적에도 운 좋게 미자 씨는 당시에 1, 2위를 다투던 전자 회사에 취직했다. TV나 냉장고 같은 전자 제품의 해외 수출이 본격화되던 칠십년대였다. 그 회사에서도 미자 씨의 처지는 유리할 것이 없었다. 키가 크고 예쁘장한 여사원이 많았기 때문이었다. 심지어는 대졸 여사원도 있었다. 그런 여자들과 경쟁할 마음이 없었던 미자 씨는 개의치 않았다. 그런 미자 씨가 회장의 아들이었던 상무의 비서로 발탁되었던 것은 지금 생각해 보면 천운이었다. 평사원으로 같은 사무실에서 근무하다가 고속으로 지위가 올라간 상무는 미자 씨의 무엇을 눈여겨보았던 것일까?

그렇게 몇 년간 미자 씨는 상무의 여비서로 생활했다. 상무가 시키는 일이 무슨 일인지 미자 씨는 굳이 알려고 하지 않았다. 그것이 옳은 일인지 그른 일인지, 그것을 왜 자신이 판단해야 한단 말인가. 자기는 그저 시키는 일만 하면 되었다. 또 하나 해야 할 일이 있었다. 비밀을 철지히 지켜주는 것. 상무의 일을 상무의 부인이 모르게, 상무 부인의 일을 상무가 모르게 침묵을 지켜주는 일 또한 포함되었다. 그 무렵, 미자 씨는 확실히 깨달았다. 재벌이라는 존재. 그들은 자신과는 전혀 다른 세계에 산다는 것을. 그 세계에 자신은 죽었다 깨어나도 들어갈 일이 없다는 것을. 그리고 그들이 행복하지 않다는 것을. 그것을 깨달았기에 미자 씨는 그 세계를 넘보지 않았다. 부정하지도 않았다. 그저 그것은 자신의 인생과 다른 세계였다.

다만 미자 씨는 명문대 출신의 남자 직원들이 대다수인 그 회사에서 그들을 유심히 관찰했다. 책을 읽고 클래식 공연을 보고 한 달에 한 번 정도 연극을 관람하는 생활. 미자 씨에게는 그게 그렇게 멋있어 보였다. 책이라면 미자 씨는 질색이었다. 책만 보던 큰언니가 어떻게 되었나? 세상 물정을 모르게 되지 않았나? 그렇게 생각하면서도 남자 직원들이 두꺼운 책을 겨드랑이에 끼고 출근하는 모습을 보면 미자 씨는 한 번 더 쳐다보았다.

한번은 미자 씨 회사에서 보내주는 일박 이일의 속초 여행에 엄마를 초대해서 함께 간 적이 있었다. 둘째 날 강당에 빙 둘러앉아서 한마디씩 소감을 발표하는 시간이었다. 다들 바다가 좋았다느니, 좋은 사람들 만나서 즐거웠다느니 하는 뻔한 인사들을 하고 있을 때 미자 씨의 엄마가 말했다.

"이 회사의 발전이 저 태평양 너머까지 뻗어 나가길 바랍니다."

엄마의 눈길은 연수원 창밖에 있는 동쪽 바다를 가리키고 있었다. 미자 씨는 깜짝 놀랐다. 부엌데기인 줄 알았던 엄마의 시야가 그렇게 넓은 줄은 몰랐다. 그 말은 미자 씨의 마음에 고스란히 새겨졌다. 그러고는 오랜 시간이 지나 아들이 조선업에 종사하게 되었을 때 다시금 떠올랐다. 아들의 발전이 저 태평양 너머까지 뻗어나가기를. 하지만 그 소원은 십 년도 안 돼 접어야 했고 아들의 꿈은 이제 회계 분식이니, 세무 대차대조표의 숫자 속에 갇히게 되었다.

순옥 씨 아파트에서는 삼십 분도 안 돼서 나왔다. 순옥 씨는 사람을 묘하게 맥 빠지게 한단 말이야. 오늘도 영락없이 우거지상이었다. 그 얼굴만 봐도 기운이 빠졌다. 축 처진 두 눈으로 순옥 씨는 이 세상을 비관적으로만 바라보았다. 아니이 세상이 아니라 자신의 인생을. 하긴 그것은 순옥 씨 탓은 아니었다.

처음 순옥 씨를 알게 된 것은 이십여 년 전 미자 씨 남편의 사업이 아직 제 궤도에 오르기 전 낡은 저층의 주공 아파트에 살 무렵이었다. 그때 맞은편 집에 살았던 순옥 씨는 그때만 해도 남편이 7급 공무원에 살 만했다. 문제는 아파트였다. 그 당시에는 미자 씨나 순옥 씨나 전세살이하는 신세는 마찬가지여서 주공 아파트의 여러 단지를 비슷하게 옮겨 다녔다. 미자 씨가 장만한 아파트가 한 채에서 두 채로 늘어나는 사이에 순옥 씨도 대출금을 일부 보태서 새로 지은 아파트를 장만했다. 그런데 곧 아파트값이 바닥으로 내려앉았다. 빚지고는 살지 못하는 순옥 씨는 불안한 마음에 아파트를 팔고 전세를 얻었다. 그 뒤로 아파트값은 다시 천정부지로 올랐다. 문제는 거기에서 끝나지 않았다. 오를 대로 오른 아파트값에 덩달아 전셋값도 올라서 전세 만기가 되어 집을 옮기려 할 때마다 순옥 씨는 한 칸씩 추락하는 기분이 들었다. 새 아파트에서 주변의 구도심 아파트로, 엘리베이터가 없는 낡은 아파트로, 그러다가 서울 바깥으로 순옥 씨는 밀려났다. 남편은 순옥 씨탓이라며 술만 마셨고 순옥 씨는 자신의 실수를 자책하느라하루가 다르게 얼굴이 까맣게 타들어갔다. 그리고 미자 씨를 만날 때마다 미자 씨의 처지를 부러워했다.

 "아니 자기가 걱정이 뭐가 있어요. 걱정이라면 내가 걱정이
지."

 그런 말을 들으면 미자 씨는 잠시, 그래, 걱정할 게 뭐가 있
어, 하는 생각이 들었다. 자신의 인생이 순옥 씨의 불행 앞에
서 그나마 나아 보인다고 해야 하나? 부정하고 싶었지만, 확
실히 순간적으로 그런 마음은 들었다. 인간의 행복은 얼마나
상대적인가? 남의 불행 앞에서 나의 행복은 커 보이고 남의
성공 앞에서 나의 행복은 초라해 보이는 법이었다.

 하지만 미자 씨는 진심으로 순옥 씨의 처지를 안타까워했
다. 순옥 씨는 경우가 있는 사람이었다. 절대 남 신세를 지고
는 못 사는 사람. 명절 때 들어오는 과일이며 고기나 조기 따
위를 순옥 씨에게 나눠주면 순옥 씨는 명절 음식 준비하는 일
이라도 도왔다. 순옥 씨는 요리에 대해서는 모르는 게 없었
다. 간장 게장을 담글 때 조림간장에는 무엇이 들어가야 하는
지, 시금치는 언제 사야 맛이 있는지, 조기 비늘은 어떻게 제
거해야 하는지, 가자미식해는 어떻게 만드는지. "순옥 씨가
옆에 있어서 정말 다행이야." 미자 씨는 순옥 씨가 자신의 요
리 선생이라도 되는 듯이 그녀의 말에 귀를 기울였다.

 그런데 조금 전 미자 씨는 순옥 씨에게 서운했다. 진심으
로 걱정하는 것까지 바라지는 않았다. 걱정하는 척이라도 해
주면 어디가 덧나. 물론 미자 씨 자신도 알았다. 자신의 걱

정이 순옥 씨의 걱정에 비하면 새 발의 피도 못 된다는 것을. 그걸 잘 알면서도 미자 씨는 늘 자신을 향한 공감에 목말라했다. 그 집에서 나오기 전 순옥 씨가 한 말은 미자 씨 속을 완전히 긁어놓았다.

"아니, 가진 것도 많으면서 뭘 그리 움켜쥐고 그래요? 그러니까 혈압이 올라가지."

혈압 얘기를 꺼내자마자 했던 순옥 씨 말이었다. 그 말이 나왔을 때 미자 씨는 심장이 덜컹거렸다. 순옥 씨 얼굴을 보았다. 그 얼굴은 불행에 짓눌려 있는 얼굴이었다. 자신의 불행 이외에는 아무것도 보지 못하는, 눈먼 얼굴. 애써 가라앉혔던 혈압이 다시 오르는 것만 같았다. 미자 씨는 마시던 커피를 반쯤 남기고 일어서 나왔다.

내가 뭘 움켜쥐었다고. 미자 씨는 주차장에서 차에 시동을 걸면서 생각했다. 순옥 씨가 몰라서 그런 말 하는 거지. 앞가림 못하는 친정 식구들 얘기를 순옥 씨에게는 하지 않았다. 그런 얘기는 왠지 자존심이 상했다. 미자 씨에게는 늘 걱정거리를 선사하는 친정붙이들이 줄줄이 있었다. 큰언니네로 말하자면 대출 이자를 물어주지 않았으면 그나마 살고 있는 집은 진즉에 넘어갔을 테고, 둘째 언니가 임대 아파트 입주할 때도 얼마간 보태주지 않았으면 들어가 살지도 못했을 거였다. 남동생은 또 어떻고. 회사에서 직원들에게 휴대폰 강매를 할 때마다 나서서 열 대, 스무 대 팔아줘서 명퇴 바람을 피하게 해준 것도 미자 씨 자신이 아니던가.

그래도 자신이 친정을 도와줄 수 있을 때 미자 씨는 제일 힘이 났다. 그런 게 핏줄 아닌가? 어려울 때 도와주는 거. 남도 도와주는데 함께 자란 형제를 나 몰라라 할 수는 없지. 그렇게 생각하면서도 그 동기에 뭔가 불순한 것이 섞여 있다는 느낌을 스스로 지울 수 없었다. 뭔가 순수하지 못한 것, 그게 뭘까?

미자 씨는 문득 순옥 씨의 문제가 떠올랐다. 그래. 순옥 씨의 문제는 결벽증이야. 돈에 대한 결벽증. 빚지고 못 사는 그 심리. 그게 그녀의 인생을 망친 거야. 대출금 안고 살기 싫다고 애써 장만한 집까지 팔았다가 이 고생을 한담. 돈 놓고 돈 먹기. 돈이란 게 원래 그렇게 더러운 거. 나 혼자 깨끗한 척, 고상한 척해봐야 소용이 없지. 자신만 불행하게 된다고.

아까 순옥 씨가 자신을 바라보던 눈길이 떠올랐다. 뭐랄까. 말과는 달리 그 눈길은 미자 씨에게 머물러 있지 않았다. 자신을 비껴가는 그 눈길. 미자 씨는 써늘함을 느꼈다. 이제 내 곁에 진심의 친구는 아무도 없구나, 하는 그런 느낌. 가난했던 시절과 달리 가진 것이 점차로 늘어나면서 미자 씨는 경계심과 의심이 점점 더 많아졌다. 대화할 때는 눈앞에 있는 이의 눈을 바라보았다. 이 사람이 나를 어떻게 생각하는지. 진심인지, 거짓인지, 좋아하는지, 싫어하는지…… 그럴 때마다 자신을 바라보는 냉혹한 눈길에 미자 씨는 소스라치게 놀라곤 했다. 어쩌면 그 냉혹한 눈길은 상대방의 눈에 비친 자기 모습인지 몰랐다.

미자 씨는 액셀을 밟으며 자꾸 떠오르는 순옥 씨의 얼굴을 지워버렸다. 어영부영하다가는 병원 점심시간에 걸리게 될지도 몰랐다. 미자 씨는 늘 다니는 익숙한 길 위를 차선을 바꿔가며 미끄러지듯이 달렸다. 병원에 거의 도착할 즈음 다시 전화가 왔다. 블루투스로 연결된 통화음은 차 스피커를 통해서 흘러나왔다.

"엄마, 나 오늘 병원 못 가요. 수현이 학교에 가봐야 해요. 수현이 엄마가 오늘 조퇴할 수가 없대요. 수현이 학교 상담이 있는데."

맥이 빠졌다. 아들을 만날 기대로 슬그머니 내려놓았던 혈압에 대한 걱정이 다시 솟구치기 시작했다. 알겠다고 전화를 끊고 난 뒤 미자 씨는 병원 주차장 앞 골목으로 들어갔다. 병원 주차장은 비좁아서 주차도 힘들었고 행여나 다른 차가 자신의 차를 긁을까 걱정도 되어서 미자 씨는 골목에 주차하곤 했다. 골목에는 일렬 주차 자리가 딱 하나 있었다. 여러 번에 걸쳐 들어갔다 나왔다 반복하면서 간신히 주차할 수 있었다. 무슨 일일까? 올해 학교에 들어간 손녀 수현이는 학교생활에 부적응이었다. 주중에는 주로 이웃 동에 사는 외할머니가 봐주고 주말에는 며느리가 돌보았다. "애가 도통 친구들과 어울리지 못한대요. 발표할 일이 있어도 손 한번 드는 일이 없고요. 학부모의 날, 수현이 엄마가 수업 참관을 하고 집에 와서 저한테 얘기하면서 울먹였어요. 애가 아무래도 정상이 아닌 거 같아요." 하긴 수현이는 어릴 때부터 말을 제대로 못했다. 유치원에 다닐 때 친구 집에 초대받는 일도 없었다. 수현이가 혼자서 하는 일은 한구석에서 그저 무엇인가 그려대는 일이었다. 이따금 거울을 보고 혼자 말을 하기도 했다. 자폐가 아닐까? 미자 씨는 아들에게 그런 말을 하지는 못했지만 내심 마음이 조마조마했다. 애꿎은 며느리 원망만 했다. 엄마가 맨날 바빠 돌아가니 외할머니 손에서 제대로 크겠어?

병원에 들어선 미자 씨는 안내판을 먼저 보았다. 대상포진, 파상풍, 폐렴, 비타민 D 주사, 면역 주사, 뇌 영양제…… 몸에 해야 할 게 이렇게 많았다. 미자 씨는 때맞춰 폐렴이나 대상포진 예방주사, 비타민 D 주사를 맞았다. 노화와 질병을 낳는 바이러스에 스스로 대비해와서 두려울 게 없다고 생각했다. 하지만 오늘은 바이러스가 아니었다. 혈압이 문제였다. 심장에서 흘러나와 몸 전체로 뻗어나가는 피의 흐름, 그것을 원활하게 하려면 도대체 어떻게 해야 하는 건가. 혈압이 왜 갑자기 높아지는가.

미자 씨 차례가 되어 진료실에 들어가서 앉자, 의사가 혈압을 쟀다. 혈압은 최고 150, 최저 120으로 떨어져 있었다. 미자 씨는 집에서 쟀을 때는 훨씬 더 높았다고 몇 번이나 힘주어 말했다.

"최근에 무슨 걱정거리라도 있으세요?"

"아니요."

"그럼 충격을 받으신 일이라도."

"없는데요."

"폐경이 지나셨죠? 그 나이가 되면 신진대사의 흐름이 불규칙해지면서 이유 없이 일시적으로 혈압이 높아지는 경우가 있으니 좀 지켜봅시다."

"저, 한 번에 치료되는 방법은 없는 거죠?"

"왜요? 주사라도 맞으시게요?"

의사는 옅은 웃음을 지었다. 혈압이 주사로 조절된다는 말을 들어보지는 못했지만, 혹시나 해서 물어보았던 것인데 곧 미자 씨는 어리석은 질문을 한 것을 후회했다.

"약은? 약은 안 주시나요?"

"약을 드시고 싶으세요?"

"꼭 그런 건 아니지만…… 그래도 갑자기 혈압이 오르면 어떡해요."

"혈압약은 한 번 복용하면 꾸준히 복용해야 합니다. 정 필요하시면 일단 이 주 치를 처방해드리죠."

의사는 이 주일 후에 다시 방문하라고 했다.

공원 사거리에서 신호에 멈추어 서자 멀리 재건축으로 올라간 아파트가 보였다. 오른쪽으로 최근 몇 년간 새로 지은 아파트 단지가 늘어서 있었고 왼쪽으로 미자 씨 아파트가 있는 구시가지가 보였다. 곧 지하철이 미자 씨 아파트 옆으로 지나갈 예정이었다. 그러면 미자 씨네 아파트도 재건축에 돌입할 것이고 그러면 아파트값도 더 많이 올라갈 거였다. 오른쪽 새 아파트 단지에 미자 씨 소유의 아파트도 작은 평수로 한 채 있었다. 이미 월세를 줬다. 돈 계산이 빠른 남편에 따르면 지금 살고 있는 오래된 아파트에서 버티고 있다가 지하철이 새로 개통하는 시점에 파는 것이 가장 큰 이윤을 남기는 거라 했다. 그때는 언제일까? 미자 씨가 칠십이 되었을 때? 혹은 팔십? 이윤을 남기면 그것으로 무엇을 하지? 미자 씨의 생각은 늘 여기에서 막혔다.

앞차들이 굼뜨게 움직이기 시작했다. 파란불이 켜진 것이다. 미자 씨는 액셀을 밟으며 생각을 현재로 되돌렸다. 손녀딸 수현이의 부적응. 아무래도 미자 씨는 그게 며느리의 직업 때문인 것 같았다. 깐깐한 교사 엄마 밑에서 크니 어린 게 말이나 제대로 할 수 있겠어? 고등학교 교사인 며느리는 수현이를 고등학생 다루듯 하곤 했다.

"어머니, 유전이에요. 유전이 운명을 만드는 거예요. 타고난 걸 어쩌겠어요."

이렇게 말하는 며느리에게 미자 씨는 더 이상 아무런 말도 못 했다. 교사 며느리를 얻었다고 좋아했던 자신이 얼마나 어리석었는지.

아파트 단지 안으로 들어설 때 핸드폰이 울렸다. 큰언니였다. 아침에 전화를 받지 않았던 게 마음에 걸리기도 하고 누군가 피붙이에게 위로받고 싶은 마음이 들었던 참이어서 미자 씨는 핸들 옆 버튼을 눌러 통화를 연결했다.

"미자야, 너무 속상해서 전화했어. 글쎄, 우빈이가 유산을 했다는구나."

"어머, 어쩌."

미자 씨는 가슴이 철렁 내려앉았다. 자신도 오래전 유산 경험이 있었다. 아들 밑으로 연년생 임신이 되었는데 그만 유산이 되었다. 그 뒤로 아이가 생기지 않았는데 손이 귀한 집인 탓이려니 여겼었다. 까마득히 잊고 있었던 옛날 생각이 나서 미자 씨는 눈물이 찔끔 났다.

"몸조리 잘해야 해. 그거 출산이나 비슷한 거야. 언니, 내가 돈 보내줄 테니 사골 고아서 국 좀 끓여줘."

그렇게 말하고 전화를 끊은 뒤 미자 씨는 차에서 내렸다. 아파트 입구에는 재건축을 추진하려는 세 개의 세력이 펄럭이는 플래카드로 맞서고 있었다. 분쟁, 더 많은 이익을 위한 끝없는 분쟁. 누가 옳은지 미자 씨는 알 수 없었다. 머리가 심하게 아팠다. 일층 현관에 들어서자 오늘따라 엘리베이터 앞에서 퀴퀴한 냄새가 나는 것 같았다. 엘리베이터에 올라타서 팔층에 이르기까지의 시간이 아주 길게 여겨졌다. 갑자기 불안이 도졌다. 오래된 엘리베이터가 멈추면 어떻게 하지? 미자 씨는 비상벨이 어디 있는지 황급히 살폈다. 다행히 끼이익, 덜컹 소리를 내며 엘리베이터는 팔층에 멈추었다. 문이 열리자, 엘리베이터 바닥과 팔층 복도 사이로 까마득한 틈이 보였다. 그 틈은 깊고 날카로웠다. 미자 씨는 그 틈이 자신을 삼킬 것 같아서 몸을 잔뜩 움츠린 채 발을 내디뎠다.

세상에. 미자 씨는 현관문이 끝에 가서 살짝 걸쳐진 채 닫히지 않은 것을 보고 깜짝 놀랐다. 가슴이 급격하게 뛰어올랐다. 미자 씨는 집 안으로 뛰어 들어갔다. 누가 들어온 것 같지는 않았다. 하지만 모를 일이었다. 감쪽같이 현금과 패물만 훔쳐 갈 수도 있었다. 미자 씨는 안방으로 들어가 화장대 서랍을 열어보았다. 아침에 보았던 현금 봉투며 화장대 옆 가죽 가방 속의 통장들도 그대로 있었다. 화장대 선반 위의 스와로브스키 목걸이도 그대로였다. 그런데도 거세게 뛰는 미자 씨의 심장 박동 소리는 가라앉지 않았다.

그렇지. 혈압이 문제야.

미자 씨는 부엌으로 가서 식탁 위에 올려놓은 혈압계를 케이스 안에서 꺼냈다. 무엇이지? 무엇이 나를 이렇게 흥분시키는 거지? 급하게 뛰고 있는 가슴을 진정시키느라 미자 씨는 잠시 호흡을 가다듬었다. 그러다가 조금 전 큰언니와의 통화 내용이 떠올랐다. 너 애 키울 능력이나 있니? 혹시 자신이 보름 전에 우빈이에게 했던 이 말이 저주가 되어 유산이 된 걸까? 거기에 생각이 미치자 심장 박동이 급격하게 올랐다.

아니야, 아니야. 내 탓이 아니라고. 미자 씨는 혈압계의 커브를 왼쪽 팔에 감기 시작했다. 심장 고동 소리는 차츰 가라앉았다. 미자 씨는 그대로 거실 바닥에 누웠다.

눈을 감자 오래전에 있었던 일이 갑자기 떠올랐다. 미자 씨가 회사에 다니던 시절의 일이었다. 산동네 아래쪽에 폭이 좁은 골목길이 백여 미터 이어져 있었다. 야근하고 늦게 돌아오는 길에 그 골목에서 강도를 만났다. 강도는 미자 씨의 핸드백을 낚아채려고 했다. 그 순간, 미자 씨는 돌바닥에 엎드려 싹싹 빌었다. "자못했어요, 자못했어요." 혀끝이 얼어붙어 말이 제대로 나오지 않았다. 미자 씨는 양 손바닥을 맞대고 싹싹 비비며 공포와 두려움에 젖어 다만 살려달라는 뜻으로 빌고 또 빌었다. 갑작스러운 미자 씨의 태도에 당황한 강도는 "에이, 씨" 하며 핸드백을 내팽개치고 달아났다. 그때 왜 잘못했다는 말이 튀어나왔는지 미자 씨는 몰랐다. 지금도 여전히 그 이유는 몰랐다. 잘못했어요, 잘못했어요. 몇십 년 만에 그 말이 다시금 입에서 튀어나왔다. 머리로는 자신이 아무 잘못도 없다고 생각하는데도 자꾸 그 말이 튀어나왔다. 이제는 정확한 발음이었다. 잘못했어요, 잘못했어요. 미자 씨는 눈을 떠보았다. 아무도 없었다. 미자 씨의 온몸에서 힘이 빠져나갔다. 혈압계의 숫자를 확인하자마자 미자 씨는 핸드백 안에 넣은 손을 더듬어 조금 전 처방받은 혈압약을 찾기 시작했다.

시그니엘 빌리지

지하 주차장에 내려가니 귀옥의 차가 들어오고 있었다. 세경은 카트에 있는 짐들을 트렁크에 실었다. 귀옥은 세경의 차 앞을 지나려다가 다시 후진한 후 차를 세웠다. 주차 안 해? 라는 뜻으로 세경이 바라보자, 창문을 반쯤 내린 귀옥이 말했다. 짐 먼저 옮기고. 귀옥이 트렁크에서 가방과 짐을 꺼내 세경의 차에 싣고 주차하는 동안 세경은 조수석 문을 열고 자리에 앉았다. 귀옥은 세경의 차로 가는 대신에 운전은 자신이 하겠다고 얘기했다.

시그니엘 빌리지. 거기에 가자고 귀옥이 말했던 것은, 보름 전이었다. 우리 네 자매 모두 가자, 응? 갈 수 있지? 핸드폰에서 들려오는 귀옥의 목소리에는 곧바로 결정을 내려야 할 듯한 다급함이 묻어 있었다. 세경은 흔쾌히 그러자고 했다. 며칠 뒤에 다시 귀옥이 알려왔다. 미옥의 전화를 받았다고, 한 달 전에 팔 다친 게 낫지 않아서 못 가겠다고 그러더라고, 그 빈자리에 올케를 채우겠다고. 세경은 말렸다. 그러지 마. 시누들이 셋이나 가는 자리에 어느 올케가 좋다고 하겠어? 처음엔 알았다고 하더니 며칠 뒤 귀옥은 기어코 올케한테 물어보았고 결국 거절당했다.

세경은 자신에게 중요한 할 일이 그 주에 있다는 사실을 뒤늦게 깨달았다. 공모전 마감. 하지만 이미 여행에서는 빠질 수 없는 상황이었다. 귀옥이 얻었다는 객실은 세 개의 룸에 각각 화장실이 딸려 있다고 했다. 가뜩이나 작은 키에 오종종한 몸집인 영옥과 귀옥이 넓은 객실에 단둘이 있는 모습은 그림이 그려지지 않았다. 하지만 세경은 출발일이 다가올수록 압박감이 느껴졌다. 좀 미루면 안 될까? 세경은 귀옥에게 물었다. 안 돼. 귀옥은 펄쩍 뛰었다. 아는 형님이 그날 거기 가기 때문에 얻을 수 있었던 거야. 그 형님 회원권으로 가기 때문에 본인이 있어야 한다고. 무슨 말인지 모르겠지만 어쨌든 원래 계획대로 가야 한다는 거로 세경은 알아들었다. 그래. 그냥 쉬러 간다고 생각하고 다녀오자. 그렇게 마음을 추슬렀는데도 속에서 무언가가 끓어올랐다. 왜, 하필, 이런 때.

산에 물이 이쁘게 들었대.

요금소를 빠져나가면서 귀옥이 말했다.

올가을에 비가 적당히 왔다더라.

어딘지 불편해 보이는 자세로 운전대를 쥔 귀옥이 세경의 눈치를 살피며 말했다. 비. 올가을에 비가 왔었나? 가으내 작업실에서만 생활했던 세경은 바깥 날씨가 어떤지 떠올릴 수 없었다. 귀옥의 말을 건성으로 들으며 조수석 등받이에 어깨를 파묻고 세경은 생각에 빠져들었다. 무표정. 귀옥과 함께 있을 때 세경은 자주 그랬다. 그것이 귀옥에게는 기분 나쁘게 해석된다는 사실을 알고 있었지만 어쩔 수 없었다.

너 바쁜 일 있는 거야?

응.

그럼 너는 방에 들어가서 일해. 방해 안 할게. 방마다 화장실도 따로 있으니까, 밖에 안 나와도 되잖아.

귀옥은 굳이 룸에 딸려 있다는 화장실을 강조했다. 세경은 생각했다. 그게 그렇게 될까? 왜 이 여행에 따라왔을까? 어쩌면 네 자매 모두 모인다는 말에 솔깃했는지도 몰랐다. 네 자매. 자매라고는 해도 나이가 층이 져서 세경은 돌봄을 받아왔던 처지였다. 그래서인지 자매들에 대한 기억은 세상살이의 갈퀴에 휩쓸리고 난 뒤에도 어떤 온기와 함께 되살아나곤 했다. 세경은 이따금 그 온기에 마음이 기울어지곤 했지만, 그것이 실상은 유년기의 환상 같은 것이라는 생각도 하고 있었다. 세경의 표정은 잠시 펴졌다가 이내 딱딱해졌다. 그런 세경을 보는 귀옥은, 또 시작이구나, 싶었다. 저 애는 왜 맨날 저렇게 심각할까. 좀 밝게 웃지 못하고. 같이 있으면 내 기분까지 자꾸 무거워지잖아. 이렇게 생각하면서도 귀옥은 가능한 한 세경의 비위를 맞추었다.

물 마실래? 내 가방에 페트병 있는데.

아니.

배고프면 말해. 깐 밤이랑 고구마도 있으니까.

됐어.

양미간에 주름이 잡히도록 골똘히 생각에 잠겨 있는 세경을 힐끗힐끗 엿보면서 귀옥은 제2중부고속도로를 지나 제2영동고속도로 갈림길 부근까지 왔다. 내비게이션 화면 위에는 진입할 곳을 가리키는 화살표가 번쩍이고 있었다.

어머, 저리로 가야 하니?

응, 뭐, 상관없어.

귀옥은 일차선에서 재빨리 깜빡이를 넣고 제2영동고속도로에 진입했다. 뒤따라오는 차량이 없어서 다행이었다. 급하게 끼어들기를 하면서 귀옥은 피곤을 느꼈다. 역시 남의 차를 운전하는 건 피곤해. 의자 등받이 각도는 맞지 않았고 핸들과 몸체 사이의 거리도 멀었다. 게다가 사이드미러 위치가 너무 높았다. 귀옥은 옆 차선 차량의 지붕만 언뜻 보여주는 사이드미러 위치가 왠지 자신의 작은 키를 조롱하는 것만 같았다. 터널 앞에서 속도를 줄이면서 귀옥은 창틀 쪽에 손을 뻗어 더

듣어보았다.

애, 이거 조정 어떻게 해?

세경이 알려주기도 전에 귀옥은 창틀 바로 밑에 있는 버튼을 이리저리 눌러 사이드미러의 위치를 조정했다. 긴 터널이 이어졌고 한참을 달린 후 터널에서 빠져나온 뒤 귀옥은 다시 한번 버튼을 눌러 사이드미러의 위치를 얼추 자신의 눈높이에 맞출 수 있었다. 그리고 다시 또 터널이었다.

있잖아. 내가 얼마 전에 아는 형님 차를 운전하는데 말이야.

귀옥의 말에 세경은 뚱한 표정으로 귀옥을 보았다.

그 차가 우리 자보다 한 단계 윗급이야. 근데 살짝만 밟아도 미끄러지는 거야. 아주 살짝만 밟아도. 그 차가 그렇게 민감하다니까. 밤에 니 형부랑 선배님 부부 모시고 오는 데 얼마나 힘들었는지 몰라.

그래서? 하는 표정으로 세경이 귀옥을 보았다. 귀옥은 세경이 이런 표정일 때가 가장 싫었다. 그래서 어쩌라고? 하는 듯한, 사람 무안하게 만드는 저 표정. 귀옥이 세경에게 바라는 것이 있다면 감탄까지는 아니더라도 공감, 그래 공감이었다. 아니, 맞장구라고 해야 하나. 재의 맞장구를 기다리느니 차라리 내가 혼잣말하고 말지.

그냥 그렇다고. 남의 차를 운전한다는 게 힘들다 그 말이지.

세경이 마지못해 물었다.

내가 운전해?

아니, 그 말이 아니라니까.

귀옥은 답답했다. 그냥, 맞아, 하고 한마디만 하면 되는데. 재는 왜 그걸 모르나. 귀옥은 얼른 W시에 있는 영옥의 집에 도착했으면 싶었다. 적어도 영옥은 세경 같지는 않았다. 세상 물정을 모르기는 하지만 그래도 세경처럼 공감할 줄 모르는 사람은 아니었다. 하나밖에 없는 여동생이라고는…… 반값. 딱 반값이었다. 이런 고급 빌리지를 반값에 얻는 기회는 흔하지 않았다. 내가 그거 얻으려고 그 형님한테 입에 발린 소리를 얼마나 했는데. 두서없이 떠오르는 생각을 누르듯이 귀옥은 액셀을 밟았다. 제발 여행을 망치지는 말아야 할 텐데. 귀옥은 자신의 감정이 나쁜 쪽으로 흐르지 않도록 마음을 다잡았다.

차는 W시의 시내에서 좌회전, 우회전을 반복하다가 고속도로로 진입했다. 귀옥과 세경이 각기 영옥에게 주려고 챙겨온 물건들을 옮기느라 얼마간의 시간을 지체한 뒤 바로 출발한 터였다. 운전도 못 하고 운전하는 데 길잡이도 안 되는 영옥은 뒤에 앉았고 귀옥은 여전히 운전대를 놓지 않았다. 세경은 아까처럼 조수석에 앉았다. 막내이고 그나마 젊은 자기가 운전해야 했다고 생각했던 세경의 마음은 편하지 않았다.

고속도로에서 시원하게 달리기 시작하자 영옥이 감탄사를 내뱉었다.

아유, 이게 얼마 만인지.

영옥의 목소리는 구슬이 굴러가는 듯했다. 내일모레가 칠십이라고는 믿기지 않을 정도로 생기가 묻어났다. 어디 목소리뿐인가? 말할 때마다 눈가나 입가에 잡히는 주름은 어쩔 수 없었지만, 영옥의 얼굴은 아직 탄력을 잃지 않았다. 세경이 보기에 일주일에 한 번 마사지를 받는 귀옥보다 영옥의 얼굴이 더 매끄러웠다.

교인들이 나보고 그러는 거야. 집에서 애 보고 있으면 얼굴이 까매지는데 나는 애 보는 티가 안 난다고. 난 말이야, 아침 저녁으로 세수하는 거밖엔 없거든.

영옥은 다른 자랑은 안 하지만 피부 자랑만큼은 스스럼이 없었다. 영옥이 보고 있는 아이는 외손주였다. 삼십여 분 떨어진 거리에 사는 딸은 또 삼십여 분 떨어진 장애인 시설에서 일하느라 아침마다 아이를 맡기고 저녁이면 찾아갔다. 월말 결산이 있는 날에는 재우는 일도 다반사였다. 아이를 좋아하는 영옥에게 그 일은 전혀 힘들지 않았다. 힘든 일은 다른 데 있었다. 남편 종수 씨. 정신 연령이 고작해야 손주보다 몇 살 위인 남자. 그 남자와 함께 사는 일은 평생 힘들었다.

영옥의 남편은 알코올 중독이었다. 하루도 술 없이는 살지 못했다. 세경은 오래전 영옥의 집에 며칠 머무를 때 종수 씨가 했던 말을 아직도 기억하고 있었다. 내가 술을 딱 한 잔, 아니 몇 잔은 했지. 그리고 운전을 한 거야. 사거리를 지나는데 경찰이 음주단속을 하는 거야. 무시하고 그냥 지나가는 데 경찰차가 따라오는 거야. 창문을 내리고 측정기를 들이미는 거야. 내가 그랬지. 나 이런 거 안 해. 내가 술 마시는 거 봤어? 봤어? 니가 봤냐구? 종수 씨는 결국 음주 측정을 하지 않았다. 음주단속이 엄격하지 않았던 시절의 이야기였다. 그 이야기 할 때 의기양양했던 종수 씨의 표정은 시간이 한참 흐른 뒤에도 떠오르곤 했는데 그럴 때면 세경은 뒤늦게 무력한 분노에 사로잡히곤 했다.

영옥이 말했다.

글쎄. 얼마 전 종수 씨가 나를 부르지 않겠니? 나 좀 일으켜 줘, 하고 말이야. 난 종수 씨가 이제 끝장이라고 생각했어. 요즘 종일 밥도 안 먹고 누워만 있는 데다가 혼자서 일어나지도 못하니 말이야.

어머, 그래서 어떻게 했어?

귀옥이 추임새를 넣었다. 세경은 뒷좌석을 향해 귀를 쫑긋 세웠다.

내가 가서 손을 내밀었지, 뭐. 그랬더니 내 손 잡고 간신히 일어나더라.

에이 뭐야. 괜찮았던 거야?

앞차와의 간격이 너무 좁아지자, 차선을 변경하면서 귀옥이 물었다.

나중에 보니까 침대 밑에 소주병이 있지 뭐니.

아유, 못살아. 아직도 술 마셔?

귀옥이 혀를 찼다.

술뿐인 줄 알아? 담배도 피워. 기운이 없다고 술을 마시고
그 기운으로 담배를 피운다고.

영옥은 마치 처음 겪는 일처럼 또박또박 말했다. 세경은 창
밖으로 시선을 돌렸다. 시월의 말간 햇빛이 쏟아져 내리고 있
었다. 지난 몇십 년간 들어왔던 얘기였다. 새로울 것이 하나
도 없는 얘기를 늘 처음 있는 것처럼 말하는 영옥이나 또 처
음 듣는 것처럼 듣고 되묻는 귀옥이나 세경에게는 모두 놀라
웠다. 신혼 때는 결혼 생활에 저응하느라, 삼사십 때는 업무
상 접대해야 해서, 오십 무렵에는 일찍 회사에서 밀려나서,
육십이 되자 할 수 있는 일이 별로 없어서 종수 씨는 늘 술을
마셨다. 그때마다 영옥은, 이제 좋아질 거야, 이제 철이 들 거
야, 하면서 종수 씨의 개심에 대한 희망을 놓지 않았다. 영옥
은 남편 종수 씨의 영혼을 위해 성당에 가서 기도한다고 했
다. 기도. 불가능을 향한 영옥의 기도. 그 기도가 영옥의 목소
리를 구슬처럼 영롱하게 만드는 걸까? 하지만 세경에게는 종
수 씨의 술타령이나 영옥의 기도나 끝없는 도돌이표처럼 여
겨지기만 했다.

이런 일도 있었다?

영옥이 목소리 끝을 명랑하게 올리며 말했다.

무슨 일?

글쎄 한날은 침대 옆에 뭔가 동그란 덩어리가 하나 있어서 툭 치니까 데구루루 구르는 거야. 뭔 줄 아니?

뭐야? 설마?

그래. 똥이야, 똥. 종수 씨가 싼 똥이 파자마 사이로 흘러나왔던 거지.

그래서?

내가 어머, 이거 당신 똥이야, 그랬지.

그러니까?

빨리 치워. 빨리 치우라니까, 하고 종수 씨가 소리치는 거야.

그래서 언니가 치웠어?

미쳤니? 당신이, 싼 거, 응? 당신이, 당신이, 치우라고 했지.

영옥은 목소리 톤을 높여서 한마디, 한마디 끊어가며 말했다. 고개를 돌리지 않아도 세경에게는 보이는 듯했다. 지렁이도 밟으면 꿈틀한다고 할 때의 그 꿈틀거림. 내가 밟히고만 사는 게 아니다. 한 번씩 꿈틀거린다. 영옥의 말이 그렇게 들리는 것 같아 세경은 마음이 저릿저릿했다. 갑자기 귀옥이 운전대를 잡고 미친 듯 웃어댔다.

흐흐흐, 언니, 진짜 진짜 잘했어.

이 집이 아닌가?

'숙자네 집'이라는 간판 앞에서 세경은 고개를 갸웃했다. 주차장은 텅 비어 있었고 음식점 안을 들여다보아도 손님이 하나도 없었다. 일 년 전만 해도 발 디딜 틈도 없이 번잡한 곳이었는데. 하긴 딱 한 번 와봤던 음식점을 길치인 세경이 기억할 리가 없었다. 내비가 안내하는 대로 고속도로를 빠져나온 뒤에 귀옥이 계속 "길이 이상하다, 잘못 나온 것 같은데"라고 했기 때문에 세경은 더 자신감을 잃었다.

어떻게? 들어가?

차에서 내린 귀옥이 세경 쪽으로 다가오며 물었다. 음식점 앞 왕복 이차선도로에 지나가는 차량은 거의 없었다. 평일 월요일이었다. 시간은 점심시간을 훌쩍 지났고 주변에 다른 음식점은 보이지 않았다.

그냥 여기서 먹자.

영옥이 말하자 귀옥은 마뜩잖은 표정으로 입구의 유리문 안으로 들어갔다. 세경이 귀옥과 영옥의 뒤를 느릿느릿 따라 들어갔다. 벽면 가득 붙어 있는 포스트잇을 보자 세경은 이 집이 맞는지도 모르겠다고 생각했다. 메뉴판에는 곰칫국 말고도 가자미구이가 적혀 있었다. 메뉴를 보자 세경은 비로소 이 집이라는 확신이 들었다. 곰칫국 2인분과 가자미구이 1인분을 시키며 세경은 말했다.

여기 곰칫국 맛있어.

그 말에 귀옥은 눈을 흘겼다. 지가 언제부터 맛을 따졌다고. 귀옥은 세경이 맛을 얘기할 때마다 못마땅했다. 귀옥의 입에는 맛있기만 한 음식도 세경은 한입 먹어보고는 눈살을 찌푸리곤 했다. 그게 다 제부 탓이지. 그렇게 까다로운 식성을 맞추다 보니 세경도 변한 거야. 세경과 제부 둘 다 까다로웠다. 귀옥은 까다로운 사람은 질색이었다. 세상에 자신을 맞추지 않고 세상 보고 자신한테 맞추라고 하는 사람. 가리는 게 없어야 복이 있는 법이라고 귀옥은 믿고 있었다.

반찬이 놓이고 곰칫국 냄비를 올려놓은 휴대용 버너에 불이 붙고 가자미구이가 기름기가 쫙 빠진 채 알맞게 구워져서 나왔다. 곰칫국은 시원했다. 국물을 몇 수저 먹은 뒤에야 세경 이마의 미간이 펴졌다. 영옥이 국자로 국물을 뜨면서 말했다.

이거 여러 번 만들어 먹었어.

세경의 마음에 이내 실망감이 번졌다. 행여나 못 찾을까 노심초사하며 '숙자네 집'을 찾았던 까닭은 영옥에게 특별한 맛을 느껴보게 하고 싶었기 때문이었다. 식당 음식으로 영옥을 만족시키기는 쉽지 않다. 영옥은 무엇이든 집에서 만들어 먹는다. 그러느라 쉴 틈이 없었지만 영옥에게 외식은 사치라기보다는 낭비였다. 영옥은 메뉴판에 적힌 가격을 보았다. 저 돈이면 재료 사서 몇 번은 해 먹겠다. 영옥은 아까운 생각이 들었다. 내색은 하지 않았다. 어차피 돈은 동생들이 낼 것이다. 그렇다고 받아먹기만 해서는 안 되지. 영옥은 가자미 살을 바르기 시작했다.

언니, 그냥 놔둬.

아니야.

놔두라니까.

괜찮아. 먹기 좋게 내가 바를게.

세경은 귀옥과 영옥이 실랑이하는 것을 보면서 영옥이 조금 전 발라놓은 가자미 살에 젓가락 든 손을 뻗었다. 연하고 부드러운 가자미 살이 젓가락 끝에서 바스러졌다. 세경은 문득 자신이 너무나도 싫어졌다.

제일 잘 올라가네.

귀옥이 곁에 있는 세경에게 앞을 가리키며 말했다. 영옥은 무장에 도로리고 불리는 평평한 산책길을 앞장서 걷더니 저만치 앞에서 시작되는 돌계단을 오르고 있었다. 돌계단 옆으로는 계곡이었다. 귀옥과 세경이 나란히 걸었다. 세경은 자꾸 걸음이 뒤쳐져 계단을 오른 뒤에는 귀옥과 열 걸음 이상 차이가 나게 멀어졌다.

단풍이 어디 있나? 세경은 자주 걸음을 멈추고 계곡 쪽으로 가지를 늘어뜨린 나무들을 둘러보았다. 산 아래 나뭇잎들은 완전히 물들지 않았다. 가지 끝이 불긋할 뿐이었다. 고개를 들어 산봉우리를 보아도 뿌연 대기 속에 붉은 색감은 그다지 두드러지지 않았다. 세경의 곁으로 등산객들이 바쁘게 올라갔다. 그들의 힘찬 발걸음은 정상까지라도 올라갈 기세였다.

두세 시간 후면 해가 질 터였다. 너무 늦게 출발했다. 국립 공원은 입구에서부터 차량 정체가 길게 이어져 있었다. 주차하기까지 가다 서다 반복한 것이 삼십여 분이었다. 점심을 먹을 때만 해도 평일이라 사람이 없나 보다 했는데 그게 아니었다. 귀옥이 첫째 날 산에 다녀와야 다음 날 아침에 여유 있게 쉴 수 있다고 해서 점심을 먹자마자 달려온 거였다. 둘째 날 아침에 일찍 왔으면 막히지 않았을 텐데. 서울에서 출발할 때부터 어그러져 있던 세경의 마음이 또다시 삐그덕댔다.

돌계단의 중턱에서 영옥과 귀옥이 기다리고 있었다. 세경은 한참 만에 올라왔다. 계곡 아래쪽 평평한 바위 사이로 물이 고여 있었다. 세경은 계곡에 고인 물을 내려다보았다. 물속에 계곡 건너편의 나무들이 그대로 곤두박질쳐 있었다. 그가장자리로 너무 맑아서 푸른색이 감도는 물. 그건 물의 색이아니야. 물에 비친 하늘의 색이야. 물이 푸른색인 것은 하늘이 맑다는 뜻이야. 세경은 속으로 자문자답했다. 하지만 애초에 흙탕물이라면 거기에도 파란 하늘이 비칠까?

귀옥이 영옥에게 물었다.

안 힘들어?

응. 나 요새 길을 걸어가다 보면 춤추고 싶어진다.

뜬금없는 영옥의 말에 세경도 고개를 돌렸다.

그리고, 왜 하늘 높이 나는 거 있잖아?

뭐?

행, 행.

아 행글라이더?

어, 행글라이, 그거, 그거도 한번 타보고 싶고.

언니 나이를 생각해야지.

귀옥이 나무라는 투로 걱정스럽게 말했다.

이상해. 요샌 몸으로 하는 게 그렇게 하고 싶어 견딜 수가 없어. 내가 원래 동적인 사람이었나 봐. 애 보느라 집에만 있어서 그런가?

장애인 시설에서 박봉으로 일하는 영옥의 딸은 아이를 맡기면서도 엄마에게 아무 사례도 하지 않는다고, 서울에는 일자리가 널려 있을 텐데 지방에서 고생한다고, 평소에도 귀옥이 성화였다. 영옥이 편하게 지내지 못하는 것을 보면서 귀옥은 늘 안타까워했다. 한 번씩 귀옥이 추진하는 자매들의 여행은 말하자면 영옥을 일상적인 돌봄 노동에서 잠시 빼내기 위한 탈주 같은 거였다.

키가 작은 영옥은 날다람쥐가 종종거리며 나무 위를 오르듯 돌계단 위를 뛰어 올라갔다. 세경은 숨이 찼다. 비교적 완만한 오르막을 오르는데도 헉헉댔다. 아니 그냥 서 있기만 해도 힘이 들었다. 비선대. 신선이 와서 머물다 승천했다는 바위 밑까지 올라갔을 때 세경의 얼굴은 핏기가 하나도 없이 하얗게 질려버렸다. 더 이상 한 발짝도 더 걸을 수 없을 것 같았다. 여러 날 신경에 날이 서 있기는 했지만, 이 정도일 줄은 세경 자신도 몰랐다. 세경에게 코앞으로 닥친 중요한 일, 그것은 공모였다. 세경의 경력 단절을 만회할 수 있는 절호의 기회. 그 기회를 앞두고 지나치게 긴장한 나머지 세경은 섭식 장애와 수면 장애를 겪고 있었다. 귀옥은 못마땅한 듯이 세경을 한번 힐끗 보더니 곧 고개를 돌리고 외면했다. 영옥이 걱정스럽게 다가와 물었다.

힘드니? 좀 쉴래?

철제다리가 있는 곳에 앉아서 한참 휴식을 취한 끝에 세경은 일어날 수 있었다. 귀옥은 풍경도, 등산도 관심 없다는 듯 다시 철제다리 밑으로 내려가서 혼자 먼 데를 보며 서 있었다. 영옥이 사진을 찍겠다고 해서 세경은 바위를 배경으로 한 영옥의 독사진을 여러 장 찍었다. 카톡 사진을 바꿔야겠어. 방금 찍은 사진을 다시 보며 영옥은 앞니를 드러내고 웃었다. 영옥이 다리 밑에 있는 귀옥을 불렀지만, 귀옥은 고개를 가로 저었다.

철제다리에서 바로 하산이었다. 내려갈 때도 세경은 한참 뒤처졌다. 영옥과 귀옥이 몇 번이나 뒤돌아보며 세경을 향해 뭐라고 소리쳤다. 저들은 왜 날 가만히 안 놔두나. 도대체 뭐라고 말하는 건가. 어렸을 때부터 줄기차게 이어져온 자매들의 잔소리가 떠올라 세경은 문득 진저리를 쳤다. 세경은 일부러 천천히 한 계단씩 내려갔다. 마침내 두 자매가 바로 코앞으로 다가왔다. 무슨 말인지 비로소 들렸다. 주머니에서 손 빼. 산 내려올 때 그거 얼마나 위험한 줄 아니?

시그니엘 빌리지 803호. 문을 열자마자 영옥은 탄성을 자아냈다. 실내 공간은 너무 넓어서 한눈에 다 들어오지도 않았다. 의자가 여덟 개나 있는 대형 식탁이 주방과 거실 사이에 있었고 거실 한쪽 벽면에 대형 벽걸이 TV가 걸려 있었고 TV를 마주 보는 자리에 기역 자로 소파가 배치되어 있었다.

로비에서 체크인하고 엘리베이터에 올라탈 때부터 화색이 돌던 귀옥의 얼굴은 객실 문을 여는 순간 드디어 활짝 펴졌다. 풍경도 등산도 아니었던 자신의 여행 목적. 그 목적지가 바로 눈앞에 있었다. 귀옥은 이미 어둠이 덮쳐 아무것도 보이지 않는 거실 유리창에 다가가서 말했다. 골프장 뷰라고 했는데. 저기에 골프장이 있을 거야. 넓지? 넓지? 여기서 스파도 할 수 있어. 석조 욕조가 어디 있을 텐데. 가만, 일단 장 봐온 거 정리 좀 하자.

영옥은 귀옥이 아일랜드 식탁 위에 올려놓은 비닐 꾸러미를 냉장고에 넣으며 넓은 실내를 훑어보았다. 자질구레한 살림이 없는 거실은 먼지 하나 없는 게, 마치 방송국 드라마 세트장 같았다.

세상에. 이런 데가 다 있네.

여긴 하룻밤에 얼마나 하는 걸까? 비싸겠지? 영옥은 싱크대에서 상추를 씻고 있는 귀옥의 뒷모습을 보았다. 들어오자마자 홈드레스로 갈아입은 모습이 한두 번 해본 솜씨가 아니다. 귀옥은 일손이 재빠르다. 일 처리도 빠르다. 귀옥이 아니었다면 진즉에 자신의 집은 경매에 넘어갔을 것이다. 몇 년마다 영옥은 귀옥에게 목돈 신세를 져왔고 그걸로 지금까지 버틸 수 있었다. 그 빚을 틈틈이 갚는다고 갚아왔지만, 마음의 빚을 생각하면…… 영옥은 귀옥을 볼 때마다 가슴이 탁 막혀 왔다.

세경은 컨디션이 안 좋았다. 숙소에 오기 전 휴게센터에 들렀을 때 주차장에 남아 깜박 잠을 잤는데도 일어나니 온몸이 무거웠다. 귀옥이 체크인하는 동안 세경은 차를 지상으로 이동시켰다. 산에서 내려온 순도 높은 차가운 공기가 한순간 세경의 머리를 멍징하게 했다. 하지만 엘리베이터를 타고 실내로 들어온 순간 세경의 가슴은 다시 조여들었다. 소규모 워크숍을 해도 될 만큼 넓은 공간에서 자매들의 작은 키는 더 작아 보였다. 한 번씩 세경은 자매들이 자신과는 다른 세계에 사는 것 같았다. 아니 자신이 자매들의 세상에서 추방된 것만 같았다. 세경은 소파 한구석에 몸을 내던지듯 주저앉았다.

피곤하니? 넌 거기서 쉬고 있어.

그래, 넌 쉬어.

영옥과 귀옥이 이구동성으로 말했다. 세경이 주방일 하는 맵시가 서투르고 성에 안 차서 그러는 것이리라. 함께 있을 때 세경은 늘 주방에서 밀려났다. 무시당하는 느낌이 들기도 했지만, 주방일을 안 하는 안락함에 편승하는 마음이 더 컸다. 주방 싱크대에서 물이 쏟아지는 소리와 상추에 묻은 물을 털어내는 소리가 들렸다. 쏴쏴, 툭툭, 경쾌하게 들려오는 소리가 차츰 멀어지더니 세경은 깜박 잠이 들었다.

세경이 잠에서 깼을 때 아까는 없던 온기가 실내에 골고루 퍼져 있는 게 느껴졌다. 식탁에는 스티로폼 용기가 여러 개 놓여 있었는데 회센터에서 떠 온 회와 해산물이 수북하게 담겨 있었다. 무료로 제공된다는 와인도 잔에 따라 놓여 있었다. 귀옥은 자신은 먹지도 않으면서 연신 맛있지? 했다. 뒤늦게 자리에 앉아 한 점 입에 넣은 세경은 회가 지나치게 물컹거린다고 생각하며 순간적으로 인상을 썼다. 그것을 본 귀옥은 슷세 세경의 얼굴을 외면했다. 그래도 와인은 먹을 만해서 세경의 잔은 금세 비었다.

너 일 안 해도 돼?

세경이 새로 와인을 따르려고 병을 끌어당기는 것을 보고 귀옥이 물었다.

응. 이따 새벽에 일어나서 하려고.

애는 술만 보면 사족을 못 쓰더라.

귀옥은 세경을 향해 눈을 흘기면서도 세경의 손에서 병을 뺏어 자신이 따라줬다. 세경의 잔에 와인이 쏟아지면서 꿀렁꿀렁 소리를 냈다. 귀옥은 영옥을 향해 말했다.

언니도 더 마셔, 응?

응. 난 이거면 돼. 한 잔만 마셔도 가슴이 따뜻해지니 좋네.

이 빌리지, 정말 좋지? 좋지?

귀옥이 눈을 껌벅이며 몇 번이나 물었다.

응. 드라마 세트장에 온 거 같아. 그런 데 가보진 않았지만.

좋지? 좋지? 하고 반복해서 묻는 귀옥의 말이 세경은 거슬렸다. 그 말에는 어떤 강요와 은근한 과시가 숨어 있다고 느꼈다. 아니, 어떤 촌스러움. 세경은 803호 안으로 들어올 때부터 껄끄럽던 느낌이 무엇인지 이제야 알았다. 유난히 환해지던 귀옥의 얼굴. 새 차를 뽑았을 때, 백화점에서 명품 가방을 샀을 때, 강남의 일식집에서 사 온 스시를 내밀며, 너 이런 거 알아? 할 때의 그 표정, 그 표정에 담긴 어떤 촌스러움, 부잣집에서 두리번거리는 가난뱅이 같은 촌스러움, 그것이 세경은 싫었다.

뭐 그래봤자 콘도지.

세경은 앞에 놓인 잔에 손을 뻗으며 말했다. 레드 와인의 시큼한 과일 향이 혀끝에 닿더니 이내 입안에 퍼졌다.

여긴 빌리지야. 그냥 콘도랑 달라.

귀옥이 참지 못하고 한마디 덧붙였다.

세경이 넌 왜 그렇게 삐딱하니?

엄마 사랑에 굶주려서 그런가 보지 뭐.

애정 결핍. 그것은 늦둥이였던 세경이 걸핏하면 갖다 써먹는 방패막이요 자신의 심리적 알리바이였다. 귀옥이 손사래를 치며 말했다.

무슨 소리야, 애, 넌 애정 과다야. 제일 힘들게 자란 사람이 누군 줄 알아? 나야, 나. 엄마가 밥을 푸면 말이야, 제일 먼저 아버지, 그다음 아들, 그다음 막내, 그리고 제일 나중에 내 밥을 펐어.

귀옥은 잠시 상념에 잠겼다. 집안의 구박덩어리. 형제자매 중 가장 찬밥. 아직도 가슴에서 지워지지 않는 말은 미옥이 발가락 때나 빨아먹으라는 말이었다. 엄만 어떻게 그런 말을 할 수 있을까. 하지만 귀옥은 일찌감치 눈을 집 밖에 있는 세상 쪽으로 돌렸다. 자매 중 아무도 안 간 여상을 나와서 회사에 취직하고 자신이 선택한 사람과 결혼하고 아이를 낳고…… 엄마 말 안 듣기를 잘했지, 뭐. 엄마가 그토록 애지중지했던 영옥이나 미옥이 지금 어떻게 살고 있냐 말이다. 어려서 자신이 받았던 구박과 차별 대우는 귀옥이 명절 때마다 단골로 쏟아냈던 푸념이다.

귀옥이 아무 거리낌 없이 돈을 쓰게 된 지는 몇 년 되었다. 귀옥은 이제 여유를 갖고 세상을 내려다보았다. 돈이라는 게 그랬다. 한번 모으기까지가 어렵지, 어느 정도 모이고 나면 돈이 돈을 불렸다. 돈 쓰는 재미. 그게 이렇게 좋을 줄 몰랐다. 한동안 귀옥은 그 재미로 살았다. 할인 기간마다 백화점을 순례하고, 해외여행을 다니면서, 싸고 괜찮은 물건이 있으면 무조건 사들였다. 일본 오사카에서 봉투 가득 담아온 온갖 파스들, 피렌체 재래시장에서 번역기를 돌려가며 샀던 트러플 올리브 오일과 치즈, 파리 약국에서 산 이름도 외우기 어려운 화장품 엠브리올리스 레크렘 콘센트레, 몽골 면세점의 울 소재 목도리, 호주에서 산 양모 방석. 귀옥은 늘 다섯 개씩 샀다. 그것들을 자매들과 올케에게 하나씩 돌릴 때의 맛이기가 막혔다. 하지만 뭐니 뭐니 해도 가진 게 없는 사람에게는 쓸데없는 기념품보다 돈이 최고였다. 명절 때 귀옥이 자매들에게 주곤 했던 금일봉. 외투 주머니나 가방 같은 데에 재빠르게 봉투를 찔러 넣을 때, 그 짧은 순간, 귀옥은 짜릿했다. 그 짜릿한 순간 귀옥은 느꼈다. 돈이란 갖고 있을 때보다 누군가에게 거침없이 줄 때 우월적인 지위를 안겨준다는 것을.

그러다가 귀옥은 우연히 남편이 친구들과 하는 얘기를 듣게 되었다. 너무 없는 집 여자랑은 결혼하면 안 된다고, 그러면 돈주머니가 그쪽으로 새는지 늘 주시하게 된다고. 그래서 자기 눈이 옆으로 찢어지게 되었다고, 남편은 친구들과 낄낄거리며 가난한 처가를 술안줏거리로 삼고 있었다. 귀옥은 달아오른 얼굴 속 분노에 찬 표정을 숨기느라 안면 근육에 힘을 주었다. 오냐, 계속 그렇게 주시해라. 난 미세한 틈 사이로도 얼마든지 퍼줄 수 있으니. 그 뒤로 귀옥은 남편 몰래 악착같이 한 푼이라도 더 챙겼다.

내가 웃긴 얘기 하나 할까?

귀옥이 갑자기 생각난 듯 말했다.

있잖아. 내가 진영이 아빠한테 그랬다. 여보, 나한테는 당신이 로또야. 그러니까 우리 단순한 진영이 아빠가 좋아서 죽는 거야. 자기가 무슨 행운의 상징인 줄 알고 말이야. 그래서 내가 그랬지. 왜 로또인 줄 알아? 당신은 한 번도 맞은 적이 없거든. 그러니까 로또지.

어머, 어머, 애. 호호호.

영옥이 참지 못하고 웃어댔다. 세경은 하품이 나오는 것을 가까스로 손으로 가렸다. 세경이 그리워했던 자매들과의 만남, 막상 만나고 보면 서로 대화의 핀트가 어긋났다. 혈육. 만나면 곧 벗어나고 싶어지는 관계. 술기운이 올라서 그런지 실내 공기가 새삼 갑갑했다. 밖으로 나가고 싶었지만, 세경의 무서워진 몸은 꼼짝도 하지 않았다.

귀옥은 뭔가 충족되지 않는 느낌이었다. 지루해 못 견디겠다는 세경의 표정 때문일까? 전에 골프 멤버들과 왔을 때는 왁자지껄하니 재미났었는데. 요즘 귀옥은 모든 게 시들했다. 돈 쓰는 재미도 전과 같지 않았다. 카드 결제 때문이었다. 카드 결제는 지갑에서 카드를 꺼내 단말기에 꽂는 그 짧은 순간이 지나면 작은 종이 쪼가리에 숫자가 적힌 영수증을 받는 것으로 허망하게 끝나버렸다. 지갑에서 지폐를 꺼낼 때의 그 맛이 사라진 것이다. 돈 쓰는 재미 말고 귀옥에게 무엇이 있을까? 수예, 화초, 디아이와이로 가구 만들기, 제빵, 다과 만들기…… 온갖 것을 다 해보았는데도 귀옥은 곧 싫증이 났고 그 싫증 끝에는 허망함이 자리 잡았다. 소파 건너편의 TV 화면에 쭈글쭈글한 얼굴이 비쳤다. 저게 내 얼굴일까? 귀옥이 고개를 옆으로 돌리자 거기 영옥의 얼굴이 있었다. 끝없이 이어지는 돌봄 노동에도 맑기만 한 영옥의 얼굴이. 그럼, 뭐 해. 고생만 바가지로 하는데. 귀옥은 괜히 심사가 뒤틀렸다.

핸드폰이 울렸다. 소파 아래 손가방에서 영옥이 핸드폰을 끄집어냈다.

어, 어, 잘 놀고 있어. 그래, 알았어. 걱정하지 마.

영옥은 한참을 대답만 하다가 끊었다.

누구야? 귀옥이 물었다.

누구긴. 종수 씨지. 하루도 안 되었는데 찾는다. 나, 참. 너희들한테 자기 얘기는 절대 하지 말라고 신신당부하더라.

영옥은 자리에서 일어났다. 이제 슬슬 식탁을 정리할 때가 되었다고 귀옥도 생각하고 있었다. 남은 회를 정리해서 냉장고에 넣고 빈 그릇을 치우느라 어수선했다. 세경은 혼자서 반 병쯤 마신 와인에 취해 온몸이 흐물흐물해졌다. 세경은 잠겨드는 의식을 붙들고 자매들에 대해 생각했다. 자기보다 한 세대쯤 위의 여자들. 영옥도 귀옥도 마음에 들지 않았다. 가족을 돌보고 피붙이를 도와주는 데 진심인 여자들. 그들이 자신보다는 더 선한 여자들이었다. 선한 여자들은 왜 마음을 불편하게 할까. 세경은 도망치듯 현관 가까운 쪽 침실로 가서 눈을 감고 잠 속으로 자신을 밀어 넣었다.

바위는 우람했다. 우뚝 솟은 바위 무리가 병풍처럼 둘러쳐

268

져 있었고 그것이 통유리창 안에 알맞게 들어차 있어서 마치 유리 안에 보관되고 있는 것처럼 보였다. 통유리창에 붙어 있는 테이블은 이미 만석이었다. 테이블이 없는 공간에도 바위를 보려는 사람들로 북적댔다. 실내복 차림, 혹은 등산복 차림의 여행객들이 가방을 한쪽으로 밀쳐놓고 자리를 잡기 위해 테이블 사이를 분주하게 오갔다.

여기야, 여기.

귀옥은 손님 접대하는 안주인처럼 영옥과 세경의 소매를 잡아끌었다. 아침을 먹자마자 짐을 꾸려 서둘러 체크아웃을 한 뒤였다. 귀옥은 이 카페는 꼭 들러야 한다고 성화였다. 바위를 보기에 더 적합한 자리를 찾느라 귀옥의 눈은 바삐 움직였다.

안 되겠다. 그냥 아무 데나 앉아야겠어.

귀옥이 가리킨 자리는 통유리창에서 떨어져 있는 가로로 긴 테이블이었다.

여기 앉아 있어. 내가 커피 주문하고 올게.

영옥이 자리에서 일어나서 데스크 쪽으로 가는 사이에 통유리창 쪽 자리가 하나 났다. 귀옥은 재빠르게 뛰어가서 가방을 올려놨다. 그런데 갑자기 옆 테이블에서 스님이 나타나더니 테이블에 올려놓은 핸드폰을 끌어당기며 말했다.

제가 먼저 맡았어요.

귀옥은 무안해져서 얼른 고개를 돌렸다. 잠시 후 스님은,

괜찮으시다면 합석할까요? 하고 물었다. 목소리가 푸근한 비구니 스님이었다. 귀옥은 세경에게 손짓했고 세경은 캐리어를 끌고 그쪽으로 가서 앉았다. 조금 후에 영옥이 전동벨을 가져왔다. 한참 시간이 지난 뒤 전동벨이 울려 세경이 커피를 받아오는 사이에 스님과 간단히 인사를 나누었다. 귀옥이 스님에게 물었다.

스님, 제가 전에 인도를 여행했는데요. 그 나라 사람들은 참 신기하더라고요. 거기에 아직 신분제가 남아 있잖아요? 그런데 누구도 불만이 없더라고요. 왜 그런 건가요?

스님이 뭐라 말하는데 잘 들리지 않았다.

뭐라고요?

아, 제가 임플란트 때문에 이를 빼서 말이 잘 안 나와요.

어쩐지 아까부터 손으로 입을 가리더라니. 귀옥은 스님이 하는 말을 간신히 알아들었다. 어쩜, 스님들도 임플란트를 다 하네. 영옥은 안쓰러운 표정으로 스님을 보았다. 귀옥이 다시 말했다.

그 사람들은 좋은 일을 많이 하면 다음 생에 신분을 바꿀수 있다고, 그래서 불만 없이 착하게 산다면서요? 그게 정말일까요?

스님은 두 손을 모아서 입을 가린 채 고개를 끄덕였다. 귀옥은 자기가 착하게 산 걸까? 의문이 들었다. 남에게 베푼다고 착한 게 아니었다. 언제나 자기 몫은 더 많이 남겨두었으니까. 늘 무엇을 저장하고 모아두어야 한다는 강박관념에 시달렸는데 그것은 어릴 때 가난했기 때문이라고 귀옥은 생각했다. 다음 생에는 가난의 기억이 없는 사람으로 태어나고 싶었다. 그러다가 이내 생각을 고쳤다. 남들 눈에는 편하고 안락한 삶으로 보이지만 성질 급한 남편 시중드는 일에 귀옥의 자존심은 종종 만신창이가 되었다. 그래, 남편의 남편으로 태어나는 거다. 그래서 그대로 해주는 거다. 기운이 난 귀옥에게 갑자기 정말 자신이 원하는 것이 떠올랐다. 신분 같은 거 필요 없어. 다음 생에 태어나면 십 센티만 더 컸으면 좋겠다. 그래야 백화점 옷을 입어도 태가 나지. 그 생각을 하면서 귀옥은 조금이라도 키가 커 보이게 하려고 머리를 쑥, 올렸다.

천주교 신자인 영옥은 천국과 지옥 사이에서 갈팡질팡했다. 천국을 가겠다는 것은 욕심인 것 같았다. 그렇다고 설마 지옥에 가지는 않을 테지? 살면서 나쁜 일은 그다지 하지 않았는데. 영옥의 생각은 어느덧 남편 때문에 지게 된 빚에 꽂혔다. 주택담보대출, 카드 돌려막기, 카드론, 귀옥에게 진 빚, 맏이로서 제 역할을 하지 못한 마음의 빚…… 빚은 영원히 갚지 못할 것처럼 윤회의 수레바퀴에서도 순환하고 있었다. 빚의 수레바퀴에서 벗어나는 길이 무엇일까? 빚을 다 갚지 못하고 죽어도 천국에 갈 수 있는 것일까? 영옥은 할 수만 있다면 천국에 가고 싶었다. 천국을 떠올리자, 영옥의 가슴은 빛으로 가득 차오르는 듯했다. 사실 영옥은 매일 천국을 느꼈다. 이

번 여행만 해도 단풍도 보고, 맛있는 회도 먹고, 바다도 보고, 동생 덕분에 자신은 천국에 온 것만 같았다. 세경은 영옥과 귀옥의 진지한 표정을 보면서 속으로 피, 하고 콧방귀를 끼었다. 천국? 지옥? 그런 게 어디 있다고. 죽으면 다 그만이지. 세경은 시선을 창 쪽으로 돌렸다. 커다란 통유리 밖으로 우람하게 솟은 바위들. 저렇게 아름다운 바위를 사람들은 왜 유리창을 통해서 보려고 하는 걸까? 창밖으로 나가서 보면 바위의 모습은 더 다채로운데. 세경은 통유리창에 파리 떼처럼 몰려든 사람들을 이해할 수 없었다.

날은 이미 어두워졌고 이천 부근부터 막히기 시작했다. 서울로 돌아오는 차 안에서 귀옥도 세경도 한마디도 하지 않았다. 점심을 먹으러 간 식당에서부터 둘의 사이는 틀어졌다. 귀옥은 맛집으로 소문난 물회 집에서 번호표를 뽑으며 기다린 끝에 식사가 끝나자마자 돌아가자고 했고 세경은 여기까지 왔는데 바다를 보고 가야 한다고 했다. 다시 귀옥은 물회 집 옆에 있는 호수도 바다를 막아서 만든 것이니 바다나 마찬가지라고 했고 세경은 바다를 보려면 제대로 된 바다를 보아야 한다고 떼를 썼다. 영옥은 둘 사이를 중재하면서, 쟤들은 왜 늘 부딪치는 걸까? 맏이로서 역할을 못 하는 자신에 대한 불만을 저렇게 표현하는 건 아닐까? 마음이 괴로웠다. 차를 타고 십여 분 달려가서 바다를 보기는 했지만, 귀옥과 세경 둘 다 이미 마음이 상해버렸다. 귀옥은 자신이 운전하겠다며 W시에서 영옥을 내려준 뒤에도 줄곧 운전대를 놓지 않았다. 조수석에 앉은 세경은 가시방석이었다. 계기판 기름 게이지의 바늘이 빨간 선 안으로 떨어지자, 기름통 표시가 깜박거리기 시작했다. 세경이 모처럼 한마디 했다.

아무래도 기름 넣고 가야겠어.

귀옥은 힐끗 세경을 바라보고는 말없이 고개를 끄덕였다.

다음 휴게소 나오면 그때 세워.

이번에는 앞을 보고 귀옥이 고개를 끄덕였다. 고속도로 양옆으로는 어둠이었다. 검은 벨벳을 깔아놓은 듯 부드러운 어둠이 펼쳐져 있었다. 세경은 운전에 집중하고 있는 귀옥을 곁눈질로 보았다. 왜 저렇게 고집스럽게 운전대를 놓지 않는 걸까. 냉정한 시선으로 귀옥을 훑어내리던 세경은 문득 그 얼굴 위로 무엇인가 흐르는 것을 보았다. 무엇이었을까, 가느다란 실 같은 그것은? 겹겹의 세월 속에 한 번도 제대로 펼쳐 보인 적 없었던 마음의 속살. 따뜻하고 부드럽고 말할 수 없이 연약한…… 말로 설명할 수 없는 어떤 빛. 그랬구나. 언제나 그런 마음이었구나. 곧 세경의 표정 위로도 부드러운 무언가가 흘러내렸다. 그것은 한순간이었지만 세경의 마음을 환하게 꽉 채웠다. 창밖을 바라보았다. 휴게소를 가리키는 이정표는 아직 나타나지 않았다.

빛과 상처의 기원

정홍수(문학평론가)

1

연작소설 『모경의 빛』에서 우리가 반복적으로 만나게 되는 것은 지난 연대 서울 변두리 산동네에 터를 잡은 한 가족의 초상이다. 도장업('뼁끼쟁이')으로 일곱 식구의 생계를 책임진 과묵한 아버지, 빈한한 살림일망정 자식들의 교육에 열성이었던 품 넓은 어머니, 그리고 1남 4녀의 자식들로 이루어진 가족의 이야기는 산업화와 민주화의 시대를 거치며 급속하게 변화해온 한국 사회의 한 전형을 담고 있다. 빈곤 탈출, 계층 상승의 사다리를 향한 열망이 사회 전체에 들끓었던 시기의 핍진한 이야기는 세목 세목에서 뭉클하고 착잡한 시간의 아우라에 둘러싸여 있다. 그런데 『모경의 빛』이 지나간 시간의 작은 실타래들을 기억의 힘으로 정밀하게 복원하며 하고자 하는 일은 그 변화하는 사회적 배경 안에 있으되, 끝내 해소되지 않는 개인적이고 실존적인 물음인 듯하다. 연작소설의 중심 화자는 집안의 막내딸이라고 할 수 있는데, 소설에서 일인칭의 '나', 이인칭의 '너'로 등장하거나, 때로는 '인해', '세경'과 같은 이름을 부여받고 삼인칭으로 나오기도 한다. 작가의 분신, 페르소나로 짐작되는 이 인물에게(박형숙의 첫번째 소설집 『부치지 않은 편지』에는 자전적 색채가 짙은 작품이 여러 편 실려 있는데, 표제작에 나오는 여성 화자 '나'의 가족 이야기의 디테일은 이번 연작소설과 많이 겹친다) 닥친 실존적 위기의식이 '가족'과 스스로에 대한 질문으로 이어지면서 아홉 편의 '가족 이야기'를 낳고 있는 것으로 보인다.

작가가 '나'에게 부여한 다양한 시점(視點)과 이름(가족의 여타 구성원들도 작품마다 다른 이름으로 등장한다)에서 연작소설의 자전적 성격을 역설적으로 되짚어볼 수도 있다. 그러나 거리감을 확보하기 위한 그 같은 소설적 방법을 포함해서 자전적 가족 이야기를 쓰는 일은 작가에게 거듭 곤경으로 다가왔을 가능성이 높다. 「열일곱 살의 강」에서 '나'는 창작촌에 글을 쓰기 위해 입주한 소설가로 나오는데 다음 대목은 『모경의 빛』을 쓰고 있는 작가의 자기 언급으로 보아도 무방할 것 같다.

아버지에 관해 발표했던 소설이 마음에 들지 않았다. 잘 쓰고 못 쓰고의 문제가 아니었다. 그 안에 그려진 아버지가 실제 아버지의 모습에 가닿지 못했다는 생각, 그 생각을 떨쳐버릴 수가 없었다.(166쪽)

여기서 '나'가 가닿지 못했다고 생각하는 '실제 아버지의 모습'이란 무엇일까. 기실 『모경의 빛』 전체가 아버지와 어머니, 형제들의 '진짜 모습'에 가닿기 위한, 그리고 가족 속의 '진짜 자신'에게 가닿기 위한 소설적 모색이라고 한다면, 우리는 이른바 '소설적 진실'에 대한 물음 앞에 작가와 함께 서 있다고 할 수도 있다. 동시에 우리는 이것이 최종적 답이 없는, '물음'의 형태로 지속될 수밖에 없다는 것도 알고 있다. 우리가 확인할 수 있는 것은 「열일곱 살의 강」의 '나'가 그 물음을 밀고 나가는 과정일 뿐이다. '나'는 작년 겨울부터 글을 쓰지 못하는 상태이며, 창작촌에 와서도 사정은 나아지지 않고 있다. "다시 읽어본 소설에서는 아버지에 대한 나의 분노만이 느껴졌다. 아버지는 희미했다. 선명한 것은 나의 감정이었다. (……) 아버지를 떠올리면 어딘가 꽉 막혀 있었다." (164쪽) 소설 쓰기도 꽉 막혀 있다. '나'는 쏟아지는 장대비 속에서 범람할 것 같은 강물을 향해, 그곳에 놓인 다리를 향해 다가간다. 다리 가장자리의 비좁은 난간에 한 발을 올려놓자 어디선가 소리가 들려온다. "건너지 마오, 건너지 마오." (165쪽) 이어서 소설은 쓰고 있다. "마침내 다리 가운데 왔다."(166쪽) 집어삼킬 듯이 회오리치고 있는 물살, 모든 것을 쓸어가버릴 것 같은 강물과의 대면. 현실의 자연이 이루는 배경과 '나'의 존재를 무화할 수도 있는 어떤 위기의식의 내면 풍경이 선명하게 겹쳐지고 있는 장면이다. 환청이 들려올 수밖에 없는 순간이 여기에 있다. 위기의식은 절실함의 다른 표현이기도 할 것이다. 그것 없이는 소설이 시작될 수 없는 자리. 「열일곱 살의 강」은 쏟아지는 비, 강물, 다리, 환청의 도움을 받아 아비지가 '열일곱 살'에 건넜을 강, 그리고 고단한 생의 마지막에 건넜을 강을 발견하고 상상하는 이야기에 도달한다. 그러니까 거리감 확보를 위한 시점(視點)의 이동 등 다양한 소설적 방법의 도입이 자전적 가족 이야기의 한 축이라고 한다면, 그 이야기'들'을 쓰지 않으면 안 되었던 절실함에 대한 끊임없는 자기 회의와 탐문이 이번 가족 소설의 한 축으로 자리 잡고 있다고 할 수 있다. 특히 후자의 문제와 관련해서 어머니와 아버지의 죽음이 '나'에게 망각되고, 제대로 애도되지 못했다는 뒤늦은 자각이 거듭 회귀하는 순간은 각별한 소설적 울림을 준다. 그 울림은 극히 개인적이고 실존적인 통증을 수반하고 있는 것이기도 하지만, 박형숙 소설의 한 원점인 '운동권 체험'의 세대적 의미를 새삼 일깨우고 있다는 점에서 또 다른 차원의 소설적 질문을 가능하게 하는 것이기도 한 것 같다. '모경의 빛'에서 '모경(母敬)'은 소설에 나오는 어머니의 이름이다. 아마도 이 명명은 소설이 찾고 가닿으려 한 진실 혹은 '빛'의 환유이기도 할 것이다. 연작소설의 문을 여는 작품 「너의 기원」은 희미하게나마 그 빛의 존재와 뒤늦 게 만나는 이야기다.

2

「너의 기원」은 오십대 중반의 여성 화자 '너'가 암 투병을 계기로 자신의 '기원'에 대해 질문을 던지게 되는 이야기다. 항암치료 과정에서 빠졌던 머리가 듬성듬성 나오기 시작했을 무렵, '너'는 거울 속 자신의 모습에서 서른다섯 해 전에 세상 을 떠난 엄마의 얼굴을 발견한다. 그렇게 "무의식을 가로지 르며 튀어나"(9쪽)온 엄마의 얼굴. 그 얼굴은 "산동네에서 자 란 너의 어린 시절과 데모와 반항으로 점철된 이십대의 어둡 고 격렬했던 기억"(35쪽)들을 불러온다. 과격한 진술도 나온 다. "사춘기를 암흑 속에서 보내고 난 뒤 너는 네 안에서 가 족들을 한 명씩 살해했다. 제일 먼저 엄마를, 다음에는 아버 지를, 오빠를, 언니들을."(35쪽) 발등으로 흘러드는 선홍색 주사액이 언젠가 보았던 연극 속의 붉은 그림, 마크 로스코의 「레드」를 떠올리게 하면서 이어지는 연상들. '살의'라는 과장

된 표현을 걷어내고 보면, 암 발병, 수술, 항암치료의 힘든 과정을 거치며 '너'의 '의식'이 아니라 '몸'이 주관하는 전면적인 반성의 시간이 찾아온 것이다. 이 시간이 '너'에게 특별한 것은 그간의 삶에서 '너'가 스스로에게 강요했던 어떤 '의식' 혹은 '관념'이 여기에 완강하게 버티고 있었기 때문인데, 소설의 다음 대목을 보자.

기억하는 한, 너는 언제나 현재를 살았다. 아니 그렇다고 스스로 믿고 있었다. 과거는 오래전에 지워졌고, 오지 않은 미래 또한 네 것이 아니었다. 한 사람의 일생을 소급해 들어가서 그 기원을 따지는 심리학을 너는 신뢰하지 않았다. 역사가 한 단계 한 단계 나아간다는 진보에 대한 믿음 또한 버린 지 오래되었다. 너에게 확실한 것은 오직 눈앞에서 벌어지고 있는 지금, 이 순간이었다.(16쪽)

"아니 그렇다고 스스로 믿고 있었다"는 표현이 진술의 아이러니를 형성하고 있거니와, '기원'과 '진보'에 대한 '단호한' 부정의 어조 또한 일종의 '자기 억압' 혹은 '자기기만'의 여지를 암시하는 것 같다. 달려도 달려도 제자리일 뿐이지만, 그럼에도 끝없이 달리도록 스스로를 밀어붙여온 '너'의 삶은 혹시 무언가를 회피하고 거기서부터 도망쳐온 시간은 아니었을까. 운동권 경험, 취직(여성 차별)과 결혼, 시나리오 쓰기(글쓰기), 경력 단절, 비정규직, 중산층 진입을 위한 몸부림으로 이어져온 그 '제자리 달리기'는 '너'의 세대 여성의 한 행로이기도 하겠지만, 그것과 함께 혹은 그것과 별개로 '너'가 스스로에게 묻지 않은 무언가가 있지는 않았을까. 「너의 기원」은 이 물음이 투병 중의 고통스러운 몸에 찾아온 과정을 정직하게 드러내 보이면서 '가족 이야기'를 향한 여정을 시작한다. 꽃을 좋아했던 엄마. 엄마가 병약한 몸으로 산동네 이층집의 좁은 옥상에 만든 꽃밭. 중학교 2학년이던 '너'는 장독대 앞에서 엄마와 함께 사진을 찍었다. '너'가 거울 속에서 발견한 '너-엄마'의 얼굴은('너'는 지금 그 무렵의 엄마 나이가 되어 있다) 그날 그 시간과의 대면으로, '너'가 부인했던 '너'의 '기원'으로 '너'를 데려간다. 그 기원의 풍경 속에 산동네 작은 방에 엄마가 걸어둔 '努力 成功'의 액자가 있다. '너'의 '달리기'가 시작된 지점. 사춘기 소녀를 매혹시킨 문학적 교양의 세계, 대학 시절의 강렬한 이념 따위보다 더 끈질기게 '너'를 형성했던 정신과 몸의 기원이 거기 있었다. "그 글자들은 자라면서 머릿속 너의 일부가 되었고 시시때때로 솟구쳐 나와 너에게 명령하는 목소리가 되었다. 달려라, 달려, 빨리, 더 빨리……"(37쪽) 그 목소리는 결혼 이후 헤쳐나가야 했던 답답하고 막막한 시간 동안에도 계속 '너'를 따라왔던 것 같다. '너'는 달리고 달렸던, 언제든 뛸 자세가 되어 있던 숱한 시간의 목록을 가지고 있다. '멈춤'의 경고는 일차적으로 병든 몸을 통해 왔다. 그리고 기원에 대한 물음으로 보완되어야 했다. 그러나 삶의 이야기에 관한 한 기원은 시간의 저편에 놓여 있는 고정된 실체가 아니다. 차라리 그것은 소용돌이치는 또 다른 혼돈과의 대면일 수 있다. '옥상 꽃밭의 엄마'가 '너'를 감싸는 빛의 기원이고, '엄마의 액자 속 네 글자'는 고통과 상처의 기원이었을까. 그렇지 않을 것이다. 그 둘은 하나이거나 뒤엉켜 있다. 혹은 기원의 자리에는 빛과 고통이 함께 있다. 연작소설을 여는 「너의 기원」의 마지막 질문이 자연스럽다면 그래서일 것이다.

너를 따뜻하고 환하게 비춰주는 빛, 그 빛은 어디에서 왔나? 네가 상처며 아픔이며 고통의 기원이라고 여겼던 그곳, 그 사람들은 지금 어디에 있나?(38쪽)

이제 이 물음을 따라 빛/고통의 기원으로 가는 소설의 본격적인 여정이 시작된다. 그리고 그 여정이 오랜 부인(否認)과 망각 뒤에 와야 했던 이유가 드러난다. 연작소설 전체에서 가장 핵심적인 사건은 어머니와 아버지의 죽음이라 할 수 있는데, 여러 작품에서 반복적으로 그려지는 그 죽음의 시간에 소설의 중심 화자 '나'('너')는 왠지 비껴나 있다. 구체적인 정황과는 별개로 여기에는 마음의 공백이 있다. 애도는 제대로 이루어지지 않았다. 소설은 계속해서 그 순간으로 돌아가려고 한다. 그 돌이킴이 뒤늦은 애도의 시간이 될 수 있을까. 아픈 질문과 함께 어머니와 아버지, 형제들에 대해 '나'가 잘못 알고 있던 것, 망각했던 사실들이 돌아온다. 기원의 풍경은 계속 수정되면서 현재의 '나'를 흔들고 움직인다. 이 움직임이 '나'에 대한 새로운 발견, '나'에 대한 더 너른 인식으로 이어질 수 있을까. 기원에 대한 질문, 뒤늦은 애도를 향한 안간힘은 '나'의 실존적 위기와 원환(圓環)처럼 맞물려 있다.

연작소설 속 작품들은 서로를 향해 열려 있다. 「너의 기원」에서 오랜 망각을 뚫고 돌아온 어머니의 이야기는 「모경」과 「외롭고 높고 쓸쓸한」에서 각기 다른 시점(視點)과 기억의 조망 속에 놓인다. 「너의 기원」의 '너'는 「모경」에서 오 남매의 막내딸 '인해'라는 삼인칭의 자리로 물러서며, 「외롭고 높고 쓸쓸한」에서는 큰언니가 쓰는 편지글의 수신자('수영'이라는 이름을 부여받고 있다)가 된다. 두 작품에서 어머니의 모습은 조금씩 어긋나게 기억되고 서술된다. "네가 아는 엄마와 다르다고? 엄마가 집안 살림에 도통 관심이 없고 밖으로만 나돌고 히스테리만 부렸다고? 아니, 아니야. 그건 엄마의 참모습이 아니야. 그건 아마도 갱년기 때문에 어쩔 수 없이 생겨난 질병 같은 것이었을 거야."(「외롭고 높고 쓸쓸한」, 85쪽) 아픈 엄마 대신에 집안 살림을 챙겨야 했던 큰딸의 고백 속에는 사춘기 시절을 외롭고 어두웠던 시절로 기억하고 있는 '너'에 대한 안타까움도 있다. 마주 서 있는 두 작품을 통해 작가는 가난과 가족으로부터 탈출하려 했던 '너'의 좁고 조급한 의식을 확장하려 한다. 그런데 이러한 시점의 보완, 기억의 편차란 결국 작가의 페르소나인 '나'/'너'(혹은 인해, 수영)의 의식의 분화이기도 하다는 점에서 소설 곳곳에서 드러나는 공통의 기억 요소에 대한 관심으로 우리를 이끌기도 한다.

「모경」에서 어린 인해에게 가난에 대한 부끄러움을 각인시킨 삽화는 '냄새'와 관련된 것이다. 인해의 집에 왔던 반 친구가 일깨워준 냄새. "오랜 시간 익숙해져서 자신과 하나가 되어 있었던 냄새. 그것은 아버지가 방에서 피우는 담배 냄새와 방 한구석에서 띄우던 청국장 냄새와 묵은 옷들에서 나는 군내가 범벅이 된 달동네의 냄새였다. 담배 구멍이 숭숭 뚫린 장판지와 낡은 벽지 위로 스며들었던 가난의 냄새."(49쪽) 「외롭고 높고 쓸쓸한」의 큰딸도 '냄새'를 언급한다. "청국장 냄새가 지독해서 다른 애들은 구리다고 다 도망치는데 나는 그것도 괜찮았단다."(77~78쪽) 두 자매의 상이한 반응과는 별개로 여기에는 박형숙 소설의 기억술과 관련된 어떤 기원적 풍경이 있는 듯한데, 첫 소설집의 표제작 「부치지 않은 편지」(2006)에서 대학생인 여성 화자 '나'는 공단에 '위장 취업'한 운동권 연인에게서 나는 낯선 '냄새'를 평생 '페인트공'으로 노동해온 아버지의 연장통에서 나는 '쇠붙이 냄새'와 연결 지으며 비교하고 있다. 이 대목은 산동네의 가난과 노동을 생래적 기원으로 삼고 있는 박형숙 소설의 원풍경을 의식과 논리에 앞서서 드러내고 있다는 점에서 되새길 만하다. "사람의 손을 타지 않은 생짜배기 쇠붙이 냄새라고나 해야 할까요./그 냄새를 맡는 순간 이상하게도 가슴이 탁 막혀왔지요. 두려움이었는지, 불안이었는지, 연민이었는지……"(『부치지 않은 편지』, 59~60쪽) 여기에는 당시 운동권의 이념적 조급성에 대한 설명하기 힘든 불안만이 드러나 있는 것은 아니다. 이로부터 20년을 넘어 도착한 박형숙의 자전적 가족 소설을 마주한 자리에서는 박형숙 소설의 원점을 이루는 물리적이고 육체적인 기억의 우선성이 돋보인다고 해야 할 것 같다. 어린 인해에게는 부끄러움으로 각인되고, 큰언니에게는 또 다른 느낌으로 보존되고 있는 어떤 '냄새'는 삶의 원형질 같은 것으로 끈덕지게 남는다. 삶을 해석하는 정연한 언어는 이 끈덕짐 앞에서 종종 작동을 멈춘다. 「부치지 않은 편지」의 '나'가 연인의 설익은 '쇠붙이 냄새'에서 느낀 불안과 연민은 설명되기 힘든 것이며, '나'는 그 순간 오랫동안 거부해왔던 아버지의 낡은 연장통의 시간을 몸으로, 무의식에서 받아들이고 있다고도 할 수 있다. 가난의 냄새에 대한 큰언니의 관대함이 '너'에게 보내는 편지 속에 표현될 수 있다면, 그 관대함은 이제 '너'/'인해'의 것으로 전이되고 있다고 보아도 무방할 것이다. 인해의 부끄러움은 기억되고 있다는 사실만으로도 연작소설 내에서 성숙의 계기를 얻고 있다.

　그런 가운데 어머니의 죽음이 오랫동안 기억 저편에 놓여 있었던 정황이 드러난다. 엄마 '모경'은 스스로 세상을 버렸다. 천주교식 장례를 치르기 위해 사망진단서에는 '심장마비'로 기록된 죽음. '갱년기 우울증' 같은 일반적 진단이 사용되고는 있으나 문제는 그 당시 엄마가 겪고 있던 마음의 고통을 가족 누구도 제대로 알고 있지 못했다는 사실에 있다. 「모경」과 「외롭고 높고 쓸쓸한」 두 작품은 엄마의 고통, 엄마의 마지막 순간에 대한 뒤늦은 이해에 바쳐지고 있다. 이산가족 찾기 열풍이 불었을 때 모경이 일본을 거쳐 사할린으로 간 오빠의 소식을 듣기 위해 여의도에서 며칠을 지새우고 돌아왔지만, 인혜는 엄마의 간절함을 전혀 알지 못했다. 엄마는 가족들에게 가혹하기까지 한 살림꾼의 면모 한편으로 이웃의 어려움에 발벗고 나서고, 봉사활동이나 '평화를 위한' 성당 기도회 등의 명목으로 집 바깥으로의 출분 또한 잦았는데 이 같은 엄마의 모습은 이해의 대상이 아니었다. 특히 아버지와의 갈등은 회복하기 힘들 정도로 깊어지고 있었지만 이 또한 마찬가지였다. 어쩌면 여성으로서 엄마가 지나야 했던 그 막막하고 암울한 터널에는 여성의 삶의 가능성이 극도로 제한되어 있던 시대의 몫도 컸을 것이다. 인혜는 엄마가 자식들이 버린 노트에 서툰 글씨로 쓴 문장을 기억 저편에서 떠올린다. "자유./내게 필요한 건 자유."(58쪽) 그러나 소설에서 기술하고 있는 것처럼 모경은 '방법'을 몰랐다. 그러나 무언가를 몰랐던 쪽은 '너'/'인혜'이기도 했다. 대학생이 된 후 '학생운동'의 비장한 열기에 휩싸여 있던 인해에게는 모경의 "꺼져 가는 눈"이 보이지 않았다. 그 무렵 인해의 기억 속에 '선명하게' 남아 있는 한 장면에서 모경은 딸을 향해 손을 내밀며 "오늘 안 나가면 안 되겠니?"(65쪽)라고 말한다. 인해는 그때 "모경의 꺼져가는 눈을 보았다"라고 쓰고 있지만, 이것은 죄의식의 안타까움이 빚어낸 기억의 혼란 혹은 기억의 사후적 재구성이 아닐까. 진실은 소설의 이어지는 진술처럼 모녀의 시선이 "서로의 시선이 닿을 수 없는 곳에 놓"(66쪽)여 있었다는 점에 있는지도 모른다. 소설에는 "사춘기 이후로 멀어져간 쌍곡선"(66쪽)이라는 비유가 등장하고 있는데, 이 닿을 수 없는 간극의 실체란 무엇일까. 걷잡을 수 없이 멀어져간 두 포물선의 자리는 아버지와의 관계에서도 마찬가지인데, 기실 이번 연작소설 전체에서 작가가 거듭 해명해보고자 하는 물음이기도 하다. 그동안 발화되지 못했던 엄마, 아버지의 시간을 하나하나 기억하고 복원하는 작업과 함께 작가가 '너'의 자리에서 시도하는 물음의 방식은 우리가 함께 지나온 '시대'를 포물선의 관계 안에 포함시키는 것이다. 가령 다음과 같은 인해의 진술이 있다.

인해의 스물한 살, 그 암흑의 시절, 그 시절의 기억을 떠올리는 것은 언제나 고통스러웠다. 분신, 투신, 의문사…… 그 시절에는 죽음이 만연해 있었다. 인해는 집 밖에서 일어나는 죽음에 대한 충격으로 자기 곁에서 시나브로 진행되는 죽음을 눈치채지 못했다. 모경이 한발 한발 죽음에 가까워지는 것을 알아채지 못했다.(63~64쪽)

시대의 목소리가 젊은이의 의식을 압도하는 때가 분명 있었다. 인해는 그 '시대'를 지나고 있었을 뿐이다. 그런 만큼 우리는 인해의 뒤늦은 고해에서 진실을 느낀다. 그러나 '절대적'으로 군림하는 것처럼 보이는 시간 역시 역사화되고 상대화된다. 「부치지 않은 편지」의 '나'가 연인인 운동권 선배에게서 설익은 '쇠붙이 냄새'를 맡는 대목으로 돌아가보자. 그 후일담 소설에 그려진 운동권 선배의 조급성, 남성적 억압의 행태는 지금의 시각에서는 너무도 자명하지만, 당시에는 시대의 목소리에 가려져 잘 보이지 않았다고 할 수 있다. 그럼에도 그런 행동들이 '나'를 정신적으로 압도할 수 있었다면, 당시에는 그것조차 시대의 '진실'로 다가왔기 때문이리라. 그리고 그 진실은 「부치지 않은 편지」의 '나'가 느낀 '불안과 연민'을 포함할 때만 온전해질 수 있는 것이었다. 그렇게 '나'의 자리에 '불안과 연민'을 기입할 수 있었던 것은 후일담 소설로서 「부치지 않은 편지」의 소설적 성숙함이겠지만, 동시에 시간의 힘을 말해주는 것이기도 할 테다. 마찬가지로 인해가 절대적인 정언명령처럼 받아들였던 저 압도적인 시대의 목소리도 변화하는 시간의 흐름 속에 들어갈 수밖에 없는 것이었다. 기실 우리는 연작소설의 시작, 「너의 기원」에서 '너'/'인해'가 그렇게 또 다른 세상의 시간 속에 던져진 이야기를 듣기도 했다. 그 작품에서 '과거는 오래전에 지워졌다'는 '너'의 말이 진술의 아이러니를 형성하고 있다는 언급을 한 바 있지만, '가족' 혹은 '기원'에 대한 과도한 부인(否認)에는 애도의 실패 말고도 '너'의 자리에서 명료하게 정리되지 않은 '시대'의 문제가 개입되어 있었다고 할 수 있다. 취업과 결혼, 여성 차별, 글쓰기, 비정규직, 중산층 진입, 암투병으로 건조하게 요약되는 '너'의 그 시간은 가난의 냄새로부터 벗어나기 위한 '달리기'이면서, 동시에 '너'가 망각했다고 생각하는 '시대의 목소리'를 생활의 분투 안에서 다른 방식으로 마주한 하루하루이기도 했을 것이다. 그러나 '너'의 젊음에 화인처럼 남은 '시대'와의 화해가 자기 긍정의 방식으로 용인되기는 쉽지 않았을 테다. 가족이라는 빛과 상처의 기원으로 돌아가는 일이 '자기와의 화해' 없이는 가능하지 않다고 한다면, '시대의 화인' 역시 흡사 트라우마처럼 지속적으로 회귀할 수밖에 없고 이번 연작소설은 그것과의 대면을 향한 여정이라고도 할 수 있겠다. 적어도 '너'의 경우 가족과 시대의 얽힘은 개인적이고 실존적인 상처로 남았다. 여기에 얼마간의 감상성이 끼어 있다 하더라도, 문제는 달라지지 않는다. 감상성조차 상처의 일부이기 때문이다.

연작소설 『모경의 빛』이 기대고 있는 것은 '시간의 힘'이다. 너무 범박하지 않느냐고 되물을 수 있을지 모르겠다. 그러나 이것은 '너'의 시간이 만들어낸 자기 정직성이 아닐까. 「외롭고 높고 쓸쓸한」에서 큰언니는 '너'에게 고백한다. "그때가 엄마의 갱년기였다는 사실도 이십여 년이 지난 후, 내가 엄마 나이가 되었을 때 알게 되었지. 인생은 그런 거야. 우리가 그 나이가 되기 전에는 그 나이의 고통을 알 수 없는 거야."(85쪽) 「모경」의 결말부에서 인해가 엄마의 옥상 꽃밭을 기억 속에서 떠올리는 순간도 있다. "인해가 모경의 나이 가까이 되었던 어느 날, 베란다에서 분갈이하려고 쏟아낸 화분의 흙을 만지던 인해는 까마득하게 잇고 있었던 옛 기억을 떠올렸다. 달동네 산꼭대기 집 위의 옥상, 그 옥상에 만든 꽃밭."(67쪽) 이날 옥상 꽃밭에서 찍은 사진 속의 엄마 얼굴이 「너의 기원」에서 암투병 중인 너의 얼굴에 겹쳐졌다는 것을 우리는 알고 있다. 시간의 힘으로만 찾아오는 어떤 지점. 생각해보면 '회고'의 형식으로서 소설이 갖는 권위 역시 이와 무관치 않다. 소설은 '의미'가 시간 안에 존재한다는 것을 안다. 소설에서 '실패'의 순간이 '가치'의 순간으로 화하는 것은 전적으로 회고의 형식이 품고 있는 시간의 아이러니를 통해서다. 『모경의 빛』은 '너'의 시간을 기다려서만 씌어질 수 있었다. 그리고 소설이라는 '회고', 그러니까 돌이키는 시간의 형식이 필요했다. 돌이킬 수 없는 것을 돌이키는 아이러니. '너'의 시간은 엄마의 나이에 이르는 몸의 시간이기도 했지만, '너'의 젊음에 화인을 남긴 시대가 변전하는 시간이기도 했다. 그리고 이 두 시간대의 뒤얽힘을 돌아보고 기억하는 방법과 시선 속에 『모경의 빛』의 소설적 고유성이 있다.

물리적 시간의 흐름과 시대의 역사성을 함께 시야에 넣을 때, 애도되지 못한 엄마와 아버지의 죽음이 온당하게 기억될 길이 열린다. 그것은 엄마와 아버지의 삶을 다시 낱낱이 기억하는 방법이기도 할 것이다. 이번 연작소설에서 작가가 안타까움과 회한, 쓰라림 속에서 하려고 하는 일이다. 엄마의 '꺼져가는 눈'과 '옥상 꽃밭', 아버지의 '열일곱 살의 강'과 '페인트 방울'이 그렇게 해서 사실과 상상의 힘으로 돌아온다. 물론 그 과정이 순조로울 리는 없다. 중요한 것은 '나'가 오랫동안 생각하고 믿어왔던 것과는 달리, 기억도 시간도 혼자만의 것이 아니라는 사실이다. 「명동성당」에는 그 점을 일깨우는 인상적인 삽화가 들어 있다. 대학 시절 밤늦게 귀가하던 '나'의 뺨을 때린 오빠. 명문대에 진학한 '나'에게 그 무렵의 오빠는 '낙오자'의 이미지로 남아 있었다. 「명동성당」은 그 오빠에 대한 기억을 매개로 망각된 진실을 향해 다가간다. 1987년 6월 '나'는 명동성당 농성투쟁에 참가한다. 5박 6일의 농성이 끝나던 날, 오빠는 동생의 귀가를 돕기 위해 명동성당을 찾는다. 오빠가 들고 온 쇼핑백 안에는 정장 한 벌이 들어 있었다. 언니들이 입다가 결혼하면서 두고 간 투피스 한 벌. 민주화투쟁의 대의 속에 한껏 고양되기도 하고, 모종의 두려움에 휩싸이기도 했을 그 시간에 사실 '나'는 혼자가 아니었던 셈이다. 명동성당은 그 전해 돌연 세상을 떠난 엄마가 세례를 받은 곳이었고, 오빠의 쇼핑백에는 엄마의 죽음 후 "마음의 지옥"(「외롭고 높고 쓸쓸한」)을 안고 살아가던 아버지의 염려도 들어 있었으리라. 이런 기억의 회귀는 '나'의 오랜 '오만'을 다스리는 것이기도 했다. 소설의 정직함이 빛나는 대목이 「명동성당」의 도입부에 나온다. 오빠에 대한 복잡한 감정을 전하는 가운데 '나'는 "몇 년 전 겨울, 대통령 탄핵 시기 광화문의 기억"(103쪽)을 꺼낸다. 그날 촛불을 들고 축제 분위기에 휩싸인 오빠네 가족을 멀리서 목도한 '나'는 왠지 "열없는 느낌이"(103쪽) 들어 자리를 피한 기억을 고백한다. 말하자면 이런 오만을 깨뜨리는 데 시간이 필요했다고 할수 있다. 오빠가 묵묵히 살아낸 시간과의 대면. 죄의식도 자책도 '나'만의 것이 아니었는데, 소설에는 엄마의 죽음과 관련된 오빠의 아픈 고백이 들어 있다. 엄마의 제삿날 영정 앞에서 통곡하듯이 긴 울음을 토해내기까지 수십 년간 가슴에 담아둘 수밖에 없었던 오빠의 고통스러운 기억. 이제 그 명동성당은 오빠의 딸이 '다문화가정' 출신의 남자를 만나 결혼식을 올리는 장소가 될 터이다. 시간은 그렇게 흐르고 있었다.

"평생 감정을 드러내 보일 줄 몰랐던 아버지"(131쪽)는 '너'에게 "삶의 어떤 공백"(132쪽)으로 남아 있다. '너'는 오랫동안 부녀간을 잇는 선은 없다고 생각해왔다. 「오십 원만」

은 그 선을 되찾으며 또 하나의 좌절된 애도를 돌이키려 한
다. 아버지를 부르는 '빵끼쟁이'라는 말은 가정환경조사서
에 적힐 때만 '도장업'으로 바뀌었고, 너의 어린 가슴에 통증
을 남겼다. 일이 없는 겨울철 어린 '너'에게 아버지는 하루 종
일 방에 앉아 있는 말 없는 '등'으로 기억된다. 봄이 오면 페
인트 방울로 얼룩진 아버지의 온갖 노동 도구들이 창고에서
나오고, 아버지는 일터로 떠나게 될 것이다. 아버지는 '노동
기계'였고, 사춘기의 '너'에게 '사물'이 되어갔다. "아버지는
너의 장애물이었다. 인생의 걸림돌이었고, 넘어야 할 벽이었
다."(142쪽) 대학생이 되고 결혼하면서 아버지와는 더 멀어졌
다. 뇌경색으로 칠 년간 집 안에 갇혀 지내다 세상을 뜨던 날,
'너'는 아버지의 두 눈에 떠오른 공포를 기억한다. "하지만
그 공포는 너의 마음에까지 덮치지는 않았다. 너는 냉연히 또
물끄러미 보고만 있었다."(131쪽) '너'는 '너'의 집으로 돌아
왔고, 얼마 뒤 부고를 들었다. 세월도 녹이지 못한 이 '냉연'
의 실체는 무엇이었을까. 아버지의 이야기를 '나'('나'는 소
설가이며, 거의 작가의 등신대로 등장한다)의 시점에서 다시
돌이키고 있는 「열일곱 살의 강」에는 이런 대목들이 나온다.
"아버지에 대한 나의 분노. 그것은 정확히 무엇이었을까?"
(169쪽) "아버지에 대해서 말할 수 있는 게 하나도 없다는 것.
그것이 매번 나를 힘들게 했다."(170쪽) 말 그대로 '공백'이
다. 그러면서 작가적 자의식과 관련하여 흥미로운 진술이 등

장한다. "애비는 종이었다. 애비는 빨치산이었다. 애비는 개 홀레꾼이었다. 애비는 양부였다…… 아버지는 그 어디에도 해당하지 않았다. 내 아버지의 자리는 그 어디에도 없었다." (172~173쪽) 우리는 '종' '빨치산' 등등이 한국문학이 '아버지의 자리'를 문학적으로 표상해온 방식임을 안다. 그러나 어떠한 문학적 전형에도 이르지 못한 '뻥끼쟁이' 아버지의 '무색(無色)과 침묵', 혹은 '비루와 비굴'이야말로 그 나름의 절실한 생존의 안간힘이었다면? 열일곱의 나이에 세상에 홀로 내던져진 가없은 소년. 그는 일곱 식구의 가장으로 전후(戰後)의 한국 사회에서 뿌리 내릴 나른 방도를 알지 못했을 수도 있다. 「열일곱 살의 강」에는 「오십 원만」을 거쳐 '너'/'나'가 내리는 잠정적인 답이 하나 있다. "누구도 원망하지 않기 위해서./아버지가 아무 말 하지 않았던 것은, 그 때문이었는지도 모른다. 그것은 대결이 아니라 받아들임. (……) 아버지는 그렇게 자신의 운명을 받아들인 것인지도 모른다."(179쪽) 세상을 등진 채 죽도록 일만 하다가 떠난 '노동 기계', 그 묵언의 생애가 딸로부터 긍정되는 순간이다. 물론 뒤늦은 앎이며, 회한은 피할 수 없다. 아버지의 열일곱 살에 얽힌 가슴 아픈 사연은 두 소설에 세세하게 나오거니와, 아버지는 바로 그 열일곱 살 나이에 감당하기 힘든 거센 강물을 만났던 것이다. 소설은 한국 시가(詩歌)의 기원에 놓인 「공무도하가」를 불러내 못다 한 애도에 이르려 한다. "공무도하(公無渡河), 공경도하(公竟渡河), 타하이사(墮河而死), 당내공하(當奈公何).
열일곱 살 나의 아버지, 아버지는 강물에 휩쓸려 그렇게 떠내
려갔다./강물은 이제 잠잠해졌다."(181쪽)

3

　화자와 시점을 달리하는 연작소설의 작품들은 대부분 빛
과 상처의 기원을 향한 안타까운 돌이킴을 품고 있지만, 그것
들은 가족 구성원 각자가 살아온 이야기이기도 하다. 특히 네
자매의 이야기는(「외롭고 높고 쓸쓸한」 「란이 언니와 은행잎 한
장」 「미자 씨의 기나긴 하루」 「시그니엘 빌리지」) 자매들 사이에
존재하는 미묘한 삶의 편차, 속 깊은 우애의 순간을 세심하게
응시하는 가운데 어머니 세대를 포함해서 녹록지 않았던 여
성적 삶에 대한 생생한 보고를 이룬다. 그것은 남성 중심 가
부장제 세상의 일반적인 억압과 차별을 보여주면서, 하층 집
안의 살림에서 '딸들'에게 유독 집중되었던 경제적 압력, 여
타 생활의 부담이 어떠했는지도 핍진하게 드러낸다. 그러나
그 아픔을 포착하는 소설의 시선은 그리 강퍅하지 않은 것 같
다. 가령 아픈 엄마 대신 집안일에 헌신했던 맏딸(「외롭고 높
고 쓸쓸한」)은 허랑한 남편을 만나 결혼 생활도 전혀 순탄치
않았다. 빠듯한 살림에 몸을 혹사하면서 열심히 살았지만 남

편의 막무가내 전횡은 조금도 나아지지 않았다. 어느 날 문득 자신의 밑바닥 깊은 곳에 남편에 대한 경멸이 자리하고 있다는 것을 깨닫고, 경멸의 마음이 무서운 살의로 변한 순간을 고백하기도 한다. 그러나 판을 깨고 뒤엎는 대신 맏딸의 반성이 향하는 곳은 자기 자신이다. "나야 나. 내 인생을 이렇게 망친 건 바로 나였어. 나의 오만. 나의 독선. 어려서부터 엄마의 칭찬에 길들어 그 테두리에서 벗어나지 못한 맏이의 숙명 같은 거였어. 한참 흐느끼다가 문득 엄마 생각이 나더라. 왜 그렇게 떠났는지 이해할 것 같았어."(94쪽) '숙명'으로의 물러섬은 어쩌면 이 세대의 한계 같은 것일지도 모른다. 그러나 어릴 때부터 소설을 읽으면서(맏딸은 엄마가 처녀 시절 읽은 소설 이야기를 즐겨 한 사실을 기억한다) 스스로를 위로해온 그이에게 삶은 혼자 삭이고 감당하는 것이었는지도 모른다. 박형숙의 소설은 문학의 쓰임조차 세대의 표정과 겹쳐지는 집안 맏딸의 삶을 그이의 시간에 충실한 방식으로 우리에게 전해준다. 서간체 소설의 말미에서 맏딸이 떠올리는 백석의 시는("하늘이 이 세상을 내일 적에 그가 가장 귀해하고 사랑하는 것들은 모두 가난하고 외롭고 높고 쓸쓸하니") 그 고단한 세월에 타인이 함부로 말할 수 없는 품격과 고귀함이 깃들고 있음을 암시하는 것 같다.

어릴 때부터 수재 소리를 들으며 명문 여고에 진학하고, 은행원이 되어 집안을 건사했던 '둘째 언니'의 굴곡진 삶을 막내인 '나'의 시점에서 서술하는 「란이 언니와 은행잎 한 장」
은 회상의 힘으로 과거의 시간을 구원하려는 연작소설의 전
체적 흐름을 아름답게 압축한다. 명문 여고 진학이 겉보기와
달리 또 다른 좌절의 계기가 될 줄 누가 알았겠는가. '란이 언
니'의 유다른 '차가움'은 일찍 세상의 벽을 알아버린 이의 방
어기제였을 수 있다. 여러 차례 불운이 겹친 '란이 언니'는 다
른 형제들과도 거의 왕래가 없는 상황인데, 소설 속 '나'의 원
주행 여로에서 자동차 라디오의 노래, 팔백 년 넘은 은행나무
의 풍경으로 돌아온다. 황금빛 단풍의 절정을 지난 거대한 나
무 주변에는 떨어진 은행잎이 노란 융단처럼 깔려 있다. '나'
의 책꽂이에 꽂힌 '란이 언니'의 문고판 보들레르 시집에는
'1974년 12월 19일 란이의 영원한 친구가'라는 글귀와 함께
오래된 은행잎 한 장이 끼어 있다. 금방이라도 바스러질 것처
럼 마른 채. 시간은 부수고 마모시키기도 하지만 보존하고 고
양시키기도 한다. 회상의 빛 속에서 '나'가 일요일이면 라디
오 앞에 엎드려 언니와 함께 들었던 노래가 돌아온다. 은행
잎은 결국 바스러지겠지만 이미지는 미약한 대로 잔존할 것
이다. 이것은 이번 연작소설이 지나간 시간을 기억하고 보존
하고 들어 올리는 방식이다. 평생 일만 한 아버지는 "구부린
등과 입 밖으로 내민 혀와 사시처럼 안쪽으로 쏠리던 두 눈"
(171쪽)의 이미지로 남았고, 끝내 열일곱 살 소년의 환영(幻
影)으로 고양된다. "지는 해의 스러지는 빛을 받으며"(68쪽)

산동네 옥상 꽃밭에서 노래 부르던 엄마에게 소설은 '모경(母敬)'이란 이름으로 영원한 빛의 이미지를 건넨다. 어쩌면 그것으로 된 것인지도 모른다. 이번 소설이 할 일은. 골목길을 헤매는 '나'의 꿈길 같은 환영 속에서 '란이 언니'는 돌아보며 말한다. "인생은 구부러진 길 쪽에 있어."(208쪽)『모경의 빛』이 박형숙 소설이 새롭게 찾은 기원이기도 하다면, 작가는 오래도록 저 말을 기억하게 될 것이다. 박형숙 소설은 이제 새로운 출발선에 선 듯하다.

작가의 말

　여러 해 전만 해도 다시 글을 쓸 수 있게 되리라고는 생각
못 했다. 나는 항암치료를 시작할 무렵, 글이 없는 어둠의 세
계를 견디리라, 그런 마음의 밑바닥까지 내려갔다. 일 년 가
까이 이어졌던 치료 기간이 끝나고 두 해 정도를 빈둥거리며
지내는 동안은 그럭저럭 견딜 만했다. 그러다가 짧은 에세이
한 편을 썼는데 그 일이 내 안에 죽어 있던 무엇인가를 깨웠
다. 그때의 경이로움이라니. 온몸에 피가 도는 느낌, 그것이
나를 압도해온 것이다.

　또 한 해가 지나, 짧은 단편 한 편을 쓰고 있는데, 가족에
대한 오래된 기억들이 튀어나왔다. 앞뒤 연결도 없이, 논리적
맥락도 없이, 어떤 의도나 작위의 세계를 넘어, 그냥 쏟아져

나왔다.

그렇게 쓴 소설이 또 다른 소설을 불러냈다. 그 소설이 또 다음 소설을. 하지만 가족 연작 소설을 쓰는 과정은 순조롭지 않았다. 곳곳에서 기억은 끊겨 있었고 그 기억을 보완해줄 부모님은 이 세상에 계시지 않았기 때문이다. 살아 있는 형제들과의 소통도 쉽지 않았다. 무엇보다도 완강하게 버티고 있는 내 마음의 빗장. 그 앞에서 나는 자주 좌절했다. 육중하게 버티고 서 있는 바위에 머리를 들이받는 듯한 괴로움을 느낄 때마다 그것이 인생의 어떤 후과(後果) 같은 것이 아닐까, 했다.

여기 실린 소설들은 가족에 대한 외면, 부인(否認), 건너뛰기, 몰이해, 망각, 지우기 등으로 점철해왔던 지나간 시간의 조각을 가까스로 이어본 결과물에 불과한 것인지도 모른다. 오랜 세월 내 마음에 얼음장이 있었다. 소설을 쓰는 내내 그 얼음장에 금이 가고, 그 위로 뜨거운 눈물이 쏟아져 내렸다. 내 생의 마지막 작업일 것이다. 그런 마음으로 써 내려가던 연작소설 작업에 여러 번 위기도 있었다.

그런데 놀라워라. 내가 가족의 초상이라고 여겼던 기억 속에 내가 있었다. 상처로만 여겼던 가족의 모습 속에 빛이 있었다. 그 빛이 자주 아프게 이따금 눈이 부시게, 한 시대를 지나오느라 뒤척이는 내 어깨 위로 내려앉아 온기를 전해주었을 것이다.

책이 나오기까지 여러 선생님, 선배님, 도반 같은 글벗 여러분의 도움을 받았다. 그분들의 우정 어린 관심이 아니었다면 이 연작소설은 가능하지 않았을 것이다. 돌아가시기 전까지 소설을 쓸 때마다 아낌없이 격려를 보내주셨던 송기원 선생님, 깊이 있는 해설로 작가의 혼돈에 가득 찬 내면을 정밀하게 읽어주신 강출판사 정홍수 선생님, 진심으로 감사드린다. 김미경 화가는 깊은 공감과 함께 아름다운 빛으로 가득한 그림을 그려주셨다. 날것에 가까웠던 「너의 기원」을 읽고 연작소설을 이어 쓰게 다리를 놓아주신 이승하 선생님께도 감사드리고 싶다. 아버지에 대한 두번째 소설을 쓰게 함으로써 연작소설을 완성하게 해준 예버딩 문학의 집, 그곳에서의 열흘 남짓한 시간 또한 잊을 수 없겠다.

세번째 소설집이다. 늘 부족한 소설이라 생각하지만, 이번에는 온 마음을 다해 썼다. 연작소설이 마무리될 무렵, 뜻밖에도 새로운 마음이 솟구친다. 살고 싶다. 더 오래 살아서 좋은 소설을 쓰고 싶다. 내가 성장한 왕십리 산동네, 그 시절의 기억에 이 소설을 바친다.

2025년 5월
봄빛 가득한 계절에
박형숙

수록 작품 발표 지면

모경의 빛

ⓒ 박형숙

1판 1쇄 발행　|　2025년 5월 21일

지은이　|　박형숙
펴낸이　|　정홍수
편집　|　김현숙 이명주
펴낸곳　|　(주)도서출판 강
출판등록　|　2000년 8월 9일(제2000-185호)

주소　|　서울시 마포구 동교로17안길 21 (우 04002)
전화　|　02-325-9566
팩시밀리　|　02-325-8486
전자우편　|　gangpub@hanmail.net

값 15,000원
ISBN 978-89-8218-363-8　　03810